예브게니 오네긴

예브게니 오네긴
Евгений Онегин

알렉산드르 뿌쉬낀 운문소설 석영중 옮김

EVGENII ONEGIN
by ALEKSANDR PUSHKIN (1830)

이 책은 실로 꿰매어 제본하는 정통적인 사철 방식으로 만들어졌습니다.
사철 방식으로 제본된 책은 오랫동안 보관해도 손상되지 않습니다.

예브게니 오네긴
7

뿌쉬낀의 삶과 작품 세계
271

시를 넘어서, 소설을 넘어서
301

알렉산드르 뿌쉬낀 연보
313

그는 허영심에 사로잡혀 있는 데다가 자신의
선행도 악행도 모두 똑같은 무관심으로 고백할 정도의
독특한 오만함을 지니고 있었습니다.
그것은 우월함, 아마도 가상의 우월감이
낳은 결과였을 겁니다.
── 어느 사적인 편지 중에서[1]

---

1 원문의 프랑스어는 〈Pétri de vanité il avait encore plus de cette espèce d'orgueil qui fait avouer avec la même indifférence les bonnes comme les mauvaises actions, suite d'un sentiment de supériorité, peut-être imaginaire ── Tiré d'une lettre particulière〉.

오만한 사교계의 흥 돋울 생각일랑 접어 두고
우정의 배려에 사랑을 쏟아
나는 너에게 바치고 싶었다
네가 응당 받아야 할 보물을,
신성한 꿈과 살아 숨쉬는 생생한 시와
고상한 정신과 순정으로 가득 찬
네 아름다운 영혼이 받아야 할 보물을.
그러나 아무렴 어떠랴, 네 까다로운 손으로
때론 우습고 때론 슬프고
때론 소박하고 때론 고답적인
이 잡다한 글의 모음을 부디 받아 다오.
내 한가로운 여가와 불면의 밤
경박한 영감과 피지도 못하고 시들어 버린 청춘
냉정한 이성의 관찰과
눈물로 새겨진 가슴속 사연의
잔잔한 결실이어니.[2]

---

2 이 헌시는 친구이자 출판업자인 쁠레뜨뇨프 P. Pletnev에게 바쳐졌다.

제1장

살기에도 바쁘고 느끼기에도 급급하거늘.
— 뱌젬스끼 공작[3]

1

〈공명정대하신 우리 아저씨[4]
중병에 걸려 눕게 되자
존경받아 마땅한
지당한 결단을 내리시어
타인의 귀감이 되셨지.
하지만 맙소사, 얼마나 지겨운가
밤이고 낮이고 환자 옆에 붙어 앉아
옴짝달싹 못한다는 것은!

---

3 P. Viazemskii(1792~1878). 뿌쉬낀의 친구로, 낭만주의 시대를 풍미했던 시인, 비평가다. 이 제사는 그의 엘레지 「첫눈*Pervyi sneg*」에서 인용한 것임.

4 끄릴로프 I. Krylov(1769~1844)의 우화 중에서 「공명정대한 당나귀 *Osel samykh chestnykh pravil*」를 그대로 인용한 것. 널리 알려진 우화의 표현, 특히 당나귀를 수식하는 표현을 아저씨에게 적용함으로써 뿌쉬낀은 처음부터 아이러니의 효과를 창출하고 있다.

얼마나 비열한 위선인가
사경을 헤매는 양반에게 알랑거리고
베개도 고쳐 베어 주고
자못 슬픈 듯 약사발 권하면서
속으로는 애간장이 타 한숨 내쉬며
돌아가실 날만 기다리는 건!〉

2
제우스 신의 전능하신 뜻으로
모든 친척 가운데 상속인이 된
젊은 건달은 먼지 뽀얗게 역마차 달리며
머릿속으로는 이런 생각을 하고 있었다.
류드밀라와 루슬란[5]의 벗들이여!
내 소설의 주인공을
이렇게 단도직입적으로
소개하는 걸 양해해 달라.
이름하여 오네긴, 내 절친한 친구는
네바 강 기슭에서 태어났다.
독자여, 당신도 어쩌면 거기서
태어나 명성을 날렸을지도 모르고
나 역시 언젠가 그곳을 거닐었네만
북방은 내게 해만 끼쳤다네.[6]

5 그의 첫 장편 서사시 「루슬란과 류드밀라」를 지칭함.
6 뿌쉬낀이 남부로 추방당한 사실을 은연중에 암시한다. 그의 원주에는 〈베사라비아에서 썼음〉이라고 되어 있다.

3

예브게니의 부친은 청렴하고 고상한 관리
빚더미에 올라앉아 살면서
일년에 세 번씩 무도회를 열다가
마침내 쫄딱 망하고 말았지.
하지만 운명은 예브게니의 편
처음에는 마담[7]이 돌보다가
무슈[8]가 그 뒤를 이었지.
녀석은 장난이 심했지만 귀여웠어
하여 몰락한 프랑스 인 무슈 라베[9]는
꼬맹이가 싫증나지 않게 하려고
농담 반 진담 반 수업을 했고
지루하고 엄격한 도덕 교육은 제쳐 두고
말썽을 피워도 대충 나무라고
여름 정원으로 데리고 가 함께 놀았지.

4

격렬한 청춘의 시절
희망과 달콤한 슬픔의 시절이
예브게니에게 닥쳐오자
무슈는 집에서 쫓겨났지.

---

7 원문의 프랑스어는 〈Madame〉.
8 원문의 프랑스어는 〈Monsieur〉.
9 Monsieur L'Abbé. 프랑스어로 〈l'abbé〉는 가톨릭 신부를 뜻한다. 당시에는 프랑스에서 건너온 예수회 성직자들이 귀족의 가정 교사 노릇을 하는 경우가 많았다.

이제 우리 오네긴은 자유의 몸
최신 유행의 헤어스타일에
댄디 같은 런던 식 의상,
마침내 사교계에 첫발을 내딛었지.
프랑스어로 유창하게
말도 하고 글도 쓰고
마주르카쯤은 가볍게 춰 대고
번지르르하게 인사를 차리니
더 이상 무얼 바라겠어? 똑똑하고
멋진 청년이라 사교계는 입을 모았지.

5
누구나 여기저기서
이것저것 주워들어
다행스럽게도 요즈음
학식을 과시하는 건 식은 죽 먹기.
다수의 의견에 따르면 오네긴은
(다수란 단호하고 엄격한 심판관이지)
알량한 학식에 젠체하는 데는 명수
가벼운 담소 중에는 허물없이
이것저것 적당히 아는 척하고
중요한 논쟁 중에는 전문가인 양
심오한 표정으로 침묵하고
느닷없이 경구의 불길로
부인네 얼굴에 미소를 떠오르게 하는
복된 재능을 가지고 있었다네.

6

이제 라틴어는 유행이 지났으니
사실대로 솔직히 말하자면
오네긴의 라틴어 실력은
몇 가지 경구를 풀이하고
유베날리스[10]에 관해 지껄이고
편지의 말미에 안녕[11]이라고 쓰고
정확치는 않을망정 「아이네이스」[12] 중의
시구 몇 줄은 암송할 정도였지.
먼지 켜켜이 앉은 세계사 책이나
뒤적거리는 것은
그의 취향에 맞지 않는 일
하나 로물루스[13] 때부터 오늘날까지
지나간 세월의 일화들은
기억 속에 담아 놓고 있었지.

7

시를 위해서라면 목숨도 아끼지 않는
고상한 정열은 그의 관심 밖이라
우리가 아무리 기를 쓰고 가르쳐 주어도
약강격과 강약격을 구분하지 못하고

---

10 Decimus Iunius Iuvenalis(60~127). 고대 로마의 풍자 시인. 노골적이고 강력한 사실주의적 풍자로 유명하다.
11 원문의 라틴어는 〈vale〉.
12 로마 시인 베르길리우스의 서사시.
13 전설적인 로마의 건설자.

호메로스와 테오크리토스[14]조차 욕을 해댔지.
대신 아담 스미스[15]에 푹 빠져
어엿한 경제학자가 되었지.
즉, 국가의 부는 어떻게 증대하는지
국가는 무엇으로 살아가는지
그리고 〈1차 산물〉만 있다면
어째서 국가는 돈이 필요치 않은지
등등에 관해 판단할 수 있었지.
아들의 이론을 아는 바 없는 그의 부친은
자꾸만 영지를 저당 잡히고 있었지만.

8

이 밖에 예브게니가 알고 있는 것들을
일일이 열거할 겨를은 없다.
그러나 그가 진정으로 재능을 발휘한 것
그 어떤 기술보다 확실히 알고 있었던 것
소싯적부터 그에게 노고와 고통과
환희를 안겨 주었던 것
하루 온종일 그를 사로잡아
나른한 향수에 잠기게 했던 것,
그것은 언젠가 오비디우스[16]가 노래했던

---

14 기원전 3세기경의 그리스 시인.
15 영국의 경제학자, 『국부론』의 저자.
16 고대 로마의 시인. 『연애술 Ars Amatoria』의 저자. 아우구스투스 황제의 총애를 잃고 흑해 연안으로 추방되었다. 뿌쉬낀은 여러 작품에서 자신과 추방당한 오비디우스의 운명을 동일시한다.

감미로운 정열의 기술이었다.
오비디우스는 그로 인해 고향 이탈리아를 등지고
몰다비아의 황량한 초원에서
화려하고 격정적인 자신의 시대를
수난자로서 마감해야만 했었지만.

9
. . . .
. . . .
. . . .

10
그는 얼마나 일찍부터 배웠던가
허세 부리고 소망을 감추고 질투하는 법을,
상대의 믿음을 무너뜨리거나 심어 주는 법을,
우울한 모습으로 괴로운 체하는 법을,
오만하게 혹은 고분고분하게 보이거나
때론 열중한 듯 때론 무관심한 듯 보이는 법을!
그의 침묵은 때로 얼마나 무거웠으며
그의 달변은 때로 얼마나 열렬했으며
진심 어린 편지에서 그는 또 얼마나 태연했던가!
오로지 한 가지 목적에만
얼마나 철저하게 전념할 수 있었던가!
그의 시선은 민첩하다가도 부드럽고
수줍어하다가도 대담하고
때로 유순한 눈물까지 글썽이곤 했으니!

11

언제나 참신한 기교를 구사하는 오네긴
농담으로 순진한 처녀의 혼을 쏙 빼고
짐짓 꾸민 절망으로 놀라게 하고
입에 발린 아첨으로 즐겁게 하고
감동의 순간을 적시에 포착하고
지력과 열정으로 나이 어린 처녀의
순진한 편견을 몰아내고
본능적인 애무를 기대하고
사랑의 고백을 애원하거나 조르고
상대방의 가슴 뛰는 소리 엿듣고는
사랑이 싹트고 있음을 간파한 다음
불시에 밀회의 약속을 받아 내고는……
나중에 그녀와 단둘이 있게 되면
남몰래 연애학 강의를 해주곤 했지!

12

얼마나 일찍부터 그는 이름난 바람둥이 여자들의
가슴을 뒤흔들 수 있었는지!
연적을 쳐부수어야만 할 때는
또 얼마나 독살스럽게
험담을 퍼부었는지!
그가 쳐 놓은 올가미란 정말 대단했지!
그러나 당신들, 복도 지지리 많은 남편들이여
당신들은 그의 친구로 남아 있었다.
교활한 남편,

포블라스[17]의 오랜 제자도
의심 많은 노인네도
배신당한 줄도 모르고
언제나 자신의 삶과 아내와 식사에 만족한
당당한 남편도 그를 좋아했으니까.

13, 14

. . . .
. . . .
. . . .

15

아직 이불 속에 있을 때
그는 전갈을 받곤 했다.
뭐야? 초대장? 진짜로
세 집에서 그를 파티에 부르고 있었다
이 집에선 무도회에 저 집에선 아이들 잔치에.
우리 바람둥이는 어느 집 파티에 가려나?
누구네 집부터 시작하지? 아무려면 어떠리,
모조리 다 돌아보는 것도 어렵지 않은 일.
서는 법이 없는 브레게 시계[18]가

---

17 프랑스의 작가 장 바티스트 루베(1760~1797)가 지은 『기사 포블라스의 사랑 Les Amour du Chevalier de Faublas』에 등장하는 주인공. 처녀로 가장하여, 남편들의 의심을 받지 않고 유부녀를 농락한다.
18 프랑스인 브레게 Abraham Louis Bréguet(1747~1823)가 발명한 매우 정확하기로 이름난 회중 시계.

식사 시간을 알려줄 때까지
오네긴은 우선 아침 의상을 차려입고
챙이 넓은 볼리바르 모자[19]를 쓰고
시내로 마차를 몰고 가서
확 트인 대로를 활보한다.

16

어느덧 날은 저물고 그는 썰매에 오른다.
〈이랴, 이랴!〉 말 모는 소리 울려 퍼진다.
비바털 옷깃에 은빛 눈발이
서리서리 부서진다.
그가 달려가는 곳은 탈롱[20]의 레스토랑,
벌써 까베린[21]이 기다리고 있을 거라고 확신하면서
안으로 들어가니 병마개가 천장으로 치솟고
술병에선 혜성 포도주[22]가 철철 흐르고
식탁 위엔 피투성이 로스트 비프며
프랑스 요리의 결정판
젊은 날의 사치인 송로 과자며
스트라스부르 산의 썩지 않는 파이[23]가

---

19 실크 해트의 일종. 남아메리카의 혁명 투사 시몬 볼리바르가 쓰고 다녔던 모자로 19세기 초에 파리와 뻬쩨르부르그에서 유행했다.
20 피에르 탈롱은 프랑스의 유명한 식당 주인. 네프스끼 대로에서 레스토랑을 경영하고 있었다.
21 뿌쉬낀의 친구인 뺴뜨르 까베린Petr Kaverin을 가리킨다. 사교계를 주름잡던 인물.
22 1811년에 혜성이 나타났는데 혜성이 나타난 해에는 포도가 풍작이라 이 해에 만들어진 포도주를 그렇게 부른다.

신선한 림부르흐 치즈와 황금 빛 파인애플에
둘러싸여 놓여 있다.

17
커틀렛의 뜨거운 기름 때문에 목이 타
샴페인 한 두잔 마시면 좋으련만
벌써 브레게 시계는 신작 발레의
개막 시간을 알리고 있다.
극장의 심술궂은 입법자
매혹적인 여배우들의
변덕스러운 숭배자
분장실의 존경스러운 시민인 오네긴은
모두들 자유를 숨쉬며
무희의 앙트르샤[24]에 갈채를 보내고
페드라[25]와 클레오파트라에게 야유를 퍼붓고
(오로지 자기 목소리가 극장 안에 울려 퍼지게 하려고)
큰소리로 모이나[26]를 불러 댈 준비가 되어 있는
극장으로 나는 듯이 달려갔다.

---

23 스트라스부르에서 수입해 온 거위간 파이로 통조림 상태로 들여오기 때문에 〈썩지 않는 파이〉라 불렸다.
24 *entrechat*. 공중에 뛰어올라 있는 동안 발꿈치를 여러 번 맞부딪치는 발레의 한 동작.
25 라신의 비극 제목이자 여주인공 이름.
26 오제로프V. Ozerov(1770~1816)의 운문 드라마 「핑갈Fingal」에 등장하는 여주인공. 오제로프는 일련의 감상주의적 비극의 저자로 그의 「드미뜨리 돈스꼬이Dmitri Donskoi」는 나폴레옹 전쟁 당시인 1807년에 상연되어 큰 호응을 얻었다.

18

마술의 나라여! 그곳은 옛날 한때
대담한 풍자의 제왕, 자유의 벗인 폰비진[27]과
흉내내기 잘하는 끄냐쥐닌[28]이
명성을 날리던 곳.
오제로프와 젊은 세묘노바[29]가
관객들의 걷잡을 수 없는 눈물과 갈채
공물처럼 나누어 갖고
우리의 까쩨닌[30]이 코르네이유[31]의
위대한 천재성을 소생시켰던 곳.
신랄한 샤호프스꼬이,[32] 제가 쓴
소란스런 희극의 무리를 무대에 내보내고
디들로[33]가 영광의 월계관을 썼던 곳.
그리고 거기, 무대 뒤쪽의 어두운 그늘 아래서
내 청춘의 세월도 흘러갔었지.

---

27 D. Fonvizin(1745~1792). 러시아 드라마 역사에 한 획을 그은 극작가. 풍자극으로 유명하며 대표작으로 『미성년*Nedoros'*』 등이 있다.
28 Ia. Kniazhnin(1742~1791). 극작가, 시인. 희극과 비극을 썼다. 『노브고로드의 바짐*Vadim Novgorodskii*』이 가장 유명하다.
29 당대 최고의 여배우. 셰익스피어 극의 주역을 주로 맡았으며 오제로프의 드라마에도 자주 출연하였다.
30 P. Katenin(1792~1853). 시인, 극작가. 희극, 비극, 발라드 등을 남겼으며 외국 작품을 번역하기도 했다.
31 Pierre Corneille(1606~1684). 프랑스 고전 비극의 선구자적인 극작가.
32 A. Shakhovskoi(1777~1846). 극작가. 희극을 주로 썼다.
33 Charles Louis Didelot(1767~1837). 프랑스의 무용수, 안무가. 러시아로 건너와 수많은 발레의 연출을 담당했다.

19

나의 여신들이여! 그대들은 대체 어디 있는가?
내 슬픈 음성을 들어 달라.
그대들은 예전 그대로인가? 아니면 다른 처녀들이
그대들의 자리에 대신 들어섰는가?
내 또다시 그대들의 합창을 들을 수 있으려나?
러시아 테르프시코레[34]의
신들린 비상을 다시 볼 수 있으려나?
아니면 수심에 찬 내 시선
권태로운 무대 위에서 낯익은 얼굴 찾을 길 없어
환멸에 찬 오페라 글라스를
낯선 세계 향해 돌려놓고는
흥겨운 광경에도 무심한 관객이 되어
말없이 하품만 해대며
지난날을 회상이나 하고 있으려나?

20

극장은 이미 만원, 특별석은 번쩍거리고
좌석도 입석도 모두 관객으로 북적대고
꼭대기의 싸구려 객석에선 성마른 박수 소리,
마침내 웅장한 음악과 함께 막이 오르면
반투명의 의상을 걸치고
마술 같은 바이올린 소리에 맞추어
님프의 무리에 둘러싸여 서 있는

---

34 춤을 관장하는 여신. 아홉 뮤즈들 중의 하나.

찬란한 이스또미나[35]의 모습.
한쪽 발은 바닥에 디디고
천천히 다른 쪽 다리를 돌리다가
아이올로스[36]의 입김에 날리는 새털처럼
갑자기 깡충 뛰어 휘익 나른다.
몸을 뒤틀었다가 다시 폈다가
재빨리 발과 발을 맞부딪친다.

21

우레와 같은 갈채. 예브게니는 안으로 들어와
남의 발을 밟아 가며 의자 사이를 걷다가
낯선 부인들이 앉아 있는 특별석을
쌍안경으로 흘끔흘끔 곁눈질해 본다.
층층의 객석을 한눈에 모조리 주욱
훑어보는데 얼굴들이며 옷차림이며
그의 마음엔 끔찍이도 안 든다.
주변에 앉은 신사들과
인사를 나눈 다음 지극히 심드렁한 눈길로
무대를 흘끗 바라보고는
휙 고개를 돌려 하품을 한다.
그리고 중얼거리길, 〈이제 모두 바꿔야 해
발레라는 것 꽤 오래 봐 왔지
이젠 디들로도 싫증이 나네〉.

---

[35] 디들로가 키운 유명한 발레리나, 두냐샤 이스또미나.
[36] 그리스 신화에 나오는 바람의 신.

22

무대 위에선 사랑의 신과 악마와 뱀이
여전히 소란스레 껑충껑충 뛰어다닌다.
여전히 극장 입구에선 피곤에 지친 하인들이
털외투로 몸을 감싼 채 자고 있다.
관객은 여전히 발을 구르고 코를 풀고
기침을 해대고 야유를 퍼붓고 박수를 친다.
여전히 극장 안과 극장 밖에는
빽빽이 들어찬 등불이 환히 빛난다.
꽁꽁 얼어붙은 말들은 여전히
마구가 귀찮은 듯 몸을 뒤틀고
모닥불 주위에 모인 마부들은
손바닥을 부비며 주인들 흉을 본다.
오네긴은 극장에서 나와
옷을 갈아입으러 집으로 향한다.

23

최신 유행의 모범적인 추종자가
옷을 입었다 벗었다 다시 입는
한적한 내실을
있는 그대로 묘사해 볼까?
끝없는 변덕을 만족시키기 위해
런던의 잡화상이 팔아먹는 모든 것,
목재나 수지와 맞바꾸기 위해 발트 해의
물결을 헤치고 우리에게 들어오는 모든 것,
탐욕스러운 파리의 취향이

수지 타산이 맞는 장사인가 싶으면
오락과 사치와 유행하는 호사를 위해
발명해 내는 모든 것
이 모든 것이 열여덟 살 난 청년 철학가의
내실을 장식해 주었다.

24

이스탄불에서 들여온 호박(琥珀) 파이프,
탁자 위의 도자기와 청동상,
섬세한 감정에 기쁨을 더해 주기 위해
크리스털 병에 담겨진 향수,
머리빗과 손톱 다듬는 철제 줄칼,
쭉 뻗은 가위, 구부러진 가위,
손톱을 소제하거나 이를 닦는 데 쓰는
서른 가지나 되는 각종 솔들.
(말이 난 김에 하는 얘기지만) 루소[37]는
이해할 수 없었다, 저 엄숙한 그림[38]씨가
입심 좋은 기인으로 알려진 자기 앞에서
어떻게 감히 손톱 다듬을 생각을 했는지를.[39]

---

37 Jean Jacques Rousseau(1712~1778). 프랑스의 사상가, 소설가.
38 F. M. Grimm. 백과 전서파이자 비평가. 예까쩨리나 여제와 서신을 교환하기도 했다.
39 뼈쉬긴은 원주에서 루소의 『고백록』에 수록된 다음과 같은 일화를 소개하고 있다. 〈모두들 그가 하얀 분을 사용한다는 걸 알고 있었다. 처음엔 그 사실을 믿지 않았던 나는 그 사실을 믿게 되었는데 다만 그의 안색이 사뭇 좋아졌고 그의 화장 탁자 위에 분통이 놓여 있어서뿐 아니라 어느 날 아침 그의 방에 들어갔을 때 그가 특수한 작은 솔을 가지고 손톱을 다듬고 있는

자유와 권리의 수호자도 이 경우에는
결코 공정하지 않은 듯.

25

손톱의 미에 관해 생각한다고 해서
유능한 인간이 되지 말란 법은 없지.
시대와 헛되이 논쟁을 벌여 무엇하랴?
관습이란 인간사의 폭군인데.
제2의 차아다예프,[40] 우리 예브게니는
질투 어린 비평을 멀리하고자
옷에 관한 한 철저한 지식을 겸비했으며
또 흔히들 말하는 진짜 멋쟁이었다.
적어도 하루에 세 시간은
거울 앞에서 보냈으며
치장을 마치고 나올 때는
경박한 비너스가 남장을 하고서[41]
가면 무도회에 달려가는 모습을
그대로 빼다 박은 듯.

것을 발견했기 때문이다. 그는 내 앞에서 오만하게도 손톱 다듬는 일을 계속하였다. 매일 아침 손톱 다듬는 데 두 시간씩 허비하는 인간이라면 분으로 피부를 다듬는 데 몇 분을 소비하지 못할 것도 없다는 생각이 들었다.〉

40 P. Chaadaev(1794~1856). 진보적 사상가. 뿌쉬낀은 1816년에 그와 알게 된 후 죽을 때까지 두터운 친분을 유지했다. 차아다예프는 유럽과 러시아에서 멋쟁이로 유명했다.

41 이 비유는 프랑스 작가 파르니 E. D. D. de Parny의 『비너스의 변장』에서 빌려 온 것이다.

26

최신 유행하는 몸치장으로써
여러분의 호기심 어린 시선을 사로잡았으니
이제 아는 것 많은 양반들 앞에
그의 의상을 묘사하는 것도 괜찮지 싶은데.
아, 물론 그건 좀 지나친 일일지 모르지만
어쨌든 묘사란 게 내 직업 아닌가.
그런데 판탈롱이니 프록 코트니 질레[42]니
이 모든 〈단어들〉은 사실 러시아어에는 없는 것들.
용서를 바라건대 내 눈에도
이토록 많은 외래어를
사용하는 나의 문체는
형편없이 초라하게 보인다.
하나 나도 예전에는 학술원에서 나온
러시아어 사전[43]을 들춰보긴 했었다.

27

그러나 그런 얘기는 지금 할 때가 아니니
우리 오네긴이 역마차를 타고서
쏜살같이 달려가는 무도회로
우리도 서둘러 가보는 게 나을 듯 싶다.

---

42 블라우스를 받쳐입은 것처럼 보이도록 웃옷 밑에 장식용으로 입는 소매 없는 여자옷.
43 18세기 말에 간행된 『러시아 아카데미 사전 *Slovar' Akademii Rossiiskoi*』을 가리킨다. 이 사전에는 외래어가 — 이미 러시아어 속에 동화되어 자연스럽게 쓰이고 있던 단어까지도 — 한 단어도 들어 있지 않았다.

불 꺼진 집들을 지나
졸린 거리들을 지나
역마차 양옆에서 활활 타는 등불이
즐거운 빛을 발하며
눈 위에 무지개를 그린다.
대낮처럼 불을 밝힌
화려한 저택이 위용을 자랑한다.
잘 닦인 유리창에 그림자가 어른거리고
부인들이며 유행 쫓는 기인들의
옆 얼굴이 명멸한다.

28
우리 주인공은 현관에 다다랐다.
문지기 옆을 쏜살같이 지나
대리석 계단을 나는 듯 올라가
손으로 머리를 매만지고
안으로 들어갔다. 홀을 메운 손님들
이미 지친 듯한 음악에 맞추어
마주르카를 추기에 여념이 없다.
북적대는 사람들, 왁자지껄 떠드는 소리,
짤랑대는 근위 기병의 박차,
날듯이 뛰노는 귀부인들의 작은 발.
황홀한 그 모습을
불같은 시선이 뒤따르고
멋쟁이 부인들의 질투 어린 속삭임은
바이올린의 노호 속에 파묻힌다.

29

환락과 욕망의 시절엔
나도 정신없이 무도회에 빠져 있었지.
사랑을 고백하고 편지를 건네 주기에
그보다 더 좋은 곳이 어디 있으랴.
오 당신들, 존경받는 남편들이여!
도움이 되고자 한마디 할터이니
잘 들어 주기 바라오,
이 소중한 경고의 말을.
그리고 당신들, 어머니들이여,
자나깨나 딸 조심들 하시라.
안경을 똑바로 치켜 쓰시라!
이런 일…… 저런 일…… 오 차마 더 이상은!
내가 이런 글을 쓸 수 있는 것은
이미 오래 전에 그런 짓에서 손을 뗐기 때문.

30

아, 갖가지 환락에
나 얼마나 헛되이 인생을 망쳤던가!
풍기가 문란해 지지만 않았더라도
나는 지금까지 무도회를 즐겼을 텐데.
나는 사랑한다, 미칠 듯한 청춘과
북적거림과 화려함과 즐거움과
귀부인의 세심한 옷차림을.
그들의 앙증맞은 발을 사랑한다, 비록
러시아를 샅샅이 뒤져도

외씨 같은 여인의 발은 세 쌍도 찾기 힘들지만.
아! 나는 오랫동안 잊을 수가 없었다
저 두 개의 작은 발…… 정열은 식고 슬픔만 남았어도
나는 아직도 그 발을 기억한다, 꿈속에서도
그 발은 내 가슴을 휘저어 놓는다.

31
어리석은 인간아, 언제, 어디서, 어느 광야에서
너는 그 발을 잊으려느냐?
아, 작은 발, 예쁜 발! 너 지금은 어디 있느냐?
어디서 봄날의 흐드러진 꽃을 밟고 있느냐?
동방의 무위에 젖은 너
북국의 슬픈 눈 위에는
흔적조차 남기지 않았구나.
너는 비단결처럼 보드라운 양탄자의
사치스런 감촉을 사랑했었지.
나 너를 위해 명예와 칭송을 향한 열망도
고향 생각도, 험난한 유형 생활도
다 잊고 지내던 게 오래 전이던가?
청춘의 행복은 사라졌다
풀 위에 남겨진 네 가벼운 발자국처럼.

32
디아나[44]의 가슴도 플로라[45]의 두 뺨도

---

[44] 로마 신화에 나오는 궁술·수렵의 신. 그리스 신화의 아르테미스.

매혹적이지만, 오 사랑스런 벗들이여!
내게는 테르프시코레의 작은 발이
어쩐지 그보다 더 매혹적이다.
그 발은 지긋이 바라보는 눈길에
지극히 소중한 보답을 약속해 주고
은밀한 아름다움으로
방자한 욕망의 무리를 끌어낸다.
나는 그 발을 사랑한다, 엘비나,[46] 나의 벗이여,
길게 늘어진 식탁보 아래 숨어 있던 발,
봄이면 초원의 어린 풀 위를 걷고
겨울에는 난로 덮개 위에서 불을 쪼이고
거울 같은 마룻바닥을 미끄러지고
바닷가 벼랑에 아슬아슬 걸쳐 있던 그 발을.

33

폭풍이 몰아치던 저 바다를 나는 기억한다.
그 작은 발 아래 사랑을 바치고자
미친 듯이 떼지어 몰려오던 파도를
나 얼마나 부러워했던가!
나 또한 파도와 함께 밀려가
그 발에 입맞추기를 얼마나 열망했던가!
아니, 나는 한번도, 심지어 끓어오르는 청춘,
저 타오르는 불길 같던 시절에도

---

45 로마 신화에 나오는 꽃과 풍요의 신.
46 뿌쉬낀의 시에 종종 등장하는 가공의 여자 친구 이름.

묘령의 처녀 아르미다[47]의 입술에
장미처럼 붉게 달아오른 뺨에
아니면 우수에 젖은 가슴에
그토록 괴로운 욕망에 몸부림치며
입맞춤하고 싶었던 적은 없었다.
아니, 터져 나오는 정열이 그토록 갈가리
내 영혼을 찢어 놓은 적은 정말이지 없었다!

34

또 이런 일도 생각난다!
때로는 소중한 꿈속에서
행복한 등자를 잡고 있는데……
손바닥에 느껴지는 앙증맞은 발.
또다시 공상이 스멀스멀 피어오르고
또다시 그 발의 촉감이
시든 내 가슴에 피를 끓게 하여
또다시 그리움, 또다시 사랑……!
그러나 수다스러운 리라를 울리며
오만한 여인들 찬미하는 것은 그만두자.
그네들은 정열도 영감에 찬 노래도
받을 자격이 없나니
저 요녀들의 말도 시선도
모두 기만…… 그들의 발이 그러하듯.

---

47 이탈리아의 시인 타소 T. Tasso가 지은 『해방된 예루살렘』에 등장하는 여자 마법사. 그러나 고전 문학에서는 보통 명사로 쓰였다. 매혹인 여자의 대명사.

35

그런데 우리 오네긴은 어떻게 됐을까? 무도회를 떠나
꾸벅꾸벅 졸며 제 집 침대로 돌아갔지.
지칠 줄 모르는 뻬쩨르부르그는 벌써
새벽을 알리는 북소리에 잠을 깼다.
장사꾼은 일어나고 행상인은 거리를 지나가고
마부는 대기소에서 손님을 기다린다.
오흐따[48]의 처녀는 물동이 이고 총총
발 밑에선 밤새 내린 눈이 뽀드득
상쾌한 소리를 내며 아침이 눈을 뜬 것.
덧문이 활짝 열리고 굴뚝에선
푸른 연기가 모락모락 솟아오른다.
정확함을 자랑하는 독일인 빵집 주인
종이로 만든 고깔 모자를 쓰고서
벌써 몇 차례나 바시스다스[49]를 열어제쳤다.

36

그러나 야단법석 무도회에 지쳐 빠진
유희와 사치의 자식은
아침이 오밤중인 양
복된 어둠 속에 평화로이 잠들어 있다.
한나절이 되어서야 눈을 뜨지만

---

48 뻬쩨르부르그 근교 지역 이름.
49 독일어의 〈was ist das〉에서 나온 말로 통풍구, 혹은 큰 문에 달린 개폐식의 쪽문을 의미한다. 이 매출구를 통해 빵집 주인은 큰 문을 열지 않고도 빵을 팔 수 있었다.

다음날 새벽까지 기다리는 건
또다시 지리하고 번잡한 삶,
내일도 어제와 다를 바 없네.
그러면 꽃다운 청춘의 우리 오네긴
빛나는 사랑의 승리와
연일 계속되는 쾌락에
진정 자유와 행복을 만끽했던가?
부질없이 주연의 도가니 속에서
흥청망청 날뛰고 있었던가?

37
아니다. 그의 감정은 식은 지 오래,
소란스런 사교계도 시큰둥
아름다운 여인들도 그저 잠시
그의 정념을 사로잡았을 뿐.
유혹하는 일에도 싫증이 나고
친구들과의 우정에도 넌덜머리.
아무튼 골치가 지끈거릴 때
비프스테이크와 스트라스부르 파이와
철철 넘치게 따라 부은 샴페인과
사방에 퍼뜨리는 독설이
언제나 도움이 되는 건 아니니까.
성질이 불같은 망나니긴 해도
오네긴은 마침내 흥미를 잃었다
결투니 총이니 칼이니하는 것들에.

38

벌써 오래 전에 그 원인을 찾았어야 할
오네긴의 병명은
영어식으로 말해 스플린,[50]
혹은 간단히 러시아 식의 우울증,
병이 서서히 그를 사로잡았지.
천만 다행으로 권총 자살까지는
할 생각을 안 했지만
인생이란 것에 완전히 염증이 나버린 것.
괴롭고 침울한 모습으로 살롱에 등장할 때는
차일드 해럴드[51] 그대로였지.
사교계의 소문도 보스턴 게임[52]도
사랑스런 시선도 파렴치한 탄식도
그에게 감동을 주지 않았고
그는 아무것에도 관심이 없었다.

39, 40, 41

. . . .
. . . .
. . . .

---

50 영어의 〈spleen〉을 음차해서 쓴 것으로 〈우울〉이란 뜻이다.
51 바이런의 「차일드 해럴드의 편력 *Childe Harold's Pilgrimage*」에 등장하는 주인공.
52 카드 놀이의 일종. 18세기 말 보스턴 항에 주둔했던 프랑스 장교들 사이에서 생겨나 이러한 명칭으로 불리게 되었다.

42

사교계의 변덕스러운 여인들이여!
그가 제일 먼저 걷어찬 건 바로 당신들.
하기야 요즈음 상류 사회의 매너란
지루하기 짝이 없지.
물론 가끔 가다 세[53]와 벤섬[54]에 관해
왈가왈부하는 부인도 있지만
그들의 대화란 대체로 악의는 없어도
차마 들어 줄 수 없는 헛소리.
게다가 그들은 그토록 완전 무결하고
그토록 위엄 있고 현명하고
그토록 신앙심도 두텁고
그토록 사려 깊고 그토록 꼼꼼하고
그토록 티 하나 없이 정숙하니
그 모습 보기만 해도 스플린이 생길 지경.[55]

43

그리고 당신들, 아직 어린 미녀들이여,
밤늦은 시각에 마차를 타고

---

53 프랑스의 경제학자.
54 영국의 법학자. 〈최대 다수의 최대 행복〉을 주장했고 19세기 초에 러시아에서 상당히 인기를 누렸다.
55 사교계 여인들에 관한 이 부정적인 진술에 대해 뿌쉬낀은 다음과 같은 원주를 덧붙이고 있다. 〈이 아이러니컬한 연 전체는 우리의 아름다운 동료에 대한 교묘한 칭송이다. 부알로가 비평을 가장하여 루이 14세를 칭송했듯이. 우리의 여인들은 지성과 귀여움과 엄격한 도덕적 순결과 스탈 부인을 그토록 매료시켰던 동양적인 매력을 겸비하고 있다.〉

뻬쩨르부르그의 대로를
바람처럼 쌩쌩 달려가는 당신들도
우리 예브게니는 차버렸다.
폭풍 같은 환락의 세상 저버리고
집 안에 콕 틀어박힌 오네긴
하품을 하며 펜을 잡고
무언가 써보려 했지만, 끈기를 요하는 일은
끔찍이도 싫어해
한마디도 쓰지 못하였으니
저 시끄러운 동아리[56]에 끼어들지 않았다.
그 족속들에 관한 한 판단을 유보하는 바
이유인즉 나도 그들과 한패이므로.

44

하여 또다시 무위에 빠진 그
정신적인 공허감에 시달려
타인의 지혜를 습득하겠다는
갸륵한 생각으로 책상 앞에 앉았다.
책장에 일렬로 죽 세워 놓은 책들
기를 쓰고 읽었지만 모두 허사.
거기엔 따분함과 기만 혹은 헛소리뿐.
뻔뻔스럽고 무의미한 내용,
인습에 꽁꽁 묶인 각종 쓰레기들.
옛것은 진부하기 짝이 없고

---

56 작가 문필가 서클을 말함.

새것은 또 옛것을 그대로 주워섬기고.
그래서 여자를 버리듯 책도 버린 오네긴
먼지 앉은 책들 빽빽히 꽂힌 책장에
상복 같은 검은 보자기를 씌워 버렸네.

45

오네긴처럼 사교계의 무거운 관습 벗어 던지고
번잡한 세상사에 작별을 고한 내가
그와 친교를 맺은 건 그 즈음의 일.
내 마음에 들었다, 그의 성격과
몽상을 향한 충실한 본능과
아무도 흉내낼 수 없는 기이한 성품과
예리하고 냉정한 지성이.
한 맺힌 나, 침울한 그,
우리는 둘 다 정열의 유희를 알고 있었고
우리는 둘 다 인생에 염증을 느꼈다.
우리 둘의 가슴에 불꽃은 꺼지고
인생의 아침부터
우릴 기다리고 있던 것은
눈먼 포르투나[57]와 인간들의 증오였다.

46

살아오면서 명상에 잠겨 본 사람이라면

---

57 로마 신화에 나오는 행운의 여신. 그녀가 행운을 선사하는 대상은 무작위로 선택되므로, 눈이 멀었다고 불린다.

마음속 깊이 인간을 경멸하지 않을 수 없고
느낌이 있는 사람이라면
되돌아오지 않는 세월의 환영에 전율하기 마련.
이미 아무것도 그를 사로잡지 못하고
회상과 회한만이
뱀처럼 그를 물어뜯는 법.
이 모든 것은 종종
대화에 큰 매력을 더해 주지.
처음에는 오네긴의 말투가 당혹스러웠지만
그의 신랄한 논법과
반쯤은 독설이 섞인 농담과
음울한 경구의 사악함에
나는 곧 익숙해졌다.

47

투명하고 환한 밤하늘이
네바 강 위에 떠 있고
거울처럼 맑은 수면에
디아나의 얼굴조차 비치지 않는
여름이면 우리는 얼마나 자주
예전의 로맨스를 회상하며
예전의 사랑을 회상하며
또다시 객기와 감수성을 되살리며
상냥한 밤의 숨결에
말없이 취하곤 했던가?
감방의 죄수가 꿈결에

푸른 숲으로 날아가듯이
우리도 공상의 나래를 펴고
청춘이 움트던 시절로 날아갔었지.

48

어느 시에 등장하는 시인[58]처럼
예브게니는 회한에 가득 찬 마음을 안고
사색에 잠겨 화강암 벼랑에 기대어 서 있었다.
사방은 쥐죽은듯이 잠잠한데
들리는 건 오직 야경꾼의 교호 소리.
불현듯 밀리온나야 거리[59]를 질주하는
마차의 삐걱 소리 저 멀리 울려 퍼지고
조각배 한 척이 조는 강물 위를
노 저어 미끄러진다.
우리는 넋을 잃고 듣고 있었다
먼데서 들려 오는 뿔피리 소리와 용사의 노래를……
그러나 한밤의 즐거움 중에서
토르콰토[60]의 8행시만큼 달콤한 것도 없지!

---

58 원주에 따르면 뿌쉬낀은 여기서 무라비요프A. Murav'ev(1757~1807)의 고풍스러운 시 「네바의 여신에게 Bogine Nevy」를 인용하고 있다. 〈상냥한 여신의 모습 선명하니/환희에 가득 찬 시인은 깨닫는다/화강암 벼랑에 기대어/오래도록 잠 못 이룰 것임을.〉

59 뻬쩨르부르그의 거리 이름.

60 타소Torquato Tasso를 말함. 그의 『해방된 예루살렘』에 나오는 8행시들은 이탈리아에서 너무도 유행하여 심지어 베니스의 곤돌라 뱃사공까지도 즐겨 노래했다고 한다.

49

아드리아 해의 푸른 물결이여,
오 브렌타 강[61]이여! 아니, 나 너를 만나
또다시 영감에 가득 차
네 마술 같은 음성을 들으리라!
아폴론의 후예[62]가 숭배하는 그 음성,
오만한 알비온의 리라[63] 덕분에
내게도 귀익고 그리운 그 음성을.
때론 조잘대고 때론 과묵한
베니스의 처녀와 단둘이
신비스런 곤돌라에 올라
금빛 찬란한 이탈리아 밤의
몽롱한 쾌락에 한껏 젖어 들리라.
그녀와 함께라면 내 입도 배울 수 있으련만
페트라르카[64]의 언어를, 사랑의 언어를.

50

자유의 순간이 내게도 오려나?
어서 오려마, 자유여! 나 소리쳐 부르나니.
바닷가 거닐며,[65] 순풍을 기다리며

---

61 아드리아 해로 흐르는 강의 이름. 그 하구에 베니스가 있다.
62 시인을 말함.
63 알비온은 영국을 가리키는 옛이름. 알비온의 리라란 바이런의 시를 말한다. 바이런은 이탈리아에 관한 시를 많이 남겼다.
64 14세기 이탈리아 시인. 수많은 연애시의 저자로 알려져 있다.
65 뿌쉬낀의 원주에는 이 구절을 오데사에서 썼다고 적혀 있다.

새하얀 돛배 향해 손을 흔든다.
폭풍의 옷 걸치고 파도와 싸우며
저 푸른 망망대해 가로질러
나 언제나 자유로이 떠나가려나?
자연마저 내게 적의를 품은
이 단조로운 해안을 등지고
이제 남국의 바다 가운데서
나의 아프리카[66] 하늘 우러르며
애타게 그리워할 때가 되었다.
번민과 사랑으로 세월을 보냈던 곳,
내 심장을 매장해 버린 황량한 러시아를.

51

오네긴은 니와 함께
이국의 여행길에 오를 작정이었다.
그러나 운명의 뜻이었는지
우린 곧 오랫동안 떨어져 있어야 했다.
그의 부친이 그때 세상을 떠났던 것이다.
오네긴의 코앞에 탐욕스러운 빚쟁이들이
벌떼처럼 몰려들어
저마다 이유를 대며 돈 내놓으라 야단.
소송이라면 지긋지긋한 예브게니
자기 몫에 만족하여

---

[66] 뿌쉬낀의 외조부가 에티오피아 출생이므로 나의 아프리카라고 불렀다.

유산을 그들 손에 선뜻 내주고도
그다지 손해라 생각지 않은 것은
늙은 아저씨의 죽음을
미리 짐작했기 때문인지도 모른다.

52

정말로 어느 날 갑자기
관리인에게서 전갈이 날아든 즉
아저씨께서 지금 임종의 자리에서
예브게니에게 작별을 고하고자 하신다나.
이 슬픈 편지를 읽은 예브게니
득달같이 역마차 몰아
아저씨를 뵈러 달려갔는데
한몫 챙기려고 한숨짓는 척
지루함 달래며 거짓말 해댈 생각에
벌써부터 하품이 나왔다.
(바로 이 대목에서 나는 이 소설을 시작했다).
그러나 아저씨의 영지에 닿았을 때
아저씨는 이미 대지에 바치는 제물이 되어
탁자 위에 누워 계셨다.[67]

53

저택은 하인들로 가득했고
사방에서 고인의 영전에 모여들었다

---

67 러시아에서는 고인의 시신을 탁자 위에 안치해 놓는다.

벗들이며 적들이며
장례식을 즐겨 찾는 족속들이.
고인은 땅속에 고이 묻히고
사제와 손님들은 진탕 먹고 마신 뒤
무슨 큰일이나 치른 듯
엄숙한 표정으로 돌아갔다.
이제 우리 오네긴은 시골 사람,
공방이며 시냇물이며 숲이며 대지의
어엿한 주인. 그런데 여지껏
질서의 적이자 방탕의 친구였던 그는
이전의 생활이 어떤 식으로든 달라질 것 같아
내심 매우 즐거워했다.

54

한 이틀 동안은 모든 게 새로웠다
한적한 들판이며
황량한 참나무 숲의 서늘한 그늘이며
조용히 흘러가는 시냇물의 노랫소리며.
하나 사흘째부터는 수풀도 언덕도 들판도
더 이상 눈에 안 들어오고
마냥 졸음만 쏟아졌다.
하여 그는 분명히 깨달았다
비록 번화가도 궁전도 없고
카드 놀이도 무도회도 시도 없지만
결국 지루하긴 시골도 매한가지란 것을.
우울증이 그를 감시하며

어딜 가든 쫓아다녔다,
그림자처럼, 정숙한 아내처럼.

55
나는 한적한 생활과
전원의 고요를 위해 태어난 사람.
벽지에선 리라 소리 더욱 낭랑하고
창조의 꿈은 더욱 생생하게 살아나거늘.
순박한 여가에 몸을 맡기고
황량한 호숫가를 거닐면
무위[68]야말로 나의 규칙.
아침마다 잠에서 깨어나면
달콤한 안일과 자유가 나를 맞아
책 좀 읽다가 늘어지게 오수를 즐기니
부질없는 명예는 안중에도 없다.
지난날 나는 이토록 하는 일 없이
이토록 외진 그늘 속에서
내 가장 행복한 시절을 보내지 아니했던가?

56
꽃이여, 사랑이여, 전원이여, 무위여,
들판이여! 나 진실로 너희를 사랑하노라.
나는 언제나 오네긴과 나의 다른 점을
기쁘게 지적하곤 했는데

---

68 원문의 이탈리아어는 〈far niente〉.

이는 훗날 조소적인 독자나
혹은 과장된 비방을 일삼는
웬 출판업자 따위가
나 역시 오만한 시인 바이런처럼
내 초상화를 어설프게 그렸을 뿐이라고[69]
뻔뻔스레 떠들어 대는 것을
미연에 방지하기 위함이라.
그들의 태도는 마치 오늘날에는
다른 사람에 관한 서사시는 쓸 수 없고
자기 자신에 관해서만 써야 한다는 듯하구나.[70]

57

말이 난 김에 한마디 하자면
시인이란 꿈 같은 사랑의 친구.
꿈속에서 만난 그리운 여인들,
내 영혼은 그 신비한 형상
소중히 담아 두었고
뮤즈는 나중에 그들을 소생시켜 주었다.
그런 식으로 나는 태평하게 찬양했었다,
내 이상의 여인 산처녀[71]를

---

69 당대의 독자들은 바이런의 서사시에 등장하는 주인공들이 모두 바이런 자신이라고 믿었다.
70 여기서 뿌쉬낀은 낭만주의 문학 관례 중 하나인 전기주의를 언급하고 있다.
71 산처녀란 저자의 장편 서사시 「까프까즈의 포로 *Kavkazskii plennik*」에 나오는 체르께스 처녀.

살기르 강가[72]에 포로로 잡혀 온 여인들[73]을.
벗들이여, 요즘 나는
여러분한테 종종 이런 질문을 받는다.
〈너의 리라는 누구를 애타게 그리는가?
질투심에 불타는 숱한 처녀들 중
누구에게 리라의 노래 바쳤는가?

58

누구의 시선이 영감을 불러일으키며
사색에 잠긴 네 노래에
귀여운 애무로 보답해 주는가?
누구를 숭배하여 시를 썼는가?〉
아니, 맹세코 아무도 아니네, 친구여!
나는 미칠 듯한 사랑의 전율을
기쁨도 없이 맛보았을 뿐.
뜨거운 운율과 사랑을
한꺼번에 얻은 이는 복되도다.
그는 페트라르카의 전철을 밟아
시의 성스러운 잠꼬대를 두 배로 늘이고
심장의 고뇌를 진정시키고
겸사겸사 명예까지 얻지만
나는 사랑을 하면 바보에 벙어리가 된다.

---

72 끄림 지방에 있는 강 이름.
73 끄림 지방의 한 기레이의 하렘에 기거하던 궁녀들. 장편 서사시 「바흐치사라이의 분수 *Bakhchisaraiskii fontan*」 참조.

59

사랑이 지나가자 뮤즈가 등장했다.
흐려졌던 지성은 맑아지고
자유로운 나는 또다시 찾는다
마술 같은 소리와 감정과 상념의 결합을.
시를 써도 가슴은 미어지지 않고
펜은 자기도 모르게
쓰다 만 시의 여백에
여인의 발이니 얼굴이니 그리지도 않는다.
재만 남은 불은 다시 타오르지 않고
나는 여전히 슬퍼하지만 눈물은 이미 말랐다.
머지않아 폭풍의 흔적도
내 영혼 속에서 완전히 사라지리라.
그때가 되면 쓰기 시작하리라
스물다섯 장의 서사시를.

60

시의 형식이나 주인공의 이름은
벌써 생각해 두었다.
그러는 사이에 이럭저럭
내 소설의 제1장을 다 썼다.
쓴 것을 꼼꼼히 다시 읽어 보니
모순도 무척 많지만
수정할 생각은 없다.
검열관에겐 빚을 갚고
저널리스트들에겐 내 노력의 결실을

마음대로 하라고 내줄 터이다.
지금 막 태어난 나의 작품이여
가거라 네바 강변으로,
가서 영광의 보상을 얻어 다오,
왜곡된 해석과 소동과 비난을!

제2장

오 전원이여……!
— 호라티우스[74]

오 러시아여!

1

예브게니가 심심해서 몸을 비비꼬고 있던
시골은 아름다운 고장이었다.
순박한 정취를 즐기는 사람이라면
그곳에서 하늘에 감사했을 것이다.
지주의 저택은
바람막이 야산에 둘러싸여
시냇가에 고즈넉하게 서 있었다.
저 멀리 푸른 초원과 황금 빛깔의 밭이
점점이 피어나고
촌락들은 듬성듬성 빛나고

---

74 원문의 라틴어는 〈O rus! — Hor〉로, 바로 아래의 〈O Rus'!〉와 대응되도록 되어 있다.

풀밭엔 여기저기 가축이 뛰놀고
상념에 잠긴 드리아다[75]가 숨어사는
거대한 정원은 이제 황폐해져
짙은 그늘만 드리우고 있었다.

2

웅장한 그 집은
대저택의 격식에 맞게 지어져
현명한 조상들의 취향대로
최고의 견고함과 안정감을 보여 주었다.
방마다 높다란 천장,
거실을 휘감은 비단 벽지,
죽 걸린 역대 황제의 초상화,
색색의 벽돌로 꾸며진 뻬치까.
이 모든 것은 어쩐 일인지 몰라도
지금의 유행과 동떨어진 것.
그러나 나의 친구는
아무래도 상관이 없었다
신식 홀이건 구식 홀이건
하품이 나긴 마찬가지였으니까.

3

예브게니는 토박이 시골 양반이
사십 년 가까이 하녀와 싸우고

---

75 그리스 신화에 나오는 숲의 요정.

창 밖을 내다보고 파리를 잡던
그 방에 자리를 잡았다.
모든 게 간소했다. 참나무 판자를 댄 마루,
두 개의 장, 탁자, 푹신한 소파,
어디에도 잉크 얼룩 같은 건 없다.
오네긴은 장을 열어 보았다.
이쪽 장에는 회계 장부,
저쪽 장에는 죽 늘어선 과일주 단지,
사과즙이 담긴 항아리들,
그리고 1808년의 달력이 있었다.
돌아가신 노인은 할 일이 너무 많아
다른 책은 볼 겨를도 없었던 것.

4
드넓은 영지에서 독수공방,
시간이나 죽여 볼까 해서
우리 예브게니는 우선
새로운 제도를 시행할 생각.
시골에 은둔한 이 현자는
예로부터 내려온 부역의 멍에를
가벼운 소작세로 바꾸어 주었다.
하여 농노들은 새 운명에 기뻐했지만
계산에 빠른 이웃들은
이 개혁에서 가공할 해악을 발견하여
한 켠에서 불만스레 투덜거렸고
또 어떤 이는 교활하게 싱긋 웃었다.

그리고 모두들 입을 모아 저 사람은
위험하기 짝이 없는 괴짜라 단정지었다.

5

처음에는 모두들 그를 찾아왔지만
큰길에서 여염집 마차가
덜컹대는 소리만 들려도
어김없이 뒷문으로 빠져나가
돈 강 지방의 준마 타고
훌쩍 달아나는 주인장,
이 모욕적인 행동에 발끈한 이웃들
모조리 발길을 끊어 버렸다.
〈새로 온 지주는 무식하고 예의가 없어,
파르마존[76]인가 봐, 허구한 날
붉은 포도주만 마셔 대고
부인들 손에 입맞춤도 한번 안 해,
그저 《네》 아니면 《아니오》 할 뿐, 《그렇습니다》
《아닙니다》 할 줄을 몰라.〉 이것이 일반적인 평이었다.

6

마침 그때 새로운 지주 한 사람이
자기 영지에 혜성같이 나타나.
예브게니와 마찬가지로

---

76 프랑스어의 〈franc-maçon〉을 잘못 발음한 표현. 프리메이슨이란 자유 석공 조합으로 합리적인 기독교 이단의 하나. 여기서는 자유주의자라는 뉘앙스를 풍긴다.

엄격한 평판의 도마에 오르게 되었다.
이름하여 블라지미르 렌스끼,
순수한 괴팅겐[77] 정신으로 가득 찬
한창 나이의 미남자,
칸트[78]의 숭배자요 시인.
그는 안개 자욱한 독일에서
학문의 결실을 가져왔다.
자유주의자다운 몽상과
격정적이고 다소 기이한 정신과
언제나 열광적인 말투와
어깨까지 늘어뜨린 검은 곱슬머리 같은 것들을.

7

사교계의 냉혹한 방탕에
아직 물들지 않은 그의 영혼은
친구의 인사와 처녀들의 환대로
마냥 따사롭게 부풀어올랐다.
세상 물정 모르는 귀여운 철부지,
아직도 희망이 그를 즐겁게 했고
세상의 새로운 광휘와 소요가
그의 젊은 지성을 사로잡았다.
달콤한 꿈은 그의 가슴속
의혹을 즐거이 몰아냈다.

---

77 독일 북서부의 유명한 대학 도시. 18세기 말과 19세기 초에 많은 러시아 유학생들이 그곳에서 수학하면서 관념론과 자유주의를 습득했다.
78 독일의 철학자.

우리네 인생의 목적도 그에게는
마음을 끄는 수수께끼였고
그것을 풀어 보고자 골머리를 썩으며
그는 기적을 고대하고 있었다.

8

그는 믿었다. 그리운 영혼 하나가
그와 하나로 맺어질 것이라고,
그리움에 사무쳐 번민하며
날이면 날마다 그를 기다리고 있다고.
그는 믿었다. 친구들이 그의 명예를 위해서라면
어떤 멍에도 기꺼이 감수할 거라고,
앞뒤 가리지 않고
비방자의 면상을 산산조각 내줄 거라고.
또 세상에는 운명적으로 선택된
인류의 성스러운 벗들이 있어
그 불멸의 집단은
언젠가 강렬한 빛으로
우리를 비추어 주고
세상에 지복을 선사하리라고 믿었다.

9

분노와 연민
선을 향한 지순한 사랑
명예를 위한 달콤한 고뇌가
일찍부터 그의 피를 끓게 하였다.

그는 리라를 둘러메고 온 세상을 떠돌아다녔다.
괴테와 실러의 하늘 아래서
그들의 시적인 성화는
그의 영혼에 불을 붙였다.
다행히도 그는 고상한 뮤즈의 예술을
욕되게 하지 않았고
그의 시는 당당하게 보존하였다,
언제나 고양된 감정과
순수한 몽상의 폭발과
장엄한 소박함의 매력을.

10

그는 사랑에 귀기울여 사랑을 노래하였고
그의 노래는 티없이 맑았다,
순수한 처녀의 생각처럼
어린애의 단잠처럼
평온하고 황량한 밤하늘을 비추는
저 부드러운 한숨과 비밀의 여신, 달님처럼.
그는 노래했다, 이별과 슬픔을,
〈아스름한 그 어떤 것〉과 〈안개 낀 피안〉을,
그리고 낭만적인 장미꽃을.
그는 노래했다,
오랫동안 적막의 품안에서
뜨거운 눈물을 흘렸던 저 먼 나라를.
그는 노래했다, 채 열여덟도 되기 전에
퇴색한 생명의 꽃을.

11

오로지 예브게니만이
그의 재능을 알아주는 시골에서
이웃 마을 지주들이 베푸는
연회는 그의 관심 밖,
떠들썩한 세상 얘기도 피하기만 할 뿐.
추수며 포도주며
사냥개며 일가 친척에 관한
그네들의 자못 사려 깊은 대화는
당연히 감정도
시적인 불길도
기지도 지혜도
세련된 사교술도 발하지 못했지만
더더욱 들어 줄 수 없는 것은
그네들의 상냥한 부인들이 지껄이는 소리.

12

돈 많고 잘생긴 렌스끼는
어딜 가든 신랑감 대우를 받았다.
시골 풍습이란 으레 그런 것.
모두들 저 〈반은 독일 사람인 이웃〉에게
딸을 주고 싶어 안달을 했다.
그가 나타나기만 하면 대화는
홀아비 생활이 얼마나 지겨우냐는 쪽으로
은근슬쩍 넘어간다.
차를 대접하겠다고 해서 이웃집 찾으면

차를 따르는 것은 그 집 딸 두냐,
뒤에서 속삭이는 소리, 〈두냐야, 잘 보아 둬라!〉
그리고 기타 소리 울려 퍼지고
두냐의 빽빽대는 노랫소리(오 맙소사!),
〈오세요, 저의 황금 빛 궁전으로……!〉[79]

13

하나 렌스끼는
결혼의 족쇄를 찰 생각은 물론 추호도 없었고
오네긴과의 더욱 친밀한 우정만을
간절히 원했다.
그들은 친해졌다. 파도와 바위,
시와 산문, 얼음과 불꽃보다
그 둘은 더 달랐음에도.
처음에는 이런 차이 때문에
서로 진력을 냈지만
얼마 후 우정이 싹트고
날마다 말을 타고 만나곤 하더니
어느덧 떨어질 수 없는 사이가 되었다.
사람이란 (그 첫째가 나겠지만)
〈할 일이 없어〉 친구가 되는 법.

---

[79] 환상적인 오페라 「드네쁘르 강의 루살까 *Dneprovskaia rusalka*」의 일절. 러시아에서 매우 유행한 노래.

14

하지만 우리에겐 그 정도의 우정도 없다.
모든 편견을 뿌리째 없애 버리고
우리는 모든 사람을 제로로 생각하고
자기만을 단위로 믿는 것이다.
우리는 모두 나폴레옹이 되고자 하니
수백만의 두 발 가진 짐승은
우리에겐 모두 하나의 도구,
감정이란 야만적이고 우스꽝스러운 것.
예브게니는 그래도 한결 나은 편이었다.
물론 그도 인간을 꿰뚫어 보고
대체로 인간을 경멸했지만
그래도(예외 없는 규칙이 어디 있으랴)
몇 명에 한해서는 특별 대우,
남의 감정이지만 그래도 존중해 주었다.

15

그는 빙그레 웃으며 렌스끼의 말을 들었다.
시인의 열렬한 말,
아직은 분별없이 흔들리는 지성,
끝없이 영감에 찬 시선,
이 모든 것이 오네긴에겐 새로웠다.
상대의 기운을 빠지게 하는 말은
한마디도 안 하려고 무진 애를 쓰며
오네긴은 생각했다, 저 친구의
순간적인 행복을 방해하는 것은 어리석은 일,

내가 아니더라도 때가 올 터이니
당분간은 저대로 살게 내버려두자,
세상의 완전함을 믿게 해주자,
열병을 앓고 있는 때이니 만큼
청춘의 정열과 헛소리를 참아 주자고.

16
그들 사이에선 모든 것이 논쟁을 자아내고
사색을 유발시켰다.
먼 옛날 종족들이 맺은 무슨 조약이며
과학의 성과며 선과 악이며
수세대 내려온 편견들이며
숙명적인 무덤의 신비,
그리고 이번에는 또 운명과 인생,
이 모든 것이 그들의 심판대에 올랐다.
시인은 열변을 토하다 못해
어느 순간 몰아경에 빠져
북방 서사시[80]의 일부를 낭송하기까지 했다.
짐짓 관대한 척하는 오네긴은
비록 이해는 잘 안 되었지만
젊은이의 낭송에 열심히 귀기울였다.

---

80 러시아의 서사시로 해석할 수 있다. 뿌쉬낀의 시에서 북방이란 거의 언제나 러시아를 의미한다.

17

그러나 우리 은둔자들의 지성을 그 무엇보다
사로잡은 것은 정열의 문제였다.
정열의 횡포에서 이미 벗어난
오네긴은 그 문제를 논하며
자기도 모르게 회한의 한숨을 내쉬었다.
정열의 흥분을 맛보고서
마침내 그것을 저버린 자 복되도다.
그러나 더 복된 자는 정열을 모르는 자,
사랑을 이별로, 적의를 비방으로
차갑게 식혀 버린 자,
때로 벗들과 아내와 더불어 하품을 하며
질투의 괴로움에 번민하지도 않고
조상에게서 물려받은 듬직한 재산을
교활한 2점짜리 카드패에 걸지 않는 자.

18

우리가 분별 있는 정적의 깃발 아래
몸을 맡길 때
정열의 불길이 꺼지고
그 방자함과 충동과
때늦은 여운이
우스꽝스럽게 느껴질 때,
가까스로 온순해진 우리는
때때로 다른 사람이 말하는
폭풍 같은 열정의 이야기를

가슴을 설레며 즐겨 듣는 법,
마치 세상에 잊혀져
오두막에 혼자 남은 늙은 환자가
젊은 병사들의 무용담을
신이 나서 경청하듯이.

19
반면에 불같은 청춘은
아무 것도 숨기질 못한다.
적의도, 사랑도, 슬픔도, 기쁨도
모조리 떠벌려야 직성이 풀린다.
사랑에 관한 한 노병으로 자처하는 오네긴
짐짓 심각한 표정으로
진실한 고백을 좋아하는 시인이
털어놓는 이야기를 들어 주었다.
그는 솔직 담백하게
순진한 양심을 내보였고
예브게니는 별 어려움 없이 알아들었다
청춘의 사랑 이야기를,
이미 오래 전부터 우리에겐 새로울 게 없는
저 감정으로 가득 찬 이야기를.

20
아, 그는 요즘 세상에선 찾아보기 힘든
그런 사랑을 하고 있었다. 시인의
미친 듯한 영혼만이 아직도

운명적으로 할 수 있는 그런 사랑을.
언제 어느 때나 한 가지 꿈,
하나의 익숙한 열망,
하나의 익숙한 슬픔.
열정을 식혀 주는 저 먼 나라도
오랜 세월의 이별도
뮤즈에게 바쳐진 시간도
이국의 아름다움도
환락의 소음도 학문도
청순한 정념으로 타오르는 그의 영혼을
어찌하지 못했다.

21

아직 진정한 고뇌가 무엇인지 모르던 때
소년티를 채 벗지 못한 그
올가에게 반해 넋을 잃고
소녀의 철없는 장난을 바라보곤 했었다.
보는 이 없는 참나무 그늘 아래서
둘은 함께 뛰어 놀았고
친한 이웃이었던 양가 부친은
장차 두 사람을 맺어 줄 작정이었다.
외딴 시골, 조촐한 집안에서 자라나
순박한 매력으로 가득 찬 올가,
부모의 눈에는
첩첩산중 풀밭 위에 피어난,
나비도 벌도 모르는

한 떨기 수줍은 은방울꽃처럼 보였다.

22

그녀는 우리 시인에게
청춘의 감격으로 설레는 첫 꿈을 선사했고
시인은 그녀를 생각하며 구슬픈
첫 곡조를 피리에 담았다.[81]
안녕, 찬란했던 어린 시절이여!
그는 사랑했다, 울창한 숲과
고독과 정적과
밤과 별과 달을.
우리도 한때
하늘의 등불인 달에게
초저녁 어둠 속을 거닐며 눈물과 함께
비밀스런 고통의 환희를 고백했었지…….
그러나 지금은 저 달도
희미한 가로등의 대용품에 불과하다.

23

언제나 겸손하고 언제나 다소곳하고
언제나 아침처럼 상큼하고
시인의 삶처럼 소박하고
사랑의 키스처럼 다정하고
하늘처럼 새파란 두 눈,

---

81 피리는 리라와 마찬가지로 종종 시의 상징으로 등장한다.

미소, 아마 빛 머리 타래,
거동, 음성, 가벼운 자태,
이 모든 걸 올가는 갖추었다……. 하지만 아무 소설책이나
들춰 보라, 분명 올가의 모습을
발견할 수 있으리라. 무척 아름다운 모습을.
나도 예전에는 그런 여자를 사랑했지만
이제는 넌덜머리가 난다.
독자여, 실례지만 이쯤 해서
그녀의 언니를 소개해 보겠다.

24

올가의 언니는 따찌야나라 했다…….[82]
감히 그런 이름으로 방자하게
소설의 감미로운 페이지를
장식하는 건 아마 이게 처음이겠지.
그래서 어쨌단 말인가? 기분 좋고 경쾌한 이름인데.
물론 그런 이름을 들으면 십중팔구
구닥다리 옛 시절이나 하녀의 방이
떠오른다는 건 나도 안다!
우리는 이름 짓는 일에서도
(시의 경우는 말할 것도 없지만)
취미가 고약하다는 걸 인정해야 한다.

---

[82] 뿌쉬낀의 원주에는 이렇게 적혀 있다. 〈아름답게 들리는 저 그리스식 이름, 이를테면 아가폰, 필라뜨, 페도라, 표끌라 등등은 오로지 서민들만이 사용하는 이름이다.〉 따찌야나는 실제로 귀족 가문에서는 듣기 힘든 이름이다.

우리는 아직도 개화되지 못했고
얻어 가진 거라곤
젠체하는 것, 다만 그것뿐이다.

25
어쨌든 그녀의 이름은 따찌야나.
동생과는 달리 예쁘지도 않고
싱그러운 장밋빛 뺨도 없어
아무도 거들떠보지 않았다.
촌스럽고 우울하고 과묵하고
숲속의 사슴처럼 소심하여
제 집에 살면서도
손님처럼 어색하게 굴었다.
낳아 주신 어머니 아버지께
응석 한번 못 부려 보고
자기 또래
아이들 놀이에 낄 생각조차 안 하고
하루 온종일 말없이
창가에 앉아 있기 일쑤였다.

26
요람에 있을 때부터
명상은 그녀의 벗,
그녀를 위해 시골의 한가로운 시간을
갖가지 꿈으로 장식해 주었다.
그녀는 가녀린 손가락으로 바늘을

잡아 본 일도 없고 수틀에 고개를 처박고서
삼베천 위에 비단 무늬
수놓아 본 일도 없다.
지배욕의 징후겠지만
계집애들이란 으레
고분고분한 인형을 가지고 놀면서
예의 범절이니 세상의 법도를 배우고
엄마가 가르쳐 준 교훈을
으쓱대며 인형에게 되풀이하는 법.

27

그러나 그런 나이가 되어서도 따찌야나는
인형 같은 건 안중에도 없었다.
인형을 동무 삼아 도회지의 소문이며
유행을 조잘대는 일도 없었고,
아이들의 장난도 그녀에겐
낯설기만 했다. 그보다는
칠흑 같은 겨울밤에 들려주는
무서운 이야기가 그녀의 마음을 사로잡았다.
심지어 유모가 올가를 위해
드넓은 풀밭에 꼬마 친구들을
모두모두 불러모을 때도
그녀는 술래잡기 놀이에 끼지 않았다.
아이들이 깔깔대는 소리도 법석대는 경박한 놀이도
따분하기만 했기에.

28

핏기 없는 창공에
별들의 원무가 사라지고
지평선이 조용히 밝아 오고
새벽을 알리는 바람이 소슬히 불면서
서서히 동이 터올 때,
그녀는 기꺼이 발코니에 서서
새 아침의 여명을 기다렸다.
겨울이 되어 밤의 그림자가
늦도록 세상의 반을 뒤덮고
게으른 동녘 하늘은 나른한 정적에 싸여
흐릿한 달빛을 받으며
늦도록 졸고 있을 때
그녀는 성한 시간에 눈을 뜨고는
촛불을 벗삼아 자리에서 일어나곤 했다.

29

소설책은 어려서부터 좋아했다.
책은 그녀에게 모든 것을 대신해 주어
리처드슨[83]이나 루소[84]의
허구에 깊이 빠져 들었다.
그녀의 아버지는 무골 호인
시대에 뒤떨어진 사람이었지만

---

[83] Samuel Richardson(1689~1761). 영국의 소설가. 『패밀러』, 『클라리사 할로』, 『찰스 그랜디슨 경』 등이 대표작이다.
[84] 루소의 서간체 소설 『신엘로이즈』.

책을 해악이라 생각진 않았다.
책이라곤 한 권도 읽은 적이 없고
책이란 쓸데없는 장난감이라 여겨
딸의 방 머리맡에서 어떤 비밀스런 책이
새벽까지 잠자고 있는지
전혀 신경 쓰지 않았다.
그러나 그의 아내는
리처드슨의 열렬한 숭배자였다.

30

그녀가 리처드슨을 사랑한 것은
그의 소설을 다 읽어서도 아니고
러블레이스[85]보다 그랜디슨[86]을
더 좋아해서도 아니고
오래 전에 모스끄바에 사는 사촌인
공작의 딸 알리나가
종종 그 이름들을 언급했기 때문.
당시 지금의 남편은 아직 약혼자였고
게다가 마지못해 한 약혼이었다.
그녀는 심성으로나 지성으로나
훨씬 더 맘에 드는 다른 사내를
애타게 사랑하고 있었다.
이 그랜디슨은 최고의 멋쟁이에다

---

85 리처드슨의 소설 『클라리사 할로 *Clarissa Harlowe*』의 주인공.
86 『찰스 그랜디슨 경』의 주인공. 잘생긴 청년 귀족. 당시의 여성들 사이에서 인기가 높았다.

노름꾼에다 근위대 중사였다.

31

사랑하는 청년을 본따서 그녀도 언제나
얼굴에 맞는 의상을 유행 따라 차려입었다.
그러나 일언반구 싫다 소리도 못하고
혼례식장에 끌려갔다.
그녀의 슬픔을 몰아내려고
현명한 신랑은 잽싸게
그녀를 자기의 시골 영지로 데려갔고
생판 모르는 사람들 사이에서
신부는 처음에 울고불고 법석을 떨더니
급기야 시댁에서 도망치려 했다.
그러나 어느덧 살림이 손에 익자
안정을 찾아 만족하게 되었다.
습관은 하늘이 준 선물,
행복을 대신해 주는 것.[87]

32

그 무엇으로도 달랠 수 없던 슬픔을
습관은 얼버무려 주었다.
곧 이어 엄청난 발견이

---

87 뿌쉬낀의 원주에는 다음과 같은 샤토브리앙의 프랑스어 구절이 적혀 있다. 〈만약에 내가 아직도 행복이란 걸 믿을 만큼 무분별하다면 나는 그것을 습관 속에서 찾겠다 *Si j'avais la folie de croire encore au bonheur, je le chercherais dans l'habitude.*〉

그녀에게 완벽한 즐거움을 안겨 주었다.
가사일과 여가 시간 사이에
그녀는 남편 휘어잡는 비결을
발견하였고 그때부터
만사가 순조로웠다.
마차를 타고 영지를 돌아다니거나
겨울 동안 먹을 버섯을 소금에 절이거나
가계부를 적고 이마의 털을 깎거나[88]
토요일마다 목욕탕에 가거나
화가 나서 하녀에게 매질을 하거나,
이 모든 일을 남편과 상의 없이 해치웠다.

33

그녀는 다정한 여자 친구의 시첩에
자기 피로 글을 써주고[89]
쁘라스꼬비야를 폴리나로 부르고[90]
노래부르듯이 말을 하고
꼭 끼는 코르셋을 입고
러시아어의 N을 프랑스 식으로

---

88 당시에는 농노를 군대에 보낼 때 알아보기 쉽게 앞머리를 깎아 주던 습관이 있었다.

89 친한 친구들 사이에서 유행하던 일종의 감상주의적인 습관. 당시에는 시첩, 즉 〈앨범〉이란 것이 매우 중요한 의사 소통 수단이었으며 시첩에 적어 주고받는 시들은 대개 감상주의적이었다. 그러므로 〈앨범 시〉라고 하면 으레 감상적인 시를 의미한다.

90 쁘라스꼬비야는 러시아 여자 이름이고 폴리나는 프랑스 이름. 당시에는 러시아 이름 대신 프랑스 이름을 선호하였다.

콧소리 섞어 발음하곤 했었다.
그러나 어느덧 모든 것이 끝났다.
코르셋이며 시첩이며 공작의 딸 알리나며
심금을 울리는 시가 적힌 공책이며
모조리 잊었다. 셀리나라 부르던 것을
아꿀까로 부르기 시작했고[91]
급기야는 솜을 둔 헐렁한 실내복에
두건까지 쓰기 시작했다.

34

그러나 남편은 진정으로 아내를 사랑하여
그녀의 변덕에 참견하지 않았고
매사에 태평하게 그녀를 신뢰하였고
자기도 실내복 바람으로 먹고 마셨다.
그리하여 그의 삶은 평온하게 흘러갔다.
어쩌다 저녁이면
선량한 이웃집 식구들이 몰려와
격의 없는 친구들끼리 둘러앉아
개탄을 하거나 비방을 하거나
이것저것 시시덕거렸다.
시간은 흘러가고
올가가 차를 준비하고
저녁상이 차려지고 이제 잘 시간,
손님들은 돌아간다.

---

91 아꿀까는 러시아 이름, 셀리나는 프랑스 이름.

35

그들은 평화로운 삶 속에
그리운 옛 풍습을 간직하고 있었다.
기름진 버터 주간[92]에는
러시아 식 블린[93]을 구웠고
일년에 두 차례씩 단식제를 지켰고
둥그런 그네 타기와
접시의 노래[94]와 윤무를 즐겼다.
사람들이 하품을 하며 기도문을 듣는
성 삼위일체 축일에는
땅두릅의 작은 다발에
자못 경건하게 세 방울쯤 눈물을 흘렸다.[95]
끄바스[96]는 공기 같은 필수품
손님을 대접할 때는
관등순으로 요리를 돌렸다.[97]

---

92 사순절이 시작되기 직전의 한 주간. 서구의 카니발에 해당되는 시기. 흔히 성찬을 차려 먹었다. 그러므로 〈기름진〉이라는 형용사를 사용하고 있는 것이다.

93 러시아 식의 팬케이크. 버섯, 쇠고기, 신크림 등과 함께 먹는다.

94 크리스마스와 주현절 사이의 기간에 처녀들이 둘러앉아 앞날을 점치는 민간 풍습이 있는데 이때 부르는 노래. 물을 담은 접시에 자기 반지들을 넣었다가 노래를 부르며 반지를 꺼낸다. 그 반지의 임자는 그때 끝난 노래의 내용과 같은 운명을 갖게 되리라고 믿어졌다.

95 삼위일체 축일에는 죽은 조상을 추모하는 의미에서 땅두릅 가지로 방을 장식하는 풍습이 있었다. 땅두릅 가지 수만큼 눈물 방울을 흘리면 죄가 사해진다고 믿었다.

96 곡물로 만드는 러시아 특유의 청량 음료.

97 옛날에는 관등순으로 음식 접시를 돌렸다.

36

그렇게 부부는 늙어 갔다.
그러다가 마침내
남편에게 관뚜껑이 열리고
새로운 화관이 머리에 씌워졌다.[98]
그는 점심 식사 전에 세상을 떠났고
이웃 지주와 아이들과
그 누구보다 진실하고 충실한 아내는
구슬피 울었다.
그는 소박하고 어진 지주였고
그의 유해가 안장된 곳에는
다음과 같은 비문이 새겨져 있다.
〈겸손한 죄인, 주님의 종,
드미뜨리 리린 준장
이 돌 아래 고이 잠들다.〉

37

태어난 고장으로 돌아온
블라지미르 렌스끼는
이웃 어른의 조촐한 묘를 찾았다.
고인을 생각하며 한숨을 내쉬고
오랫동안 착잡한 상념에 잠겨
〈불쌍한 요리크!〉[99]라고 침통하게 중얼거렸다.

---

98 〈화관을 쓰다〉는 교회식 표현. 죽는다는 뜻이다.
99 원문은 영어로, 〈Poor Yorick!〉. 「햄릿 *Hamlet*」 제5막 1장에서 햄릿이 어릿광대 요리크의 해골을 들고 외치는 탄식의 말. 「햄릿」의 메시지를 전

〈어렸을 적에 나를 안아 주시곤 했었지,
이 어른의 오차꼬프 훈장[100]을 가지고
꽤나 자주 놀았었는데!
올가를 내게 주시겠다 하시며
그때까지 살아 있으려나 하고 말씀하셨지……〉
진정한 슬픔에 가득 찬 블라지미르는
그 자리에서 고인에게 바치는
무덤의 마드리갈[101]을 지었다.

38
거기서 그는 또한 눈물에 젖어
부모님의 소박한 유해에
슬픈 묘비명을 고이 바쳤다…….
아! 사람들은 인생의 밭고랑에서
비밀스런 신의 섭리에 따라
순간적인 추곡처럼
싹트고 여물고 시들어 가고
그 뒤를 또 다른 이들이 좇아간다…….
그렇게 우리 덧없는 종족들은
자라나고 요동치고 들끓다가

달하는 상징적인 문구로 수없이 많이 인용된 바 있다. 뿌쉬낀의 원주에는 셰익스피어뿐 아니라 스턴 L. Sterne의 이름도 언급되고 있는데 이는 아마도 스턴의 『감상적 여행 Sentimental Journey』의 주인공이 자신을 요리크라 부르는 데서 연유한 것일 것이다.
100 오차꼬프는 몰다비아에 있는 터키 요새로 1788년에 함락되었다. 거기 참전한 용사들에게 주어진 훈장을 오차꼬프 훈장이라 한다.
101 짤막한 찬미의 시.

조상들의 무덤으로 모여든다.
우리의 때도 곧 닥쳐오리라,
하여 손자들이 작별의 인사를 하며
세상에서 우리 또한 몰아내리라!

39

그러니 친구여, 아직 젊을 때
이 덧없는 인생을 마음껏 즐기라!
나로 말하면 인생의 무상을 너무 잘 알아
미련도 애착도 없고
환영을 향해 눈을 감은 지 오래건만.
그래도 어쩌다 머나먼 미래의 희망이
내 가슴 뒤흔든다.
디끌만한 흔적도 없이
이 세상을 하직한다면 서러우리라.
칭송을 위해 살고 시를 쓰는 건 아니지만
나 역시 원하는지 모른다
내 슬픈 운명이 찬양받기를,
단 한 줄의 시구라도
막역한 친구처럼 날 추억해 주기를.

40

누가 알랴, 누군가는 그걸 읽고 감동할지,
내가 지은 한 편의 시
운명의 비호를 받아
어쩌면 레테의 강물 속에 침잠하지 않을지.

어쩌면(달콤한 희망이겠지만!)
후세의 어느 무식쟁이가
내 유명한 초상화를 가리키며
저 사람이 시인이었대 하고 말할지!
평화로운 뮤즈의 숭배자여
나의 감사를 받으라,
오 그대의 추억은
나의 분방한 작품을 간직하리,
그대의 관대한 손길은
이 늙은이의 월계관을 어루만지리!

제3장

그녀는 처녀였다. 그녀는 사랑을 하고 있었다.[102]
— 말필라트르[103]

1

〈어디 가나? 나 원 참, 시인이란!〉
〈잘 기게, 오네긴, 이만 가보겠네.〉
〈말리진 않겠네만, 대체
어디서 밤을 보내는 겐가?〉
〈라린 씨 댁이네.〉〈놀랍군.
대단해! 그런 곳에서 매일 밤 시간을 죽이면서
자넨 답답하지도 않은가?〉
〈전혀.〉〈이해할 수 없군.
안 보아도 뻔하네.
우선 (내 말이 맞지?)
소박한 러시아 식 가정,

---

102 원문의 프랑스어는 〈Elle était fille, elle était amoureuse〉.
103 Malfilâtre. 프랑스의 시인(1733~1778). 그의 시 「나르시스, 혹은 비너스의 섬」에서 인용.

후한 손님 접대,
잼이 나오고 늘상 똑같은 이야기,
비(雨), 아마(亞麻), 외양간 운운하며······〉

2

〈그게 뭐 어때서.〉
〈지겹다는 게 문제지, 이 친구야.〉
〈자네의 최첨단 사교계는 지긋지긋하이.
단란한 가족이 내 적성엔 더 맞네,
거기서는 내가······〉〈또 목가로군!
됐네, 이 친구야, 제발 이제 그만하게.
그래서? 정말 갈 거구먼. 유감이야.
아 참, 이보게 렌스끼, 자네의
그 필리스[104]를 한번 볼 수 없겠나,
자네의 사상과 시와 눈물과
압운과 기타 등등의 대상을?
소개 좀 시켜 주게.〉〈농담이겠지.〉
〈전혀.〉
〈좋아.〉〈언제?〉〈지금이라도 당장.
우리가 가면 반가워들 할걸세.

3

어서 가세.〉

---

104 베르길리우스의 작품에 등장하는 여자 양치기의 이름. 이후 문학, 특히 목가풍의 시에서 종종 아름다운 여인의 대명사로 사용된다.

두 친구는 마차를 몰았다.
그 집에 당도하니 옛 풍습 그대로
손님을 반기는데, 너무도 융숭한 대접에
간혹 부담스러울 지경.
대접의 절차는 잘 알려진 바,
우선 작은 접시에 잼을 내오고
초칠을 해 반들반들한 식탁에
월귤즙이 담긴 주전자를 얹어 놓고
. . . .
. . . .
. . . .

4

ㄱ들은 지름길을 잡아
집을 향해 전속력으로 말을 달린다.
여기서 우리 두 주인공이 하는 얘기를
슬쩍 엿들어 보자.
〈그래 어땠나, 오네긴? 하품을 하는구먼.〉
〈뭐, 습관이지, 렌스끼.〉〈하지만 왠지
평소보다 더 지루해 하는군.〉〈아니, 마찬가지야.
그런데 벌써 들녘이 캄캄하네.
서두르자! 속력을 내라, 안드류쉬까!
참 멍청한 고장이야!
한데, 라린 부인은 단순하지만
무척 상냥한 할머니더군.
아까 마신 월귤즙으로

배탈이나 안 나면 좋으련만.

5

그런데 어느 쪽이 따찌야난가?〉
〈스베뜰라나[105]처럼 구슬프고
과묵한 그 처녀야,
들어와서 창가에 앉았었지.〉
〈자넨 정말 동생 쪽을 사랑하는 겐가?〉
〈그래, 왜?〉〈내가 자네 같은 시인이라면
나는 언니 쪽을 택하겠네.
올가의 모습에는 생명력이 없어,
반다이크[106]의 마돈나와 쏙 빼닮았어.
둥글넓적하고 예쁘장한 게
저 멍청한 창공에 걸린
멍청한 달덩어리 같아.〉
블라지미르는 퉁명스럽게 대꾸하고는
가는 동안 내내 한마디도 안 했다.

6

한편 오네긴의 등장은
라린 가(家)의 모든 사람에게

---

105 쥬꼬프스끼 V. Zhukovskii(1783~1852)의 낭만적인 발라드 『스베뜰라나 Svetlana』에 나오는 여주인공. 쥬꼬프스끼의 발라드에서 그녀는 다음과 같이 묘사된다. 〈안개 낀 어둠 속을/희미한 달빛 비치고/사랑스러운 스베뜰라나는/구슬프고 말이 없다.〉

106 네덜란드의 화가.

엄청난 감동을 주었으며
모든 이웃들의 흥미를 자극하였다.
추측은 꼬리를 물고 이어졌다.
모두들 남몰래 쑥덕거리고
농담을 하고 실례가 되는 상상을 하더니
따찌야나에게 신랑감이 생겼다고 믿어 버렸다.
어떤 이들은 심지어 확신했다,
혼사는 이미 다 정해졌지만
유행하는 반지를 못 구해서
연기가 되었을 뿐이라고.
렌스끼의 결혼은 그들 사이에서
이미 오래 전에 결정된 일이었다.

7

따찌야나는 이 모든 헛소문에
짜증이 났지만 마음 한구석에선
형언할 수 없는 기쁨이 솟구쳐
자기도 모르게 그 일만을 생각했다.
가슴속에 하나의 상념이 새겨졌다.
때는 왔고 그녀는 사랑에 빠진 것이다.
땅에 떨어진 씨앗이
새 봄의 불길로 새 생명을 얻은 듯이.
오래 전부터 그녀의 상상은
안일과 우수에 불타오르며
숙명적인 영혼의 양식을 갈구하고 있었다.
오래 전부터 마음속의 고뇌가

그녀의 젊은 가슴을 짓누르고 있었다.
그녀의 영혼은 기다리고 있었다…… 누군가를.

8

그리고 기다림은 끝났다…… 눈이 번쩍 뜨였다.
그녀는 말했다, 바로 저 사람이야!
아, 이제는 밤도 낮도
고독하게 타오르는 꿈도
모두 그의 생각으로 가득 찼다. 모든 것이
이 귀여운 처녀에게 마술 같은 힘으로
쉴새없이 그에 관해 속삭인다.
식구들의 애정 어린 말소리도
꼼꼼한 하녀의 시선도 귀찮기만 하다.
깊은 우수에 잠겨
손님들의 이야기는 못 들은 척,
불쑥 찾아와 한가로이 노닥거리며
갈 생각도 안 하고 앉아 있는
그런 손님들이 밉기만 하다.

9

이제야말로 얼마나 주의 깊게
달콤한 소설을 읽고
얼마나 강렬한 매력에 사로잡혀
저 유혹적인 기만을 들이마실 때인가!
공상의 행복한 힘으로
다시 살아난 허구의 인물들,

쥘리 볼마르[107]의 연인,
말렉 아델[108]과 드 리나르,[109]
격정의 순교자 베르테르,[110]
우리를 꿈길로 안내하는
저 독특한 그랜디슨
이 모든 인물들은 꿈 많고 어여쁜 소녀에게
하나의 형상으로 나타나
오네긴 속에서 합쳐졌다.

10

좋아하는 작가의 여주인공들,
클라리사,[111] 쥘리, 델핀[112]이
된 듯 상상하며
따찌야나는 위험한 책을 손에 든 채
홀로 적막한 숲속을 헤맨다.
책 속에서 희구하고 찾아낸다,
자신의 비밀스런 열정을, 꿈을,
충만된 감정의 결실을.

---

107 루소의 『신엘로이즈』에 나오는 여주인공. 처녀 시절 그녀의 가정 교사였던 청년 생 푸레는 그녀가 볼마르와 결혼한 뒤에도 그녀를 순수하고 열정적으로 사랑한다. 쥘리 볼마르의 연인이란 생 푸레를 가리킨다.
108 프랑스의 작가 코탱 부인M. Cottin(1773~1807)의 2류 소설 『마틸다』의 주인공.
109 독일 작가 크뤼데너 남작 부인의 소설 『발레리』의 주인공.
110 괴테의 『젊은 베르테르의 슬픔』의 주인공.
111 『클라리사 할로』의 여주인공. 농락당한 뒤 죽는다.
112 스탈 부인의 소설 『델핀』의 여주인공.

타인의 환희와 타인의 슬픔이
자기 것이라도 된 듯 한숨을 쉬며
사랑하는 주인공에게 쓴 편지를
넋이 빠져 중얼중얼 암송한다…….
그러나 우리의 주인공은, 누가 되었든 간에
그랜디슨이 아닌 것만은 확실했다.

11
정열에 불타는 작가 선생들은
고상한 문장을 구사하며
마치 완벽함의 모델이라도 되는 듯
자기의 주인공을 우리에게 보여 주곤 했었다.
작가가 사랑하는 주인공은
언제나 부당하게 박해를 당했고
다정다감한 영혼과 지성과
매력적인 외모를 두루 갖추었다.
언제나 환희에 찬 주인공은
지순한 열정의 불길을 품고서
자기 생명을 바칠 각오가 되어 있었고
마지막 장의 끝에 가서는
악은 언제나 벌을 받고
선은 월계관을 쓰곤 했다.

12
그러나 지금은 모든 지성이 안개에 싸여
도덕은 졸음만 오게 하고

소설 속에서도 악이 사랑을 받아
벌써 승리를 거두고 있다.
영국의 뮤즈[113]가 지은 공상 소설이
어린 소녀의 꿈자리를 사납게 하고
이미 소녀의 우상이 되어 버린 것은
사색에 잠긴 뱀파이어[114]라는가
음울한 방랑객 멜모스[115]라든가
영원한 유대 인,[116] 코르세어,[117]
혹은 신비에 싸인 스보가르,[118]
바이런 경의 성공적인 변덕 덕택에
가망 없는 에고이즘마저도
음울한 낭만주의의 옷을 입게 되었다.

13

나의 벗들이여, 여기에 무슨 의미가 있겠는가?
어쩌면 나는 하늘의 뜻에 따라
시인짓을 내팽개치고

---

113 바이런을 비롯한 19세기 초엽의 영국 작가들.

114 1820년대에 인기를 끌었던 폴리도리 J. Polidori의 낭만적 이야기 『뱀파이어 *The Vampire*』. 바이런의 간략한 개요를 바탕으로 하였으므로 바이런이 쓴 것이라 잘못 전해지기도 했다.

115 매튜린 C. Maturin(1782~1824)의 『방황하는 멜모스 *Melmoth the Wanderer*』의 악마적인 주인공.

116 혹은 방황하는 유대 인이라고 불리기도 한다. 위대한 죄인 아하스페르는 죄의 대가로 온 세상을 방황하는 운명에 놓이게 되었다고 한다.

117 바이런의 『코르세어 *Corsair*』. 해적이라는 뜻.

118 노디에 C. Nodier(1780~1844)의 소설 『장 스보가르 *Jean Sbogar*』의 주인공. 낭만적인 산적.

내게 닥친 새로운 저주로 인해
아폴론의 위협을 무시하고
겸허한 산문으로 스스로를 비하시킬지 모른다.
그러면 고풍스러운 소설이
내 즐거운 만년을 장악하리라.
나는 악행의 신비한 고뇌 같은 걸
무시무시하게 묘사하진 않으리라.
그냥 평이하게 당신들께 이야기하리라
러시아 가정의 전설과
매혹적인 사랑의 꿈과
옛날의 풍습 같은 것을.

14
이야기하리라, 아버지나 늙은 아저씨의
소박한 말씀을,
늙은 보리수나무 그늘이나 시냇가에서
만나기로 한 아이들의 약속 같은 걸.
불행한 질투의 괴로움,
이별, 화해의 눈물,
또다시 싸움, 그리고 마침내
나는 두 사람을 결혼하게 만들리라…….
나는 생각해 내리라, 열정과 안일의 언어를,
그 옛날 어느 한때
아리따운 여인의 발 아래서
내가 지껄였던
우수 어린 사랑의 낱말들을,

지금은 아예 그런 말에 서툴게 되었지만.

15
따찌야나, 사랑스런 따찌야나!
너와 함께 나도 지금 눈물을 흘리누나.
너는 벌써 번지르르 차려 입은 폭군의 손에
네 운명을 주어 버렸으니
사랑스런 너 파멸하리라. 그러나 그전에
너는 눈부신 희망 속에서
어두운 지복을 부르고
삶의 안일을 발견하리라.
너는 주술에 걸린 듯 욕망의 독을 마셨으니
네 뒤를 따르는 것은 욕망뿐.
어딜 가든 너는 행복한 밀회를 위한
은신처를 상상하고
어딜 가든, 어딜 가든 네 앞에는
숙명적인 유혹자가 어른거린다.

16
사랑의 우수가 따찌야나를 뒤쫓는다.
비련에 잠기려고 정원에 나가면……
갑자기 두 눈은 한곳에 쏠리고
더 이상 걷는 것조차 힘들어진다.
가슴이 부풀어오르고
뺨은 한 순간 모닥불을 뒤집어쓴 듯,
입가에서 숨결이 자지러들고

귓전엔 소음이, 눈에는 섬광이……
밤이 된다. 달은 저 멀리 창공을
순찰병처럼 한 바퀴 빙 돌고
침침한 나무 그늘에서
꾀꼬리가 낭랑한 노래를 부른다.
따찌야나는 어둠 속에서 잠 못 이루며
유모와 소곤소곤 이야기를 나눈다.

17

〈유모, 잠이 안 와, 너무 더운 것 같아!
창문을 열고 내 곁에 앉아 줘.〉
〈아이고, 따냐 아가씨, 왜 그러세요?〉〈심심해,
옛날 얘기 좀 해줘.〉
〈무슨 얘기를요? 하기야 나도 한때는
못된 도깨비나 처녀들 얘기
옛날에 있었던 일 없었던 일
퍽이나 많이 기억하곤 했었죠.
하지만 지금은 다 잊어서
그냥 아득한걸요, 아가씨.
이젠 나도 늙었나 봐요!
삭신이 쑤시고…….〉〈그래도 해줘, 유모,
어렸을 적 얘기라도.
유모도 젊어서는 사랑을 했었어?〉

18

〈에구, 망측해라! 그때는

사랑 같은 것 들어 본 일도 없어요.
그랬다간 돌아가신 시어머니한테
들들 볶여 죽었을 거예요.〉
〈그럼 어떻게 시집은 갔어?〉
〈그러니까, 하느님의 뜻이었지요.
바깥양반 바냐는 나보다 나이가 어렸고
나는 열세 살이었어요.
한두 주 가량 중매쟁이가
저의 친척집에 드나들더니
드디어 아버님이 축복을 해주셨죠.
나는 겁이 나서 엉엉 울고만 있는데
다들 찔끔거리며 내 머리를 풀어 주더니
노래하며 교회로 데려가더라고요.

19

이렇게 해서 남의 집 식구가 되었는데……
아니 내 얘긴 듣지도 않으시네…….〉
〈아, 유모, 유모, 어쩐지 기분이 안 좋아,
속이 메슥메슥하고,
자꾸 소리내어 울고만 싶어……!〉
〈아이고, 우리 아기씨, 병이 나셨구랴.
하느님, 아기씨를 보호하사!
어떻게 해드릴까, 말씀만 하세요…….
성수를 뿌려 드리나,
저런 이마가 불덩이 같네…….〉〈아픈 게 아냐,
나는…… 저, 유모…… 사랑을 하고 있나 봐.〉

〈주여, 우리 아기씨를 돌보소서!〉
유모는 기도문을 중얼대며 쭈글쭈글한 손으로
따찌야나에게 성호를 그어 주었다.

20
〈사랑을 하고 있다니까.〉 그녀는 노파에게
또다시 구슬픈 음성으로 중얼거렸다.
〈귀여운 아기씨가 정말 아픈가 보네.〉
〈내버려둬, 난 사랑을 하고 있어.〉
그런 동안에도 달은 빛났고
애잔한 달빛이 비추는 건
따찌야나의 창백한 아름다움
풀어헤친 머리채와 눈물 방울,
그리고 기다란 솜옷에
수건으로 백발을 감싸고
나이 어린 여주인공 마주보며
의자에 앉아 있는 노파.
달빛의 영감을 받은 만물은
정적 속에 오롯이 잠들었다.

21
달님을 바라보는 따찌야나,
마음은 저 멀리 날아가고……
불현듯 한 가지 생각이 떠오르니……
〈유모, 이제 가, 혼자 있고 싶어.
펜과 종이 좀 줘,

책상을 이쪽으로 밀어 주고. 금방 잘 거야.
안녕.〉 이제야 혼자 있게 되었다.
사방은 고요하고 달빛이 그녀를 비춘다.
따찌야나는 팔꿈치를 괴고 편지를 쓴다,
머릿속엔 온통 예브게니 생각뿐,
즉흥적인 편지 속에서
순진한 처녀의 사랑이 숨쉰다.
편지는 다 씌어져 곱게 접혀졌다…….
따찌야나! 대체 누구에게 보낼 건가?

22

나는 일찍이 알았었다, 범접하기 어렵고
엄동 설한처럼 청정 냉엄하고
가차없고 고결하고
도저히 이해할 수 없는 미녀들을.
그녀들의 세련된 오만함과
타고난 정숙함에 기가 질려
사실 나는 그들을 피해 다녔고
그녀들의 이마 위에서
지옥문의 경구를 벌벌 떨며 읽은 듯하다.
〈영원히 희망을 버려라.〉[119]
사랑을 일깨우는 건 그들의 재난
겁을 주어 쫓아내는 건 그들의 기쁨.

---

[119] 뿌쉬낀의 원주는 단테의 『신곡 *La divina commedia*』에서의 인용을 밝히고 있다. 지옥문에 붙어 있는 경구의 원문은, 〈이곳에 들어오는 자는 모든 희망을 버려라 *Lasciate ogni speranza voi ch'entrate*.〉

어쩌면 여러분들도 네바 강변에서
그 비슷한 여인들을 만났을 게다.

23

이와는 다른 무시무시한 여자들을
온순한 추종자들 사이에서 본 적이 있는데
그녀들은 자아 도취에 빠져
열정의 한숨과 칭송에도 사뭇 무관심.
그네들의 무엇이 나를 그토록 경악케 했냐고?
그네들은 수줍게 다가오는 사랑을
엄격한 언행으로 내치면서도
최소한 연민이란 이름으로
또다시 그 사랑을 끌어들이는 데 선수.
그럴 때면 최소한 말소리라도
한결 다정하게 들리는 법.
하여 어수룩한 젊은 연인은
쉽사리 현혹되어
또다시 사랑의 헛된 영상을 뒤쫓는다.

24

어째서 따찌야나의 죄가 이보다 더한가?
귀엽고 순진한 처녀가
거짓을 헤아리지 못하고
자기가 택한 몽상을 믿었다 해서?
감정이 잡아끄는 대로
기교 없이 사랑을 한다 해서?

남을 잘 믿는 그녀에게
격렬한 상상력과
지성과 생생한 의지와
자유 분방한 사고와
열정적이고 감미로운 감성을
하늘이 선사했다 해서?
그녀의 경솔한 열정을
당신들은 정녕 용서치 않으려는가?

25
요부들은 냉혹하게 계산을 하지만
따찌야나는 진지하게 사랑을 하여
귀여운 아이처럼 맹목적으로
사랑에 몸을 던진다.
생각해 볼게요 같은 말을 그녀는 하지 않는다.
사실 그런 식으로 우리는 사랑의 가치를 높이고
더욱 확실하게 상대를 올가미에 잡아넣긴 하지만.
처음에는 희망으로 허영심을 부추기고
그런 뒤엔 의혹으로 마음을 괴롭히다가
질투의 불길로 다시 활기를 넣어 준다.
안 그러면 교활한 사랑의 포로는
쾌락에 싫증이 나서 틈만 나면
족쇄를 풀고 달아나려 할테니까.

26
또 한 가지 귀찮은 일이 예상되는 바,

내 조국의 명예를 구하기 위해
따찌야나의 편지를 번역하는 게
확실히 나의 의무이리라.
따찌야나는 러시아어를 잘 몰랐다.
우리 나라 잡지는 읽지도 않았고
모국어로 생각을 표현하는 게
서툴기 그지없어
프랑스어로 썼다…….
그러니 어찌하리! 되풀이 말하거니와
여지껏 숙녀의 사랑이
러시아어로 표현된 적은 없다,
여지껏 우리의 자랑스런 언어는
서한용 산문에 길들여지지 못한 것이다.

27

알다시피, 우리 숙녀들이 러시아 책을
읽어야만 한다는 의견이 있다. 정말 끔찍하다!
그들이 『온건한 사람들』[120]을 손에 쥐고 있는 걸
상상이나 할 수 있을까?
시인들이여, 여러분께 묻나니
내 말을 지지해 달라.
여러분이 저지른 죄의 대가로
남몰래 시를 써 바치고

---

120 이즈마일로프 A. Izmailov(1799~1831)가 편집장으로 있던 모스끄바의 문학 잡지 이름.

마음까지 바친 아름다운 숙녀들,
그네들은 하나같이 러시아어를
아주 조금밖에 모르는 만큼
그토록 매력적으로 참뜻을 왜곡하는
그네들의 입술에선 외국어라도
마치 모국어처럼 들리지 않겠는가?

28
오, 제발 무도회에서
혹은 현관에서 작별 인사를 할 때
노란색 숄을 두른 신학생이나
모자 쓴 학술 회원과 마주치지 않기를![121]
문법적 오류가 없는 러시아어는
미소 없는 붉은 입술 같아
좋아할 수가 없다.
나에게는 너무 엄청난 재난이 되겠지만
어쩌면 신세대 미녀들이
잡지들의 애원을 받아들여
우리에게 문법을 가르치려 들고
시를 유행시킬지도 모른다.
그러나 나는…… 그게 나와 무슨 상관이랴?
나는 그냥 구식으로 살겠다.

---

121 신학생과 학술 회원은 모두 학식이 많은 여성들에 대한 비유이다.

29

잘못투성이의 부주의한 표현이나
정확치 않은 발음은
예나 지금이나 내 가슴속에
진정한 전율을 일으킨다.
뉘우칠 기력도 없으니
그냥 이대로 갈리찌즘[122]을 사랑하리
지나간 청춘의 과실처럼,
보그다노비치[123]의 시처럼.
각설하고. 이젠 내 어여쁜 아가씨가 쓴
편지를 번역할 때다.
이미 약속을 했으니 어쩐다?
허나 벌써부터 그만두고 싶어지는걸.
파르니[124]의 우아한 문체가
요즈음은 유행이 아니라는 걸 나도 아니까.

30

주연과 애수의 가수[125]여,
네가 아직 나와 함께 있었더라면

---

122 프랑스어에서 차용해 온 잘못된 표현이나 구절.

123 I. Bogdanovich(1743~1803). 우끄라이나 태생의 시인. 프시케 신화를 러시아 식으로 각색한 의영웅시 「두셴까 *Dushenka*」로 잘 알려져 있다. 뿌쉬낀의 초기시에서 영향력을 발견할 수 있다.

124 E. D. D. de Parny(1753~1814). 후기 고전주의 시대의 프랑스 시인. 엘레지와 우아한 연애시의 저자로 러시아 시인들 사이에서 큰 인기를 누렸다. 뿌쉬낀도 그의 영향을 받았다.

125 바라띤스끼E. Baratynskii(1800~1844)를 가리킨다.

정열적인 처녀가
외국어로 쓴 편지를
네 마술 같은 가락에 옮겨 달라는
뻔뻔한 부탁으로
너를 성가시게 했으리라.
지금은 어디 있는가? 나에게 와다오,
내 권리를 정중히 넘겨줄 테니.
하나 그는 칭송 따윈 아랑곳없이
핀란드의 하늘 아래
서글픈 바위 사이를
홀로 방황하고 있으니
그의 영혼 내 괴로움을 듣지 못하리라.

31

따찌야나의 편지는 내 앞에 놓여 있다.
나는 편지를 성물(聖物)처럼 보존하여
은밀한 우수와 함께 읽어 보지만
읽고 또 읽어도 싫증이 안 난다.
그 누가 이 상냥함을, 이 귀엽도록
태평스런 문체를 그녀 안에 일깨웠는가?
그 누가 일깨웠는가, 응석받이 헛소리를,
매력적이고 또 위험하기 짝이 없는
미친 듯한 마음의 대화를?
나도 모르겠다. 아무튼 여기
나의 형편없는 번역이 있다,
생생한 명화의 치졸한 모사,

혹은 여학생이 조심스레 연주하는
「마탄의 사수」[126] 같은 것이지만.

따찌야나가 오네긴에게 보내는 편지

이렇게 편지 드립니다. 더 이상 무슨 말이 필요할까요?
더 이상 제가 무슨 말씀을 드릴 수 있을까요?
당신이 아무리 절 경멸하셔도
그건 제가 받아야 할 벌이라는 걸 알고 있어요.
하지만 제 불행한 운명에 조금이라도
연민을 느끼신다면
제발 저를 내치지 말아 주세요.
처음엔 저도 잠자코 있으려 했어요.
믿어 주세요, 어쩌다,
일주일에 한번이라도
이 마을에서 당신을 뵙고
당신의 음성을 들으며
저 또한 한마디라도 당신께 여쭙고
그런 뒤엔 다음 번 만날 때까지
밤이고 낮이고 오로지 당신 생각만
할 수 있다는 희망이 있었던들
저의 이런 부끄러운 마음을

---

126 1821년 초연된 베버Carl Maria von Weber(1786~1826)의 오페라. 독일 낭만주의 오페라의 선구적 작품으로 당시 러시아에서 선풍적인 인기를 끌었다.

당신은 영원히 모르셨을 거예요.
그러나 당신은 사람을 싫어한다 하더군요.
이런 촌구석에선 모든 게 지루하시겠죠,
그러나 저희는…… 저희는 내놓을 게 없어요,
순진하게 당신을 반기는 일 외에는.

당신은 왜 이곳에 오셨나요?
안 오셨다면, 이 잊혀진 쓸쓸한 시골에서
저는 영원히 당신을 모른 채,
이런 끔찍한 고통도 모른 채 살았을 텐데요.
어수룩한 마음의 동요도
시간이 가면 가라앉아(미래는 모르는 법이죠?)
마음에 맞는 친구를 찾아
정숙한 아내가 되고
후덕한 어머니가 되었을 텐데요.

다른 사람……! 아니, 이 세상에 제 마음을
바칠 사람은 그대밖에 없어요!
높으신 분의 섭리…… 하늘의 뜻으로
결정된 일, 저는 그대의 것입니다.
이제까지 제 인생은
그대와 어김없이 만나기 위한 저당이었어요.
알고 있어요, 신께서 그대를 보내 주셨다는 걸,
죽는 날까지 그대는 제 수호자라는 걸……
그대는 저의 꿈에 나타나셨어요.
보이지도 않는 그대께 제 마음 끌렸어요,

그대의 신비한 시선에 애간장을 태웠고
제 영혼에선 그대의 음성 울려 퍼졌죠
벌써 오래 전부터…… 아니, 그건 꿈이 아니었어요!
그대가 들어오신 바로 그 순간 저는 알았어요,
얼굴은 달아오르고 온몸이 마비되어
저는 속으로 말했어요. 바로 저분이다!
그렇죠, 제가 들은 건 그대의 음성이었죠.
그대가 아니었던가요,
제가 가난한 사람을 도와주거나
흔들리는 영혼의 고뇌를 기도로써 달래 줄 때
조용히 제게 속삭여 준 이가?
그대의 다정한 환영이 아니었던가요,
바로 그 순간에
투명한 어둠 속에서 명멸하며
살그머니 제 머리맡을 굽어보신 분이?
그대가 아니었던가요, 기쁨과 사랑으로
희망의 말 속삭여 주신 분이?
그대는 누구신가요, 저의 수호 천사,
아니면 교활한 유혹자일지도 몰라요.
제 의혹을 거두어 주세요.
어쩌면 이 모든 것은 부질없는 짓,
순진한 영혼의 미망일지 몰라요!
어쩜 제 운명은 전혀 다를지도……
하지만 그래도 좋아요! 이제부터
제 운명을 그대께 맡깁니다,
그대 앞에서 눈물 흘리며

그대의 보호를 원합니다…….
헤아려 주세요, 저는 여기 홀로 있어요,
아무도 절 이해하지 못하고
제 분별력은 약해져 가고
전 말없이 파멸할 밖에 도리가 없어요.
그대를 기다립니다. 단 한 번의 시선으로
제 가슴의 희망을 소생시켜 주세요,
아니면 차라리 마땅한 꾸짖음으로
이 괴로운 꿈에서 깨어나게 해주세요!

이만 줄이겠어요! 다시 읽는 것도 두려워요…….
부끄럽고 무서워 죽을 것만 같아요…….
당신의 명예를 믿는 마음에서
이렇게 감히 모든 걸 고백합니다…….

32
따찌야나는 한숨만 내쉰다.
편지를 쥔 손은 떨리고
바싹 탄 혀 위에서
연분홍 봉함지는 말라붙는다.
귀여운 고개가 어깨 위로 기울고
그 아름다운 어깨에서
가벼운 잠옷이 흘러내린다…….
그러나 벌써 한밤의 달은
빛을 잃고 멀리 골짜기는
안개 사이로 희뜩하게 밝아 온다.

강줄기가 은빛으로 빛나고
목동의 뿔피리 소리 농부를 깨운다.
날이 밝았다. 모두들 벌써 일어났지만
우리 따찌야나는 아무래도 좋았다.

33

그녀는 동이 튼 것도 모르는 채
고개를 숙이고 앉아서
자기의 돋을새김 봉인을
편지에 찍을 엄두도 못 내고 있다.
살며시 문이 열리더니
백발의 필리뻬예브나가
쟁반에 차를 얹어 가져온다.
〈일어날 시간이에요, 아가씨,
이런, 신통하셔라, 벌써 차려 입으셨네!
일찍 일어나셨나 봐!
지난밤에는 얼마나 걱정을 했다고요!
그래도 이젠 다행히 기운을 차리셨네!
간밤의 고통은 흔적도 없으시고
안색은 꼭 양귀비꽃 같으시네.〉

34

〈아, 유모, 부탁이 하나 있어.〉
〈말씀하세요, 아가씨, 뭐든.〉
〈절대로…… 정말이지…… 이상하게 생각지 말고……
다름이 아니고…… 아! 거절하면 안 돼.〉

〈아가씨도, 참, 하느님께 맹세하지요.〉
〈그러면, 유모 손자한테 몰래
이 편지를 전해 주라 해줘, 저 O씨한테,
그러니까 이웃집에 사는…… 그리고 손주한테는
아무 소리 말라고 단단히 일러 둬,
내 이름은 입도 벙긋하면 안 된다고…….〉
〈누구한테 말이에요, 아가씨?
이젠 저도 얼뜨기가 되었나 봐요.
근방에 사는 사람이 하도 많아
일일이 다 기억할 수가 있어야죠.〉

35
〈유모, 어쩜 그렇게 눈치가 없어!〉
〈아가씨, 이젠 저도 늙었어요,
아무렴요. 머리가 점점 멍해지는걸요.
저도 소싯적엔 눈치 하나는 빨랐지요,
주인 어른께서 한마디만 하시면…….〉
〈아, 유모, 유모! 무슨 얘길 하려고?
유모 머리가 지금 무슨 아랑곳이야?
문제는 이 편지라니까.
오네긴 씨한테 전해 줘.〉〈그렇군요, 그렇군요.
역정내지 마세요, 아가씨,
제가 좀 미욱해 놔서요……
아니 그런데 왜 또 새파래지셔요?〉
〈아냐, 정말 아무것도 아니래도.
어서 손자를 보내.〉

36
하루가 지났다. 답장은 없다.
이틀째가 되어도 여전히 깜깜무소식.
유령처럼 창백한 따찌야나 아침부터
옷을 차려 입고 기다린다. 언제 답장이?
올가의 숭배자가 다니러 왔다.
마나님이 그에게 물었다.
〈그래 친구분은 어디 계신가?
이 집엔 아예 발을 끊으셨나 봐.〉
따찌야나는 홍당무가 되어 파르르 떨었다.
렌스끼는 노파에게 대답했다.
〈오늘은 온다고 하던걸요,
아마 편지라도 와서 늦어지나 봅니다.〉
따찌야나는 눈앞이 캄캄해졌다,
악의에 찬 꾸지람이라도 들은 듯.

37
날이 저물었다. 식탁 위에선
저녁 사모바르가 요란하게 끓고 있었다,
중국제 주전자가 데워지면서
그 밑에선 가벼운 김이 소용돌이쳤다.
올가가 찻잔마다
잘 우러나 진하고 향기로운 차를
철철 넘치게 따랐고
어린 시종이 크림을 돌렸다.
내 사랑 따찌야나는 창가에 앉아

차가운 유리창에 입김을 불고는
우수에 잠겨
아름다운 손가락으로
흐려진 유리 위에
소중한 첫 글자 ─ E와 O ─ 를 그렸다.

38

그러는 동안에도 가슴이 쓰렸고,
지친 눈동자엔 눈물이 가득 고였다.
갑자기 말발굽 소리! 그녀의 피는 얼어붙은 듯.
더 가까이! 달려오시네…… 마당에
예브게니 님이! 〈아!〉라고 외치고는
뒷문 쪽으로 달려갔다,
현관에서 마당으로, 거기서 곧장 정원으로
달린다, 달린다, 뒤를 돌아볼
겨를도 없이, 순식간에 달려간다
화단과 작은 다리와 잔디밭,
호수로 가는 오솔길, 관목숲을 지나서,
라일락 덤불을 짓밟고서
꽃밭 사이를 나는 듯 지나 시냇가에 다다라
숨을 헐떡이며 벤치 위에

39

털썩 쓰러진다…….
〈그이가 왔어! 예브게니가!
오 하느님! 어떻게 생각하셨을까!〉

괴로움으로 터질 것 같은 그녀의 가슴은
그래도 어렴풋한 희망의 꿈을 버리지 않았다.
열에 들뜬 따찌야나 부들부들 떨면서
기다린다. 곧 오시겠지? 하나 기색은 없다.
과수원 이랑에선 하녀들이
딸기를 따면서
주인의 명령대로 합창을 하고 있었다
(명령인즉,
딸기를 따면서 몰래
훔쳐먹는 걸 방지하기 위해
하녀들더러 노래를 부르라는 것.
시골 사람의 기막힌 착상!).

아가씨들의 노래

얘들아, 예쁜 애들아,
귀엽고 상냥한 처녀들아,
나와서 놀아 보자,
멋지게 놀아 보자!
노래나 한 곡 뽑아 보자,
야한 노래면 어때,
총각이나 꼬셔 보자
춤추며 꼬셔 보자.
저기저기 오는 총각
여기까지 오기 전에

빨리빨리 숨어라,
던져라 던져라,
버찌랑 산딸기랑
새빨간 들딸기랑.
우리네 야한 노래
엿듣지 말아요,
우리네 처녀 장난
엿보지 말아요.

40

처녀들은 노래하고 있다. 그네들의
낭랑한 음성을 멍하니 들으며
따찌야나는 초조히 기다렸다,
심장의 두근거림이 가라앉기를,
화끈거리는 두 뺨이 식어 주기를.
그러나 가슴은 여전히 두근거리고
두 볼의 열기는 식기는커녕
더욱더 뜨거워만 간다…….
장난꾸러기 꼬마에게 잡힌
불쌍한 나비 한 마리
무지갯빛 날개를 퍼덕이며 요동치듯.
불현듯 토끼 한 마리
저 멀리 덤불에 숨은 포수 발견하고는
추수 끝난 밭에서 파르르 떨듯.

41

마침내 그녀는 한숨을 내쉬고
벤치에서 일어나
걷기 시작했다. 그러나 오솔길에
접어들기 무섭게 그녀 앞에
예브게니가 두 눈을 번득이며
무시무시한 유령처럼 나타났다.
그녀는 불에 덴 사람처럼
그 자리에 우뚝 서버렸다.
사랑하는 벗들이여, 그러나 오늘은
이 뜻밖의 해후가 어떻게 되었는지
시시콜콜 이야기할 기력이 없다.
이만큼 오래 얘길 했으니
바람도 좀 쏘이고 쉬어야겠다.
얘기는 어쨌든 나중에 끝까지 해주겠다.

제4장

도덕은 사물의 본질 안에 있다.[127]
— 네케르

1, 2, 3, 4, 5, 6

7
우리가 여성을 사랑하지 않을수록
우리는 더욱 쉽게 그들의 사랑을 받고
유혹의 그물에 걸린 그들을
더욱 확실하게 파멸시킨다.
냉혹한 호색한들은 언제나
사랑 없는 쾌락을 만끽하며
어딜 가든 제 자랑을 늘어놓아
연애 전문가로 이름을 떨치곤 했다.
그러나 이런 식의 그럴싸한 오락은

---

127 원문은 프랑스어로, ⟨La morale est dans la nature des choses⟩. 프랑스의 재정가이자 스탈 부인의 아버지인 자크 네케르가 한 말로 스탈 부인의 저서 『프랑스 혁명의 주요 사건에 관한 고찰』에 인용되어 있다.

선조들한테 호평받던
늙은 원숭이들에게나 어울리는 일.
러블레이스들의 명성은 쇠락했다,
새빨간 구두 뒤축과
분칠한 가발의 명성과 함께.[128]

8

그 누가 지겨워하지 않으리, 잘난 체하고,
한 가지 일을 여러 가지 말로 반복하고,
모두들 오래 전부터 믿어 오던 것을
거창하게 다시 믿게 하려 애쓰고,
늘 똑같은 항변을 들어 주고
열세 살 먹은 소녀조차 과거에도
현재에도 갖지 않은
편견을 물리치는 일을!
그 누가 싫증내지 않으리,
협박, 애원, 맹세, 거짓 공포,
여섯 쪽에 달하는 연애 편지,
속임수, 쑥덕공론, 반지, 눈물,
아주머니나 어머니의 감시,
남편들끼리의 마뜩찮은 우정에!

9

나의 예브게니의 생각도 바로 그랬다.

128 18세기 프랑스 귀족들의 치장.

청춘의 시작부터
미칠 듯한 방황과
자유 분방한 열정에 희생된 그.
습관적인 삶에 빠져 들어
한동안 어떤 일에 미혹당하는가 하면
곧 다른 일에 환멸을 느끼고
욕망도 덧없는 성공도
서서히 그를 지치게 해
번잡 속에서나 정적 속에서나
영혼의 한결같은 불평 소리에 귀기울이며
하품을 웃음으로 덮어 버린다.
이렇게 그는 8년이란 세월을 보내며
인생의 가장 아름다운 꽃을 시들게 한 것이다.

10

미인을 보아도 사랑의 느낌이 없어
그냥 꽁무니만 좇을 뿐.
거절당해도 금세 안정을 찾고
배신을 당해도 오히려 잘됐다 기뻐하고
미녀들의 사랑과 증오에 무감각,
사랑의 환희도 없이 그들을 탐했다가
미련의 아픔도 없이 차버렸다.
마치 무관심한 손님이
저녁때 휘스트[129] 게임을 하러 찾아와

---

129 트럼프 놀이의 일종.

앉아 있다가 게임이 끝나면
훌훌 털고 일어나
제 집에서 편히 잠들고
아침이 되면 깨어나
오늘 저녁엔 어디로 갈까 망설이듯.

11

그러나 따냐의 편지를 받고서
오네긴은 생생한 감동을 받았다.
처녀의 꿈을 그린 그녀의 글에
상념이 꼬리를 물고 일어났다.
어여쁜 따찌야나의 모습
그 창백한 안색과 우울한 자태가 생각났다.
달콤하고 순수한 꿈속으로
그의 영혼은 젖어 들었다.
어쩌면 그 옛날의 불같은 정념이
한순간 그를 사로잡았는지도 모른다.
그러나 그는 순진한 처녀의 신뢰를
기만하고 싶지 않았다.
그럼 이제부터 따찌야나와 그가 마주친
저 정원으로 가볼까.

12

두 사람은 잠시 묵묵히 바라보았다.
이윽고 오네긴이 그녀에게 다가가
입을 열었다. 〈당신의 편지는 잘 받았소.

부정은 하지 말아 주시오. 나는 읽었소
의심할 줄 모르는 한 영혼의 고백을,
순진 무구한 사랑의 토로를.
당신의 솔직함에 마음이 끌렸고,
오래 전에 사그라든 감정들이
다시 요동치기 시작했소.
그러나 당신을 칭찬할 생각은 없소.
나 또한 솔직 담백한 고백으로
당신의 솔직함에 답하겠소.
내 고백을 받아 주시오,
판단은 당신께 맡기겠소.

13

만약에 내가 가정의 울타리에
내 삶을 가두고 싶었더라면,
만약에 행복한 운명이 내게
아버지와 남편이 되라고 명했더라면,
내가 단 한 순간이라도
가족의 정겨움에 매료되었더라면,
분명 당신 이외의 어떤 여인도
배필로 찾지 않았을 거요.
입에 발린 말[130]을 하려는 게 아니오.
과거의 이상을 발견한 나는
오로지 당신만을 택했을 거요

---

130 원문을 직역하면 〈마드리갈의 찬란함〉.

내 슬픈 여생의 반려로,
모든 아름다움의 증표로.
그리고 행복했을 거요……. 나름대로!

14

그러나 나는 행복을 위해 태어나지 않았소.
내 영혼은 행복을 모르오.
당신의 미덕들은 내게 부질없소.
나는 그걸 받을 자격이 없소.
믿어 주시오(양심을 걸고 말하오)
결혼은 우리에게 고통이 될 거요.
내가 아무리 당신을 사랑해도
익숙해 지면 곧 사랑이 식을 거요.
당신은 울게 되고 당신의 눈물에도
내 가슴은 꿈쩍도 안하고
오히려 성가셔할 거요.
생각해 보시오, 히메나이오스[131]가 우릴 위해
준비한 장미꽃이 어떤 것일지,
게다가 시간은 또 얼마나 걸리겠소!

15

이 세상에서 가장 나쁜 것은
불쌍한 아내가 부도덕한 남편 때문에
밤이고 낮이고

---

131 그리스 신화에 나오는 혼례의 신.

홀로 눈물짓는 가정일 거요.
권태로운 남편은 아내의 가치를 알면서도
(그러나 어쨌든 운명을 저주하며)
언제나 오만상을 찌푸린 채 말이 없고
냉혹한 질투심에 수시로 화만 낼 거요.
그게 바로 나요. 당신이 그토록
순수하고 정열적인 영혼으로,
그토록 순박하고 지혜로운 편지를 썼을 때
과연 나 같은 인간을 염두에 두었소?
당신에게 점지된 운명이
정말 그토록 가혹한 것이오?

16

공상도 세월도 돌이킬 수 없는 것,
내 영혼의 소생은 불가한 것……
나는 오빠처럼 당신을 사랑하오.
어쩌면 그보다 더 사랑할지도 모르오.
화내지 말고 내 말을 들어 주시오.
젊은 처녀들이란 으레
쉽사리 공상을 바꾸는 법이오,
어린 나무가 봄이 올 적마다
잎새를 바꾸듯이.
그게 바로 하늘의 섭리요.
당신은 다시 사랑하게 될 거요. 하지만……
스스로를 다스리는 법을 배워야 할거요.
누구나 나처럼 당신을 이해하는 건 아니니까.

미숙함은 재앙을 초래한다오.〉

17

이렇게 예브게니는 설교를 했고
따찌야나는 눈물이 앞을 가려
숨도 제대로 못 쉬고 항변 한마디 못하고
그냥 듣고만 있었다.
그는 팔을 내밀었고 따찌야나는
처량하게 고개를 떨구고
구슬픈 심정으로(흔히 말하듯 〈기계적으로〉)
말없이 그의 팔에 의지했다.
그들은 채소밭을 돌아 집으로 갔다.
둘이 나란히 도착했지만
아무도 그 일을 책망하지 않았다.
시골의 자유로운 삶에는
오만한 모스끄바와 마찬가지로
자기만의 행복한 권리가 있으니까.

18

당신도 동의하겠지, 독자여
슬픔에 잠긴 따찌야나에게
내 친구가 매우 훌륭하게 대했다는 걸.
비록 악의에 찬 인간들은
그의 어떤 점도 좋게 보아 주지 않았지만
그가 고결한 정신을 발휘한 건
이번이 처음은 아니었다네.

그의 적들도 친구들도
(뭐, 결국 둘 다 마찬가지지만)
그의 일에 이러쿵저러쿵 험담뿐.
살다 보면 적은 생기는 법,
그러나 친구만은, 오 제발!
나의 친구라는 족속들, 끔찍하다!
내가 그자들을 기억하는 건 이유가 있지.

19

왜냐고? 글쎄. 헛되고 어두운
생각은 일단 접어 두련다.
그저 〈괄호 안에〉 넣어 한마디하자면,
다락방에서 어느 거짓말쟁이가 지어내
사교계 족속들의 찬사를 받은
야비한 비빙이나
말도 안 되는 헛소리나
비열한 경구 치고
내 친구라는 작자가 미소까지 머금고
점잖은 사람들에게
아무런 악의도 간계도 없다는 듯
실수인 양 수백 번 되뇌지 않은 것 없다네.
그러면서 그자는 나의 굳건한 우방이며
나를 사랑한다나…… 혈육처럼 말이야!

20

흠! 흠! 친애하는 독자여,

친척들은 모두 안녕하신가?
실례지만 여기서 당신은
이 〈친척〉이란 게 무언지
나한테 듣고 싶은지도 모르겠다.
친척이란 이런 사람들이다.
우리가 반드시 아껴 주고
사랑하고 충심으로 존경하고
세상의 관례대로 크리스마스 때
찾아 뵙거나 우편으로 인사 여쭈어
일년의 나머지 시간을
우리 생각 안 하고 살 수 있도록
챙겨 드려야 할 분들……
그러니 친척들이여 만수 무강하시라!

21

반면 미인들의 달콤한 사랑은
우정이나 혈연보다 한결 나은 편.
사나운 인생의 풍랑 가운데서도
당신은 그 사랑에 대한 권리를 지닌다.
물론, 그렇다. 그러나 유행의 회오리바람,
인간 천성의 변덕,
사교계의 무상한 여론 같은 것들은…….
그런데 여자란 새털처럼 가벼운 것이고.
게다가 남편의 의견이란
정숙한 아내가
언제나 반드시 존중해야 하니

당신의 충실한 애인도
한 순간에 빼앗겨 버릴 판.
사랑이란 악마의 장난인 것이다.

22

그럼 누굴 사랑해야 하나? 누굴 믿어야 하나?
우리를 배신하지 않을 유일한 사람은 누군가?
모든 행동, 모든 말을 친절하게도
우리 눈 높이에 맞추어 줄 사람은?
우리를 중상하지 않을 사람은?
우리를 자상하게 보살펴 줄 사람은?
우리의 결점도 눈감아 줄 사람은?
절대로 우릴 지겹게 하지 않을 사람은?
부질없는 환영을 추구하는 이여,
내 존경하는 독자여,
헛되이 노력을 낭비하지 말고
자기 자신을 사랑할 지어다.
그야말로 가치 있는 대상이니
더 이상 소중한 존재는 없도다.

23

두 사람의 만남은 그 뒤 어떻게 되었나?
아, 쉽게 미루어 짐작할 수 있지!
사랑의 미칠 듯한 고뇌는
슬픔에 목마른 젊은 영혼을
잠시도 쉬지 않고 뒤흔들었다.

오히려, 충족되지 않은 열정으로
불쌍한 따찌야나는 더욱 타올랐다.
잠은 그녀의 침상을 떠나 버리고
건강도 생명의 꽃도 감미로움도
미소도 처녀다운 조심스러움도
모두 모두 공허한 음성처럼 사라지고
어여쁜 따찌야나의 청춘은 사그라든다.
어스름 밝아 오는 새벽 하늘에
먹구름의 장막이 뒤덮이듯이.

24

아, 따찌야나는 시들어 간다.
핏기도 총명함도 말도 다 잃었다!
무엇 하나 손에 잡히지 않고
그 무엇에도 마음이 움직이지 않는다.
이웃들은 알겠다는 듯
고개를 설레설레 저으며 쑥덕거린다.
저 애도 시집갈 때가 된 거야……!
아니, 그만두자. 그보다는
행복한 사랑의 정경으로
당신들의 상상력을 북돋울 필요가 있겠지.
그러나 친애하는 독자여, 무의식중에
내 가슴은 연민으로 미어지고 있소.
이해하구려, 나는 내 귀여운
따찌야나를 그토록 사랑한다오.

25

젊은 올가의 미모는
시시각각 더 강렬하게
블라지미르를 사로잡아
그는 달콤한 사랑의 노예가 되었다.
두 사람은 언제나 함께 올가의 방
어둠 속에서 단둘이 앉아 있네.
아침이면 손에 손을 맞잡고
정원을 산책하네.
그래서 뭐 어쨌다는 거지? 사랑에 도취된
블라지미르는 수줍어 어쩔 줄 몰라
어쩌다 올가의 미소에 힘입어
풀어헤친 머리칼을 만져 보거나
옷자락에 키스하는 게
고작인걸.

26

그는 가끔 가다 올랴에게
샤토브리앙[132]은 저리 가게
인간 본성을 잘 아는 어느 저자의
교훈적 소설을 읽어 주는데
읽는 도중에
(처녀들이 알면 위험한

---

132 François-René de Chateaubriand(1768~1848). 프랑스 최초의 낭만파 작가 중 하나.

터무니없는 헛소리가 나오면)
얼굴을 붉히며 두세 페이지씩 뛰어넘는다.
때로 아무도 없는 외딴 곳에
체스판을 가운데 두고 마주앉아
턱을 손에 괴고
깊은 생각에 잠길 때도
렌스끼는 정신이 산란해
차(車)를 졸(卒)로 잡는다.

27

집에 돌아가도
역시 올가 생각뿐.
그녀를 위해 부지런히
하늘거리는 앨범의 몇 페이지를 장식한다.
시골의 정경, 묘비,
키프리스[133]의 궁전,
혹은 리라에 앉은 비둘기를
펜으로 그리고 살짝 채색까지 한다.
혹은 추억의 페이지에 적힌
다른 사람의 서명 아래에
남겨 놓는다, 감미로운 시를,
말없는 공상의 기념비를,
세월이 흘러도 변치 않을
순간적 상념의 긴 자취를.

133 비너스의 그리스식 명칭 중 하나.

28

물론 여러분은 시골 아가씨의
앨범을 무수히 보았으리라,
여자 친구들이 너도나도
첫장부터 끝장까지 잔뜩 써놓은 앨범을.
정서법에 원한이라도 맺힌 양,
귀동냥한 엉터리 시들이
영원한 우정의 표시로
줄여서 혹은 늘여서 적혀 있다.
첫 페이지에는 으레 이런 말,
당신은 이 시첩에 무엇을 적으렵니까.[134]
서명은 당신의 충실한 아네트[135]
그리고 마지막 페이지에는
〈나보다 그대를 더 사랑하는 자
내 뒤를 이어 쓸지어다.〉

29

거기서 여러분은 반드시 발견하리라,
두 개의 하트며 횃불이며 꽃 따위를.
그리고 〈무덤에 갈 때까지 사랑한다〉는
맹세의 문구를 읽게 되리라.
군대에 있는 소위 〈시인〉이라는 작자는
흉악한 시를 멋대로 써넣기도 했지만.

---

134 원문의 프랑스어는 〈Qu'écrirez-vous sur ces tablettes〉.
135 원문의 프랑스어는 〈t. à. v. Annette〉, tout à vous Annette의 약자.

그런 앨범에라면, 벗들이여,
고백하건대 나 또한 기꺼이 몇 자 적으리,
내 모든 정성 어린 헛소리는
호의에 찬 시선과 마주칠 것임을,
나중에 사악한 냉소를 품고서
내 거짓말에 재치가 있네 없네
거창하게 따지고들 사람은 없으리란 것을
마음 깊이 확신하기 때문에.

30

그러나 너희들, 악마의 서고에서
빠져나온 책들,
호화로운 앨범들,
잘 나가는 엉터리 시인들의 두통거리,
똘스또이[136]의 절묘한 화필로
혹은 바라띤스끼의 펜으로
재빠르게 꾸며진 너희들,
신의 벼락을 맞아 불타 버려라!
부티가 줄줄 흐르는 귀부인이
나에게 4절판 앨범을 내밀 때
증오와 전율이 나를 덮쳐
내 영혼의 저 깊은 곳에선
경구가 꿈틀대지만
그래도 마드리갈을 써주어야 하다니!

---

136 F. P. Tolstoi(1783~1873). 당대 유명한 화가이자 삽화가.

31

젊은 올가의 앨범에 렌스끼가
적어 준 건 마드리갈이 아니다.
사랑으로 숨쉬는 그의 펜은
냉혹한 기지의 섬광을 발하지 않는다.
올가의 모습 본 대로 들은 대로
죽 써 내려가면
생생한 진실로 가득 찬 엘레지가
강물처럼 흘러 넘치는 것이다.
마치 영감에 가득 찬 야지꼬프[137]가
감정의 폭발에 이끌려
신비한 누군가를 노래하면
언젠가는 그 노래
그의 운명을 소상히 말해 수는
엘레지의 선집이 되는 것처럼.

32

하지만 쉿! 들리는가? 엄격한 비평가[138]가

---

[137] N. Iazykov(1803~1847). 뿌쉬낀과 동시대를 살았던 시인. 독창적인 작법을 통해 엘레지의 관례를 혁신시켰다.

[138] 시인이자 비평가인 뀨헬베께르V. Kiukhelbeker(1797~1846)를 가리킨다. 그의 1824년 에세이 『지난 10년 동안의 우리 시, 특히 서정시의 방향에 관하여 *O napravlenii nashei poezii, osobenno liriche-skoi v poslednee desiatiletie*』는 커다란 반향을 불러일으켰는데 여기서 그는 당대 유행하던 엘레지는 지나치게 외국 문학에 의존적이고 단조롭다고 비난하면서 18세기적인 송시를 바탕으로 새로운 시적 형식을 개발할 것을 촉구하였다. 그에 의하면 엘레지는 송시보다 열등한 장르라는 것이다. 뿌쉬낀은 그의 주장을 어

초라한 엘레지의 화관을
벗어 던지라고 우리에게 명하고
우리의 엉터리 시인 동지들에게
고함친다. 〈그만두라, 허구한 날
징징대며 눈물 짜는 짓거리를,
《지난 일》이며 《먼 옛날》은 이제 그만
그리워하고 다른 걸 노래하라!〉
〈그야 옳은 말씀, 그러면 자네는
나팔과 가면과 단검[139]을 가리키며
죽어 버린 사상의 자본을
사방에 되살려 놓으라 명할 셈이군,
안 그런가, 친구?〉 〈천만에!
송시를 쓰라는 말이네, 이 사람들아,

33

그 옛날 국운이 치솟던 시대에
모두들 그랬던 것처럼…….〉
〈오로지 장엄한 송시만을 쓰라고!
됐네, 이 사람아. 다 마찬가지 아닌가?
저 풍자 시인이 한 말을 생각해 보게!
그래 『타인의 의견』[140]의 간교한 시인이

느 정도는 수긍하면서도 송시란 안정과 구상을 결여하는 가장 저급한 장르라고 반박하였다. 엘레지란 물론 멜랑콜리한 시만을 가리키는 것이 아니라 짤막한 명상시 일반을 가리킨다.
139 고전시에서 비극을 가리키는 일종의 관례적 표상.
140 Chuzhoi tolk, 러시아 감상주의의 선구자들 중의 하나인 드미뜨리예

자네한테는 정말 더 낫단 말인가,
우리의 우울한 엉터리 시인들보다?〉
〈어쨌든 엘레지의 모든 것이 저급하다네.
그것의 공허한 목표는 비참할 지경이지.
반면에 송시의 목표는 숭엄하고
고결하지…….〉 여기서 논쟁을
계속할 수도 있겠지만 그만두련다
두 세기[141]에 싸움을 붙이기는 싫으니까.

34

명예와 자유의 숭배자 블라지미르도
솟구치는 상념의 소용돌이 속에서
송시쯤은 쓸 수도 있었으련만
올가는 어쨌든 읽지 않았을 거다.
눈물에 젖은 시인들은
흔히 자기가 사랑하는 사람에게
자작시를 들려주곤 한다지? 이보다 더한
보상은 세상에 없다고들 말하지.
실제로, 시와 사랑의 대상,
달콤한 우수에 젖은 미녀에게
자신의 꿈을 읽어 주는
겸허한 연인은 복되도다!

프I. Dmitriev(1760~1837)의 풍자. 〈간교한 시인〉이란 거기 등장하는 재능 없고 야비한 송시 작가를 말한다.
 141 송시는 18세기의 지배적 장르고 엘레지는 19세기 초엽의 장르이므로 〈두 세기〉라는 표현을 쓴 것이다.

복되도다…… 물론 그녀는 전혀 다른 생각에
빠져 있을지도 모르지만.

35

그러나 나는 내 꿈과
조화로운 작시법의 성과를
오로지 내 청춘의 여자 친구인
늙은 유모에게만 들려준다.
아니면 지루한 식사 뒤에
우연히 찾아온 이웃을
느닷없이 붙잡아 한구석에 세워 놓고
비극시를 읊어 주거나,
아니면(이건 농담이 아니고)
우수와 압운에 지친 몸을 이끌고
늘 가는 호숫가를 방황하다가
물오리떼를 놀라게 하거나.
물오리들은 내 낭랑한 시구를 듣고는
호숫가를 떠나 날아가 버린다.

36, 37

그런데 오네긴은? 기왕 이렇게 된 것, 여러분!
조금만 더 참아 달라,
그의 하루하루를
소상히 알려 드릴 터이니.
오네긴은 은자처럼 살고 있었다.
여름이면 일곱 시쯤 일어나

가벼운 차림으로
산밑을 흐르는 시냇가로 갔다.
귈리나르의 가수[142]를 흉내내어
저 헬레스폰투스[143]를 헤엄쳐 건너갔다.
그런 다음 싸구려 잡지를 뒤적이며
커피를 홀짝거린 뒤
옷을 갈아입고……

38, 39
산책, 독서, 깊은 잠.
울창한 숲과 졸졸대는 시냇물,
어쩌다 눈은 검고 살결은 하얀
앳된 처녀의 신선한 입맞춤,
잘 길들여진 준마,
다채로운 메뉴의 식사,
투명한 포도주 한 병,
고독, 정적.
이것이 바로 오네긴의 성스러운 삶.
어느덧 이런 삶에 푹 빠져
무사 태평한 안일 속에서
아름다운 여름날이 가는 것도 모른 채
모두 잊었다. 도시도 친구들도

---

142 귈리나르는 바이런의 『코르세어』에 나오는 여주인공 가르네아의 프랑스 식 이름. 귈리나르의 가수란 바이런을 가리킨다. 그는 어느 때엔가 다르다넬스 해협을 헤엄쳐서 건너갔다고 전해진다.
143 다르다넬스 해협을 가리키는 고대 그리스 식 명칭.

지겨운 축제의 기상도.

40

그런데 우리 북방의 여름은
남쪽 나라 겨울의 캐리커처.
반짝하다가 사라져 버린다는 걸
누구나 다 알면서 인정하기 싫을 뿐.
벌써 하늘은 가을을 숨쉬고
벌써 태양은 빛을 잃어
낮이 점점 짧아진다.
숲속의 나무들은 구슬프게 술렁이며
신비한 나신을 드러내고
벌판에는 안개만 짙게 드리운다.
기러기 울어대며
남국을 향해 떼지어 날아가니
진정 권태의 계절이 다가온 것.
뜨락에는 벌써 11월이 서성인다.

41

차가운 안개 속에 여명이 비끼고
밭에서 일하는 소리는 뚝 끊겼다.
굶주린 암컷을 데리고
늑대 한 마리 길섶에 나서니
말은 늑대 냄새를 맡고
힝힝댄다. 조심스런 나그네
산을 향해 전속력으로 말을 몬다.

목동은 아침 햇살 비쳐도
이제는 암소를 외양간에서 내몰지 않고
목동의 피리 소리 한낮이 되어도
소떼를 부르지 않는다.
오두막에서 처녀가 노래부르며
실 잣을 때 겨울밤의 친구인
나무토막이 소리 내며 탄다.

42

벌써 서리가 빠드득 부서지고
벌판에는 은빛이 가득……
(독자는 여기서 〈장미〉라는
압운을 기대하겠지.[144] 자, 빨리 가져가시라!)
얼음 옷을 입은 시냇물은
유행하는 마룻바닥보다 더 산뜻하게 빛나고
흥겨운 소년의 무리가
신이 나서 얼음을 지친다.
빨간 발톱의 통통한 거위 한 마리
호수를 헤엄치려는 듯
조심조심 얼음 위로 내려서다가

---

144 러시아어의 서리는 〈morozy〉이므로 〈rozy〉와 운이 맞는다. morozy 와 rozy는 매우 흔하게 발견되는 압운의 짝이므로 뿌쉬낀은 여기서 독자가 그것을 기대할 것이라고 말하는 것이다. 이 부분은 많은 연구자들이 낡은 압운에 대한 뿌쉬낀의 조소적인 항변이라 해석해 왔지만 실제로 뿌쉬낀이 항상 특별하고 현란한 압운에 의존한 것은 아니다. 그가 항상 주장했던 것은 이미 존재하는 시적 자원을 어떻게, 어떤 맥락에서 사용하느냐 하는 점이었다.

미끄러져 넘어진다. 즐겁게
나부끼는 눈발, 첫눈이
별처럼 파르라니 호숫가에 내려앉는다.

43

이 계절에 시골에선 무얼 할까?
산책? 이 무렵의 시골이란
헐벗음 일색이라
보기만 해도 지겨워진다.
황량한 초원에서 말을 달린다?
그러나 닳아빠진 편자로
믿지 못할 얼음 위를 달리자면
말은 싫든 좋든 넘어지게 되어 있지.
그러니 썰렁한 집안에 틀어박혀
책이나 읽어야지. 프라트[145]니 월터 스콧[146]이니!
싫다고? 그럼 지출 장부를 검토하고
화를 내든지 술을 한잔하든지, 긴 겨울밤은
어떻게든 지나고 내일도 마찬가지,
그러면서 겨울을 그럭저럭 보내는 거지.

44

차일드 해럴드라도 된 듯이

---

[145] D. de Pradt(1759~1837). 19세기 초에 활동한 프랑스의 대주교, 외교관. 대중적인 정치 평론을 여러 편 남겼다.
[146] Walter Scott(1771~1832). 영국의 소설가, 시인, 역사가. 『최후의 음유 시인의 노래』, 『마미온』, 『웨이벌리』 등이 대표작이다.

오네긴은 명상적인 게으름에 젖어들었다.
잠에서 깨면 얼음 넣은 욕조에 들어갔다가
하루 종일 집안에서 빈둥빈둥
혼자서 점수 계산을 해가며
뭉툭한 큐를 잡고
아침부터 당구대에서
공 넣기에 열중한다.
시골의 저녁이 찾아오면
당구대도 큐도 잊혀지고
벽난로 앞에 식탁이 차려진다.
예브게니는 기다린다. 렌스끼가
얼룩말 뜨로이까를 타고 온다.
자 빨리 식사하세!

45

과부 클리코 혹은 모에[147]의
축복받은 포도주가
시인을 위해 차게 식힌 병에 담겨
즉시 식탁에 오른다.
그것은 히포크레네[148]처럼 빛을 발하며
그 장난스러운 거품으로
(무엇을 닮았든 간에)
나를 사로잡았었다. 그걸 얻으려고

---

147 둘 다 프랑스의 유명한 샴페인 제조업체.
148 그리스 신화에서 헬리콘 산 위를 흐른다는 영감의 샘물.

나는 마지막 푼돈 한 닢까지
몽땅 써버리곤 했었지. 친구들이여, 기억나는가?
그 술의 마술 같은 액체 때문에
바보 같은 짓도 꽤 했었지,
그 숱한 농담과 시와
논쟁과 즐거운 꿈은 또 어떻고!

46

그러나 그 술의 솟구치는 거품은
내 위장을 배신하였고
그래서 지금은 분별 있는 보르도[149]를
선호하는 편.
〈아이〉[150]는 더 이상 감당하기 어렵네.
〈아이〉는 꼭 연인 같아
화려하고 변덕스럽고 발랄하고
방자하고 속이 텅 비고…….
그러나 너 〈보르도〉는 꼭 친구 같아
기쁠 때나 슬플 때나
언제 어디서나 동지로서
우리에게 기꺼이 봉사하고
조용한 여가를 함께 나누니
우리 친구 〈보르도〉 만세!

---

149 보르도 지방에서 주조된 붉은 포도주.
150 고급 샴페인의 상표명.

47

불은 꺼졌다. 엷은 재를 뒤집어쓴
황금 빛 숯덩이,
가물가물 피어오르는 연기,
꺼질 듯 말 듯한
벽난로의 열기. 담배 연기가
굴뚝으로 빨려 들어간다. 식탁 위의 투명한 술잔에선
아직도 술거품이 식식 소릴 낸다.
어스름 땅거미가 진다······.
(이유는 모르지만
늑대와 개 사이의 시간[151]이라
불리는 이런 시간에
친구와 술잔을 기울이며
싱거운 얘기 나누는 걸 나는 좋아하지)
두 친구가 나누는 이야기는 이렇다.

48

〈그래 이웃 양반들은 어떤가? 따찌야나는 잘 있나?
자네의 발랄한 올가는?〉
〈반만 따르게······
됐어, 고마워······ 온 가족이 모두
건강하이. 자네한테 안부 전하라더군.
아, 이보게, 올가의 어깨는 더

---

151 목동이 늑대와 양치기 개 사이를 구별하기 어려운 황혼 무렵을 의미한다. 망명 작가 사샤 소꼴로프S. Sokolov(1943~)의 동명 소설은 여기서 따온 것이다.

풍만해 졌네, 게다가 그 가슴!
그 마음씨……! 언제 한번
같이 찾아감세. 반가워들 할걸세.
그런데 이보게 생각 좀 해보게.
두어 번 들러 보고는 그 뒤론
코빼기도 안 내비쳤잖은가.
어이구 참…… 내 정신 좀 봐!
다음 주에 그 댁에서 자넬 초대했네.〉

49

〈나를?〉〈그래 따찌야나의 영명 축일이
내주 토요일이래. 올렌까와 그 댁 마님이
자넬 부르라고 하더군. 안 갈 이유가
없지 않은가.〉
〈하지만 엄청들 몰려올 텐데,
어중이떠중이…….〉
〈아무도 안 오네, 정말이야!
오긴 누가 오겠나? 가족 모임인걸.
같이 가세, 부탁이네!
가는 거지?〉〈가지 뭐.〉〈멋진 친구야!〉
이 말과 함께 그는 이웃 집 딸을 위해
건배를 든 뒤 잔을 비웠다.
그리고 나선 또다시
올가 얘기를 늘어놓았다. 사랑이란 그런 거다!

50

그는 기뻤다. 2주일 후로
행복의 날이 잡혔기 때문이다.
첫날밤의 비밀과
달콤한 사랑의 화관이
그의 환희를 기다리고 있었다.
히메나이오스가 주는 번잡함이나 슬픔
반드시 닥쳐올 권태 같은 건
꿈도 꾸지 않았다.
반면에 우리 같은 히메나이오스의 적들이
가정 생활에서 발견하는 건
라퐁텐[152] 류의 소설처럼
일련의 싫증 나는 정경뿐인데······.
불쌍한 나의 렌스끼, 그는 진정
다른 삶을 위해 태어났던 것이다.

51

그는 사랑받고 있었다······. 적어도
그렇게 생각했고 그래서 행복했다.
진실로 복되어라, 믿음에 충실한 사람,
차가운 지성을 잠재우고
주막에 든 취객처럼
혹은 좀더 부드럽게 말해서

---

152 H. A. Lafontaine(1758~1831). 독일의 소설가. 무수한 가정 소설을 남겼다.

봄날의 꽃에 달라붙은 나비처럼
마음 편히 안일에 젖는 자여.
그러나 불행할지어다, 모든 것을 내다보고
이성이 흐려지는 법도 없고
모든 행동 모든 말을
곱씹으며 증오하는 자,
경험으로 마음이 굳어져
몰아지경이 무언지 모르는 자여!

제5장

오, 무서운 이 꿈들을 알지 말지어다
나의 스베뜰라나여![153]
— 쥬꼬프스끼

1

그 해 가을은 오래도록
뜰을 서성였고
자연은 겨울을 손꼽아 기다렸다.
1월 3일 한밤이 되어서야
첫눈이 내렸다. 일찌감치 잠에서 깬
따찌야나는 창 너머로 바라보았다
밤 사이에 하얗게 변한 뜨락과
화단과 지붕과 담장을,
유리창에 엷게 서린 얼음꽃을
은빛 겨울을 입은 나무들을,
뜨락에서 즐겁게 조잘대는 까치를,

---

153 쥬꼬프스끼의 발라드 「스베뜰라나」 중에서 인용한 것임.

찬란한 겨울 주단이
폭신하게 깔린 산들을.
주위는 온통 하얗고 밝았다.

2
겨울……! 농부는 신바람이 나서
썰매로 눈길을 닦고
눈 냄새를 맡은 말이
이리저리 장난을 친다.
솜털 같은 눈밭에 고랑을 파헤치며
쏜살같이 달려가는 포장 썰매,
마부석에는 털코트에 빨간 띠를 두른
마부가 앉아 있다.
저기서 지주댁 꼬마 하인이 달려온다,
작은 썰매에 〈쥬치까〉[154]를 태우고
자기가 말이 되어 썰매를 끈다.
장난꾸러기는 벌써 두 손이 꽁꽁
시리기도 하지만 우습기도 하다,
아이의 엄마가 창문을 열고 으르렁댄다…….

3
그러나 어쩌면 이런 식의
풍경은 여러분의 관심 밖일지 모른다.
이 모든 건 저급한 자연이므로

---

154 러시아에서 흔하게 사용되는 개 이름.

우아한 멋이 별로 없다.
신이 주신 영감으로 달아오른
다른 시인[155]은 첫눈과
겨울의 모든 나른한 음영을
화려한 문체로 묘사하였다.
불길처럼 타오르는 시 속에서
그가 그려낸 비밀스런 썰매 여행이
여러분을 매혹시키리라 믿는다.
그러나 나는 경쟁할 생각은 없다
그 시인과도 그리고 자네와도,
핀란드 처녀의 가수[156]여!

4

(자신도 왜인지는 모르지만
러시아적인 정서로 가득 찬) 따찌야나는
러시아의 겨울을
그 차가운 아름다움을 사랑하였다.
무척 추운 날 양지 쪽의 고드름을,
썰매를, 어스름 황혼녘에
분홍빛으로 곱게 빛나는 눈을,
주현절 전야의 안개를.
그녀의 가정에서는
옛날식으로 이날 밤을 축하하였다.

---

155 제1장의 제사에 인용된 〈첫눈〉의 저자 뱌젬스끼 공작.
156 바라띤스끼. 그는 『에다Eda』에서 핀란드의 겨울을 노래했다.

온 집안의 하녀들이 모두 모여
주인댁 아가씨들의 점을 쳐주고
군인 신랑의 출정을
해마다 예언해 주었다.

5

따찌야나는
예로부터 내려오는 민간 전설이며
꿈이며 카드 점이며
달님의 예언 같은 것을 믿고 있었다.
사물이 그녀의 심기를 불편케 했다.
모든 사물이 그녀에게
비밀스런 무언가를 암시해 주었고
예감 때문에 가슴이 철렁 내려앉았다.
새침데기 고양이가 벽난로 위에 냉큼 올라앉아
가르랑거리며 앞발로 세수를 하면
틀림없이 손님이 온다는
전조였다. 불현듯
왼쪽 하늘에
뿔이 두 개 솟은 듯한 초승달이 보이면

6

따찌야나는 새파랗게 질려 몸을 떨었다.
검은 하늘을 가로질러
유성이 휙 날아가
산산이 부서지면,

당황한 따찌야나는
유성이 아직 하늘에 남아 있을 동안
서둘러 소원을 빌었다.
혹시라도 어디선가
까만 옷을 입은 수도사와 마주치거나
재빠른 산토끼가 들판에서
길을 가로질러 뛰어가면은
무서워서 어찌할 바를 모르며
흉측한 예감에 휩싸여
벌써 불행을 기다리고 있었다.

7

그래서? 그녀는 공포 속에서도
신비한 매력을 발견했다.
모순으로 기울게 마련인 자연이
우리를 창조한 바 그대로.
크리스마스 주간[157]이 다가왔다. 즐거워라!
먼 훗날의 인생이
끝없이 찬란하게 펼쳐진
아쉬울 것 없는
경박한 젊은이들이 점을 친다.
모든 걸 돌이킬 수 없이 상실하고
무덤 앞에 서 있는 노인들도
안경 너머로 점을 친다.

---

157 크리스마스부터 1월 6일 주현절까지의 기간.

어쨌든 마찬가지. 희망이란
어린애 같은 속삭임으로 그들을 속이는 법.

8

따찌야나는 호기심 어린 시선으로
물에 가라앉은 밀랍[158]을 들여다본다.
신기한 형태의 무늬가 그녀에게
무언가 신비한 것을 알려준다.
물을 가득 채운 대접에서
반지가 차례로 떠오른다.
그녀의 반지가 떠올랐을 때
이런 옛 노래가 불리고 있었다.
〈그 고장의 농부들은 모두 부자라네,
삽으로 은을 그러모으네.
우리가 노래부르는 사람은
명예와 부를 얻으리!〉[159] 그러나 이 노래의
구슬픈 가락은 상실을 예언하는 것.
처녀들은 〈작은 고양이〉[160]를 더 좋아했다.

9

얼어붙은 밤, 청명한 하늘.
천상의 경이로운 합창이

---

158 녹인 밀랍을 차가운 물 속에 따른 다음, 그것이 굳어지면서 만들어 내는 무늬로 앞날을 점치는 풍습.
159 노인들이 곧 죽게 될 것을 예언하는 노래로 알려져 있다.
160 결혼을 예언하는 노래.

조화를 이루며 고요히 흐르고 있다······.
따찌야나는 헐렁한 옷을 걸치고
넓은 마당으로 나가
달을 향해 거울을 비춘다.
그러나 침침한 거울 속에선
서글픈 달님만 떨고 있을 뿐······.
보라······! 뽀드득 눈 밟는 소리······ 누군가 지나간다.
처녀는 까치발로 그에게 달려가
피리 소리보다 더 부드러운
음성으로 묻는다.
〈성함이 어떻게 되세요?〉 그는 뻔히
쳐다보며 대답한다. 〈아가폰.〉[161]

10

따찌야나는 유모의 조언대로
한밤의 점을 치기 위해
목욕탕에 2인분의 상을 차리라고
남몰래 일러두었다.
그러나 불현듯 무서워졌다······.
나 또한 스베뜰라나[162] 생각을 하니

---

161 처녀가 달밤에 길가에서 거울에 달을 비추면 거울 속에 장래의 신랑 모습이 나타나는데 그때 지나가는 사람이 있으면 그 사람의 이름과 똑같은 사람이 남편이 된다고 한다. 아가폰이란 평민들 사이에서 흔히 발견되는 이름이다.

162 쥬꼬프스끼의 발라드 「스베뜰라나」에서 여주인공이 밤에 2인분의 식탁을 차려 놓고 거울과 촛불로 점을 치는데 그녀의 연인이 나타나 무덤으로 데려간다. 나중에 그것이 꿈이었음이 드러난다.

겁이 더럭 났다. 어쩔 수 없다…….
나도 따찌야나도 점은 못 칠 것 같았다.
따찌야나는 비단 벨트를 풀고
옷을 갈아입은 다음 잠자리에
들었다. 머리 위에선 렐리[163]가 날아다니고
폭신한 베개 밑에는
처녀의 거울이 숨겨져 있다.
정적. 따찌야나는 잠들었다.

11

따찌야나는 기이한 꿈을 꾼다.
꿈속에서 그녀는
서글픈 안개에 둘러싸여
눈 덮인 광야를 걸어간다.
저 앞쪽 눈더미 사이에서
겨울의 속박에서 벗어난
시커먼 급류가 허연 거품을 일으키며
부글부글 끓고 있다.
얼음으로 이어진 두 개의 가는 막대가
흔들흔들 위험한 다리가 되어
급류 위에 걸쳐 있다.
소리치는 물살 앞에서
그녀는 어찌할 바를 몰라
우뚝 서버렸다.

---

163 슬라브 민족 사이에서 전해져 내려오는 사랑의 신.

12

애절한 이별을 마주한 듯
따찌야나는 냇물을 원망한다.
건너편에서 손을 내밀어 줄 사람은
아무도 보이지 않는다.
갑자기 눈더미에서 부스럭 소리가 나더니
거기서 누가 나타났을까?
털을 곤두세운 커다란 곰 한 마리였다.
따찌야나가 〈아!〉 소리를 지르자
곰은 으르렁대며 발톱이 뾰족한
앞발을 내밀었다. 그녀는 용기를 내어
떨리는 손으로 곰의 발을 잡고
공포에 질려 주춤주춤
냇물을 건너갔다.
그녀는 걸어갔다. 그런데 이걸 어째? 곰이 따라오네!

13

뒤돌아볼 엄두도 못 내고
그녀는 걸음을 재촉한다.
그러나 털북숭이 하인에게서
도망갈 길은 없다.
지긋지긋한 곰은 끙끙대며 쫓아온다.
그들 앞에는 숲. 소나무들이
우울한 미를 자랑하며 꼼짝 않고 서 있다.
가지들은 눈덩이에 짓눌려
무겁게 축 처져 있고 벌거벗은

사시나무 자작나무 보리수 우듬지 사이에서
한밤의 별들이 반짝인다.
길은 없다. 관목 숲도 낭떠러지도
눈보라에 휩쓸려
눈밭 저 깊이 가라앉았다.

14

따찌야나는 숲으로 가고 곰은 그 뒤를 쫓는다.
부드러운 눈은 무릎까지 차고
간혹 긴 나뭇가지가
갑자기 목에 걸려
금귀고리를 낚아채기도 한다.
또 소복이 쌓인 눈 속에서 젖은 신발 한 짝이
귀여운 발에서 벗겨질 때도 있다.
손수건을 떨어뜨려도
주워들 겨를이 없다. 뒤에서
쫓아오는 곰이 무서울 따름이다.
떨리는 손으로 치마 끝을
들어올리는 것조차 창피하다.
그녀는 뛰고 곰은 여전히 바싹 따라온다,
이젠 뛸 힘도 없다.

15

곰은 눈밭에 털썩 넘어진 따찌야나를
냉큼 들쳐업고 간다.
죽은 듯이 곰에게 몸을 맡긴 채

꼼짝없이 실려 가는 따찌야나,
바람같이 숲길을 질주하는 곰.
갑자기 나무 사이로 초라한 오두막 하나 보이는데
황량한 눈에 파묻혀
주위엔 정적만 감돌 뿐.
작은 창문은 환하게 빛나고
안에서는 시끄럽게 떠드는 소리 들려 온다.
곰이 말했다. 〈여긴 우리 대부님이 사셔.
들어가서 몸 좀 녹이자!〉
그러더니 현관으로 불쑥 들어가
문지방에 그녀를 내려놓았다.

16

정신이 든 따찌야나는 둘러본다.
곰은 없고 자기는 어느 집 현관에 있는데
안쪽에선 마치 성대한 장례라도 치르는 듯
외침 소리, 술잔 부딪치는 소리가 들려 왔다.
도무지 까닭을 알 수 없어
살그머니 문틈으로 들여다보니
에구머니……! 식탁에는
괴물들이 빙 둘러앉아 있다.
개 주둥이에 뿔이 돋친 놈도 있고
닭대가리를 한 놈도 있다.
염소 수염을 단 마녀가 있고
젠체하며 뽐내는 해골도 있다.
꼬리 달린 난쟁이도 있고

반은 학, 반은 고양이인 괴물도 있다.

17
더욱 무섭고 더욱 기괴한 건
거미 등에 올라탄 새우,
거위 목 위에서
빨간 고깔을 쓰고 빙빙 도는 해골,
푸드덕푸드덕 날개를 돌리며
앉은뱅이 춤을 추는 풍차.
짖는 소리, 웃음소리, 노래, 휘파람, 박수 소리,
지껄이는 소리, 말발굽 소리!
그러나 이 괴물 군상 사이에서
그토록 그립고 무서운 사람,
이 소설의 주인공을 발견했을 때
따찌야나의 심정은 어땠을까!
오네긴은 식탁 앞에 앉아
문 쪽을 흘끔흘끔 보고 있다.

18
그가 신호를 하면 모두들 박수를 치고
그가 마시면 모두들 마시며 소리를 지르고
그가 웃으면 모두들 깔깔대고
눈살을 찌푸리면 잠잠해 진다.
분명 그가 주인인 것 같다.
따냐는 이제 무섭지도 않아
오히려 호기심이 발동하여

살그머니 문을 열었다…….
갑자기 들어온 한 줄기 바람에
등잔불이 꺼졌다.
도깨비 무리는 허둥대고
오네긴은 눈을 희번덕거리며
후닥닥 일어선다.
모두들 일어선다. 그는 문가로 간다.

19

겁에 질린 따찌야나
황급히 달아나려 하지만
아무래도 안 된다. 초조하게
발버둥을 치며 소리치려 하지만
할 수가 없다. 예브게니가 문을 확 열자
지옥에서 온 망령들의 눈에
아가씨의 모습이 드러났다. 모두들
집이 떠나가게 웃어댔다. 모두의 눈,
말발굽, 구부러진 코,
털북숭이 꼬리, 날카로운 송곳니,
수염, 피투성이 혓바닥,
뿔, 뼈마디 앙상한 손가락,
모든 것이 그녀를 가리키며
일제히 소리친다. 내 것이야! 내 것!

20

〈내 것이다!〉 하고 예브게니가 호통을 치자

괴물들은 순식간에 사라지고
싸늘한 어둠 속에
젊은 처녀와 오네긴만 단둘이 남겨졌다.
오네긴은 말없이
따찌야나를 구석으로 몰고 가
흔들거리는 의자 위에 눕히고
그녀의 어깨 위로 고개를
숙인다. 그런데 갑자기 올가가 들어오고
그 뒤에 렌스끼가 들어온다. 등불이 번쩍 빛나자
오네긴은 손을 내젓는다.
부릅뜬 눈으로 쏘아보며
이 불청객들을 나무란다.
따찌야나는 초죽음이 되어 누워 있다.

21

말다툼은 더욱 커진다. 갑자기 예브게니가
장검을 움켜쥐더니 순식간에
렌스끼를 베어 버린다. 시커멓게
어른거리는 그림자, 차마 들을 수 없는
비명 소리…… 오두막이 흔들흔들……
따냐는 공포에 질려 잠에서 깨어났다…….
방안은 벌써 환했다.
얼어붙은 유리창에서
자줏빛 아침 햇살이 춤을 춘다.
문이 열리고 올가가 들어온다.
북방의 오로라보다 상기된 얼굴,

제비보다 가볍게 달려와
말한다. 〈말해 줘, 언니,
대체 꿈속에서 누굴 본 거야?〉

22
그러나 따찌야나는 동생도 본체만체
책을 손에 들고 누워서
한장 한장 넘기며
아무 말도 하지 않는다.
비록 시인의 달콤한 공상도
심오한 진리도 멋진 그림도
이 책에는 없지만
베르길리우스도, 라신[164]도
스콧도 바이런도 세네카[165]도
심지어 부인용 유행 잡지도
이 책만큼 독자를 사로잡지 못했다.
그것은, 친구여, 바로 마르틴 자데카,[166]
칼데아 현자[167] 중의 현자,
역술인, 해몽의 달인.

---

164 프랑스 고전 비극의 대작가. 코르네이유, 몰리에르 등과 함께 3대 고전극 작가의 한 사람이다.
165 고대 로마 제정기의 스토아 철학자.
166 뿩쉬낀의 원주에 따르면 마르틴 자데카는 점술책을 쓴 적이 없다고 한다. 그러나 마르틴 자데카란 가공의 인물은 19세기 러시아의 점술책에 종종 언급된다.
167 19세기에는 점술가들을 이런 이름으로 불렀다. 칼데아란 바빌론의 다른 이름으로 그곳의 사제들은 별점으로 명성을 떨쳤다고 한다.

23

이 심오한 저작은
언젠가 이 외딴 저택에
서적 행상인이 가져온 것으로,
그는 흥정 끝에 따찌야나에게
이 책과 『말비나』[168] 중의 한 권을
3루블 50꼬뻬이까에 넘겨주었고
통속적인 우화집과 문법책,
두 권의 뻬뜨리아다,[169] 마르몽텔[170] 전집의 제3권까지
덤으로 집어갔다.
그때부터 마르틴 자데카는
따냐의 애독서가 되었다…….
슬플 때는 언제나 위안을 주고
잠자리에 들 때는 동반자가 되었다.

24

꿈자리가 그녀를 심란케 한다.
도무지 갈피를 잡을 수 없어
따찌야나는 그 무서운 꿈의
의미를 알고 싶어한다.

---

168 코탱 부인의 소설로 여러 권으로 출판되었다.
169 뾰뜨르 대제를 찬미하는 서사시의 일반을 가리킨다. 여러 저자들이 쓴 뻬뜨리아다가 존재하는데 일례로 쉬린스끼 쉬흐마또프S. Shirinskii-Shikhmatov(1783~1837)의 『뾰뜨르 대제 *Petr Velikii*』, 로모노소프M. Lomonosov(1711~1765)의 미완성 동명 서사시 등을 들 수 있다.
170 18세기 프랑스의 2류 소설가.

간략한 목차를 펼쳐 놓고
알파벳 순서대로 나열된
단어를 살핀다. 소나무 숲, 폭풍, 마녀, 전나무,
고슴도치, 어둠, 다리, 곰, 눈보라
기타 등등. 마르틴 자데카도
그녀의 의혹을 풀어 주지 못한다.
그러나 그 흉측한 꿈은
숱한 불행한 사건을 그녀에게 예고한다.
그 후 며칠 동안 계속해서
그녀는 꿈 걱정을 하였다.

25

새벽이 자줏빛 손으로[171]
아침 계곡에서
태양을 이끌고
즐거운 영명 축일을 불러낸다.
라린 저택엔 아침부터 손님으로
가득. 이웃들이 온 가족을 데리고
마차와 포장 썰매와
반개마차와 썰매를 타고 몰려왔다.
현관에는 밀고 당기는 북새통,
객실에선 처음 만난 사람들의 인사,

---

171 이 부분은 뿌쉬낀의 원주에 따르면 로모노소프가 쓴 유명한 송시 「1748년, 엘리자베따 뻬뜨로브나 여제의 대관식에 부치는 송시 *Oda na den' vosshestviia na prestol*」에 대한 패러디이다. 다음은 송시의 도입부이다. 〈새벽은 자줏빛 손으로/아침의 평화로운 바다에서/태양을 이끌고……〉

발바리 짖는 소리, 처녀들의 입맞춤,
왁자지껄, 웃음소리, 문턱의 혼잡,
손님들의 질질 끄는 발걸음, 주고받는 인사,
유모들의 외침과 아이들의 울음.

26

뚱뚱이 뿌스쨔꼬프[172]가
뚱뚱이 마나님과 등장.
굶주린 농노들을 거느린
탁월한 지주 그보즈닌,[173]
두 살부터 서른 살까지
온갖 연령층의 자식들을 데리고 온
은발의 스꼬찌닌 내외,
이 지방의 내노라하는 멋쟁이 뻬뚜쉬꼬프,[174]
차양 달린 모자를 쓰고 온
털투성이 내 사촌 부야노프[175]
(여러분은 물론 그를 아시겠지)
못 말리는 허풍쟁이에 늙은 협잡꾼에
대식가에 뇌물 대장에 광대인

---

172 〈시시한 것〉에서 따온 이름.
173 〈못〉에서 따온 이름.
174 〈수탉〉에서 따온 이름.
175 뿌쉬낀의 삼촌 바실리 뿌쉬낀의 희극적인 장편 서사시 『위험한 이웃 Opasnyi sosed』의 주인공. 뿌쉬낀은 바실리 뿌쉬낀을 부야노프의 〈아버지〉로 간주하여 자신의 사촌이라 부르는 것이다. 『위험한 이웃』 중의 다음 구절을 참조하라. 〈…… 부야노프, 나의 이웃이/어제 면도도 하지 않고 나를 찾아왔다/너덜너덜한 차림에 차양달린 모자를 쓰고 털투성이가 되어.〉

퇴직 관리 쁠랴노프.

27

빤필 하를리꼬프 가족과 함께
무슈 트리케도 왔다.
그는 땀보프에서 얼마 전에 이사온 재담가로
안경에다 빨강 머리 가발까지 쓰고는
진짜 프랑스 인답게 주머니 속에
따찌야나에게 바치는 시구를 넣어 왔는데
그건 애들도 다 아는 노래 가사
〈잠자는 미녀여 깨어나거라〉.[176]
총기 있는 시인 트리케는
낡은 노래집에 실린 이 시구를
먼지 속에서 찾아내
세상에 내놓고는
과감하게 〈아름다운 니나〉[177]를
〈아름다운 따찌야나〉[178]로 바꿔 놓았다.

28

그리고 가까운 기지에서는
과년한 양가집 규수들의 우상이요
이 지방 어머니들의 기쁨인

---

176 〈Réveillez-vous, belle endormie〉, 프랑스의 극작가 뒤프레니(1648~1734)가 작사 작곡한 발라드. 당시 매우 유행했던 노래이다.
177 원문의 프랑스어는 〈*belle* Nina〉.
178 원문의 프랑스어는 〈*bell*e Tatiana〉.

중대장이 도착하여
안으로 들어왔다……. 아, 그가 가져온 소식이란!
군악대가 곧 온다는 것이다!
연대장이 직접 보냈다는 것이다.
이 얼마나 즐거운가! 무도회가 열린다!
소녀들은 미리부터 깡충깡충 뛰어 댄다.
그러나 금강산도 식후경. 쌍쌍이
손을 잡고 식탁으로 간다.
처녀들은 따찌야나 쪽으로 몰려가고
남자들은 맞은편으로 간다. 손님들은 성호를 긋고
시시덕거리며 자리에 앉는다.

29

잠시 대화가 끊겼다.
입들이 우물거린다. 사방에서
접시와 나이프와 포크가 달그락,
술잔 부딪치는 소리 찰카당.
그러나 조금 지나자 손님들은
웅성거리기 시작한다.
아무도 남의 얘기는 듣지 않고
저마다 소리치고 웃고 논쟁하고 떠든다.
갑자기 문이 활짝 열린다. 렌스끼가
오네긴과 들어온다. 주인 마나님이
외친다, 〈어머나, 드디어 오셨군요!〉
손님들은 자리를 좁혀 앉고
빈 그릇은 치워지고 재빨리 상이 다시 차려지고

두 친구를 불러 자리에 앉힌다.

30
두 사람은 따찌야나와 정면으로 마주 앉았다.
새벽의 달보다 더 창백하고
쫓기는 사슴보다 더 겁에 질린 그녀,
흐려져 가는 두 눈을
들지도 못한다. 정열의 불길이
거세게 타오른다. 숨이 차고 가슴이 울렁거린다.
두 친구가 건네는 인사말도
귀에 안 들리고 눈에는 벌써
눈물이 그렁그렁. 불쌍한 아가씨는
당장이라도 기절할 듯 보인다.
그러나 의지와 이성의 힘이
승리했다. 이를 악물고
두어 마디 간신히 내뱉고는
식탁 앞에 눌러앉아 있었다.

31
비극적이고 신경질적인 태도나
처녀들의 기절이나 눈물 따위
예브게니는 오래 전부터 질색,
이미 겪을 만큼 겪었으므로.
성대한 연회에 끌려 온 이 괴짜는
벌써부터 짜증을 내던 차, 우울한 처녀가
덜덜 떠는 것을 보니

울화가 치밀어 눈을 내리깔고
씨근덕거리며
렌스끼의 분을 돋우어
마음껏 복수를 해주기로 작정을 했다.
벌써부터 개가를 올리면서
그는 마음속으로 모든 손님들의
캐리커처를 그리기 시작했다.

32

물론 따찌야나의 난색을
예브게니 혼자만 눈치챈 건 아니었다.
그러나 그때 좌중의 관심과 판단의
목표가 된 것은 기름진 만두였다
(그것은 안타깝게도 너무 짰다).
게다가 더운 요리와 젤리가 나오는 그 사이에
송진으로 봉을 한
찜랸스꼬예[179] 한 병이 들어왔다.
그 뒤를 따라 지지[180]의 허리를 연상시키는
가늘고 긴 술잔이 줄을 선다.
지지, 내 영혼의 크리스털,
내 청아한 노래의 대상,

---

179 돈 지방에서 만들어진 포도주의 이름.
180 미하일로프스꼬예의 인근 지방인 뜨리고르스꼬예의 여지주 오시쁘바의 딸 불프를 가리킨다. 그녀는 실제로 상당히 뚱뚱한 편이었으며 여기서 가늘고 긴 술잔에 그녀의 허리를 비유한 것은 뿌쉬낀 특유의 기지라 할 수 있다.

매혹적인 사랑의 술잔이여,
너로 인해 나는 만취하곤 했었지!

33
축축한 코르크 마개가
펑하고 터지자 쉬 소리 내며 넘치는
포도주. 그러자 오래 전부터 시구를 가지고
안달을 하던 트리케가 잔뜩 위엄을 부리며
일어선다. 좌중은 그의 앞에서
쥐죽은듯이 고요하고
따찌야나는 숨도 제대로 못 쉰다. 트리케는
종잇장을 들고서 그녀를 향해
엉터리 노래를 시작한다. 박수와 환호성이
그를 맞이한다. 따찌야나는
가까스로 가수에게 무릎 굽혀 절한다.
위대하고도 겸손한 시인은 먼저
그녀의 건강을 위해 술잔을 비운 뒤
시구 적힌 종이를 그녀에게 건네 준다.

34
하객들의 인사와 축하가 줄줄이 이어지고
따찌야나는 모두에게 감사의 말을 전한다.
이윽고 예브게니의 차례가 되었을 때
처녀의 우울한 표정,
당혹감과 피곤한 기색이
그의 마음속에 연민을 자아냈다.

그는 말없이 그녀에게 인사를 했건만
어쩐 일인지 그의 눈길은
믿을 수 없이 다정했다.
진정으로 감동을 해서인지
장난 삼아 아양을 떠는 건지
무의식중인지 선의에선지
아무튼 그의 시선이 하도 정다워
따냐의 가슴엔 생기가 돌았다.

35

손님들은 덜커덩 의자를 뒤로 밀고 일어나
응접실로 우르르 몰려간다,
달콤한 벌통에서 빠져나온 벌떼가
붕붕대며 밀밭으로 날아가듯.
배 터지게 잔치 음식을 먹은 어느 이웃은
다른 이웃 앞에서 신나게 코를 골고
부인들은 벽난로 앞에 진을 치고
처녀들은 구석에서 속살거린다.
초록색 테이블이 펴지고
호전적인 노름꾼들이 모여든다.
노인들이 좋아하는 보스턴과 롬베르,
요즈음 유행하는 휘스트,
단조로운 한 통속의 카드 게임들
모두가 탐욕스런 권태의 자식들.

36

휘스트의 영웅들은 이미 3판 게임을
여덟 번이나 해치웠고 여덟 번이나
자리를 바꿔 앉았다.[181]
그런 사이에 차가 나온다. 나는
점심이나 차, 혹은 저녁으로 시간을
따지길 좋아한다. 시골에서는
별 어려움 없이 시간을 알 수 있다.
우리들의 위장이 정확한 브레게 시계니까.
그런데 참 겸사겸사 말해 두지만
내가 이 운문소설에서
툭하면 연회니 가지가지 요리니
코르크 마개니 하며 주절대는 것은
오, 천상의 호메로스여, 30세기의 우상이여,
나 그대를 닮고자 함이니라!

37, 38, 39

어쨌든 차가 나오고 아가씨들이
점잔 빼며 접시에 손을 대려는 찰나
갑자기 문이 열리고 드넓은 홀에
바순과 플루트 소리가 울려 퍼졌다.
인근 마을에서 미남자로 알려진 뻬뚜쉬꼬프는
음악이 울리자 신바람이 나
럼 주가 든 찻잔을 팽개치고

---

181 매 게임이 시작될 때마다 노름꾼들은 자리를 바꿔 앉는다.

올가에게 다가가고
렌스끼는 따찌야나에게 춤을 청하고
하를리꼬프의 과년한 딸은
땀보프에서 온 우리 시인이 떠맡고
부야노프는 뿌스쨔꼬바 부인을 끌고 간다.
모두들 홀로 몰려가
더없이 화려한 무도회가 벌어진다.

40
내 소설의 초반부에서
(제1장을 보시라)
나는 뻬쩨르부르그의 무도회를
알바니[182] 식으로 그려 보고자 했었다.
그러나 허황한 꿈에 사로잡혀
알고 지내던 부인들의 발을
회상하느라 제정신이 아니었다.
오 작은 발들아, 너희들의 앙증맞은
자국을 따라 방황하는 것도 신물이 난다!
배신당한 내 청춘을 돌이켜 보니
이젠 나도 정신을 차려야 할 때,
행동도 문체도 한결 나아졌으니
이 5장에서는
옆길로 새는 일이 없으리라.

---

182 17세기의 이탈리아 화가.

41
약동하는 생명의 회오리바람처럼
단조로우면서도 미친 듯한
왈츠의 요란한 멜로디가 요동치고
춤추는 남녀의 쌍들이 어른거린다.
복수의 순간이 가까워 오자
오네긴은 남몰래 조소를 지으며
올가에게 다가간다. 하객들 면전에서
재빨리 그녀와 춤을 춘 다음
의자에 그녀를 앉혀 놓고
이 얘기 저 얘기 주고받고
몇 분 후에는
또다시 그녀와 왈츠를 추니
모두들 어안이벙벙할 밖에. 렌스끼도
자신의 눈을 믿을 수가 없다.

42
마주르카가 울려 퍼졌다. 옛날에는 으레
마주르카가 쿵쿵 울려 퍼지면
거대한 홀 안의 모든 것이 진동을 하고
쪽마루가 발뒤꿈치 아래서 갈라지고
창틀이 덜컹덜컹 흔들렸었다.
그러나 지금은 딴판, 우리도 부인들처럼
니스 칠을 한 마룻바닥을 미끄러져 나갈 뿐이다.
오로지 시골의 작은 마을에서만
마주르카는 아직도

예전의 매력을 지니고 있다.
깡충 뛰기, 뒤꿈치 맞부딪치기, 수염 흔들기,
모든 것이 예전과 다름없다. 우리들의 폭군이자
신세대 러시아의 병폐인
저 간악한 유행이란 놈도 그것만은 바꾸지 못했다.

43

성미 급한 내 사촌 부야노프는
우리 주인공에게 올가와
따찌야나를 함께 데려갔다. 오네긴은
잽싸게 올가를 취해 춤을 춘다.
그녀를 얼싸안고 태연히 미끄러지며
고개 숙여 진부한 연가 따위를
다정하게 속삭이고
손을 꼬옥 쥐어 주자, 그녀의 얼굴엔
뿌듯한 홍조가 선명하게
타올랐다. 이 광경을 지켜본 나의 렌스끼
울화가 치밀어 제정신이 아니다.
질투와 분노에 사로잡혀
시인은 마주르카가 끝나기를 기다렸다가
꼬띠용[183] 춤으로 그녀를 불러낸다.

44

그러나 그녀는 거절한다. 안 된다고? 왜?

---

183 사교춤의 일종. 흔히 무도회의 끝을 장식한다.

벌써 오네긴과 약속을 했다나.
오 맙소사, 맙소사!
이게 무슨 소린가? 올가가 감히……
어찌하여 이런 일이? 이제 겨우 솜털을 벗은
어린것이 꼬리를 치며 변덕을 떨다니!
벌써 간교한 꾀만 잔뜩 늘어
벌써 이 남자 저 남자 후리는 법을 알다니!
렌스끼는 이 충격에서 벗어날 기력조차 없어
계집의 간악한 농간을 저주하면서
밖으로 나가 말을 불러
냅다 달려간다. 피스톨 두 자루,
탄알 두 발이(이거면 된다)
그의 운명을 단번에 결정하리라.

제6장

구름 낀 날들이 짧게 스러져 간 그곳에서
죽음을 두려워 않는 종족이 태어났도다.
— 페트라르카[184]

1

블라지미르가 사라진 것을 안
오네긴은 또다시 권태에 사로잡혀
자기가 행한 복수에 만족하면서
올가 곁에서 상념에 젖어 들었다.
올렌까는 그를 따라 하품을 하며
렌스끼를 눈으로 찾았는데
끝없이 계속되는 꼬띠용 춤은
악몽인 양 그녀를 괴롭혔다.
이윽고 춤은 끝났다. 야식을 들 시간,
잠자리가 펼쳐지고 손님들을 위해

---

184 〈La, sotto i giorni nubilosi e brevi / Nasce una gente a cui l'morir non dole〉, 페트라르카F. Petrarca는 14세기 이탈리아의 서정 시인. 수많은 연애시의 저자. 인용은 『라우라의 생애』에서 따온 것임.

현관부터 하인 방까지 줄줄이
침상이 준비된다. 모두가 한잠
푹 자려는데 나의 오네긴만이 홀로
집으로 자러 간다.

2

집 안엔 정적이 감돈다. 객실에선
뚱뚱보 뿌스짜꼬프가
뚱뚱보 부인과 코를 골고
그보즈닌, 부야노프, 뻬뚜쉬꼬프,
그리고 건강이 시원찮은 플랴노프는
식당의 의자에 널브러져 있고
무슈 트리케는 스웨터에 낡은 모자까지 쓴 채
마룻바닥에 잠들어 있다.
처녀들은 따찌야나와 올가의 방에서
모두 모두 꿈속을 헤맨다.
가엾은 따찌야나만이 잠 못 이루어
창가에 서서 슬퍼하며
디아나의 빛 아래
어두운 들판을 응시한다.

3

그의 뜻하지 않은 등장과
순간적인 다정한 눈길
올가를 상대로 한 괴이쩍은 행동은
그녀의 영혼 깊숙이

파고들었다. 도저히
그를 이해할 수 없다. 질투의 번뇌가
그녀를 괴롭힌다.
차디찬 손이
심장을 쥐어짜듯, 발 아래서
시꺼먼 심연이 술렁이듯……
그녀는 중얼거린다. 〈나는 파멸이야.
하지만 그이로 인한 파멸은 기쁨이야.
불평은 안 해. 무엇 땜에 불평해?
그이는 내게 행복을 줄 수 없는걸.〉

4

나의 이야기여, 빨리 빨리 나아가라!
새로운 인물이 우리를 부른다.
렌스끼의 영지인 끄라스노고리예에서
다섯 베르스따 정도 떨어진 곳
철학적인 광야에 살았던 자레쯔끼라는 사내가
오늘날까지 무병 장수하고 있다.
한때는 난폭한 싸움꾼에
노름꾼의 우두머리에
난봉꾼의 대장에 선술집의 웅변가였는데
지금은 선량하고 순박한
홀아비 가장.
듬직한 벗이요 인자한 지주
심지어 공명 정대한 인물이라나.
세상은 이렇게까지 바뀌었다네.

5

예전엔 사교계의 알랑대는 소리가
그의 흉악한 용기를 북돋아 주었었다.
실제로 그는 다섯 사젠[185] 떨어진 곳에서
피스톨로 에이스 카드를 명중시켰고,
게다가 또 어느 땐가는 싸움터에서
코가 삐뚤어지게 술을 마시고선
깔미끄[186] 말에서 떨어져
진창으로 호기롭게 곤두박질 쳐
고주망태가 된 채로 프랑스 군의 포로가 되어
명성을 날렸다. 얼마나 고귀한 인질인가!
현대의 레굴루스,[187] 명예의 화신,
매일 아침 베리[188]의 식당에서
외상으로 포도주 세 병을 비울 수만 있다면
또다시 포로가 될 용의가 있단다.

6

한때는 재미로 장난질을 치고
멍청이를 속여먹고
남들이 보는 데서든 혹은 은밀하게든

---

185 옛 러시아의 길이 단위. 1사젠은 약 2. 13미터.
186 몽고인 중의 한 종족. 유목 생활을 하므로 그들의 말은 준마로 이름 높다.
187 고대 로마의 장군. 카르타고인의 포로가 되었을 때 보여 준 영웅적 행위로 유명해졌다.
188 파리에 있는 유명한 레스토랑 주인 이름 — 원주.

약은 놈에게 멋지게 골탕을 먹이곤 했다.
하기야 때로는 장난이 지나쳐
톡톡히 대가를 치른 적도 있고
때로는 바보처럼
제 꾀에 제가 넘어간 적도 있지만.
그의 특기는, 명랑하게 토론하거나
재치 있게 혹은 우둔하게 대꾸하거나
때때로 현명하게 입을 다물거나
때때로 현명하게 따지고 들거나
젊은 친구들에게 싸움을 붙여
결투를 시키거나

7

아니면 화해를 시키고는
셋이서 함께 조반을 들고
나중에 유쾌한 농담과 거짓말로
은근슬쩍 두 사람 얼굴에 먹칠하기.
그러나 시대는 달라졌다.[189] 만용은
(또 다른 농담인 사랑의 꿈이 그렇듯이)
활기찬 청춘과 함께 사라져 버린다.
앞서 말했듯이 우리의 자레쯔끼도
마침내 풍랑을 피해
벚나무 아카시아 나무 그늘 아래
진짜배기 현자처럼 살면서

---

189 원문의 라틴어는 〈Sed alia tempora〉.

호라티우스[190]처럼 양배추도 심고
오리니 거위니 기르며
애들에게 글자를 가르친다.

8
그는 바보가 아니었다. 우리의 예브게니는
그의 심성은 경멸하면서도
그의 판단력과
잡다한 세상사에 관한 건전한 의견을 좋아했다.
기꺼운 마음으로 그와
종종 만나곤 했던 터라
그날 아침 그가 찾아왔을 때도
조금도 놀라지 않았다.
자레쯔끼는 인사말을 건네기 무섭게
시작된 대화를 가로막고는
실실 눈웃음을 지어 가며
시인의 전갈을 오네긴에게 건네 주었다.
오네긴은 창가로 다가가
묵묵히 전갈을 읽었다.

9
그것은 명쾌하고 점잖고
간결하게 쓴 도전장, 혹은 〈결투 신청장〉.

---

190 고대 로마의 시인. 작품 속에서 도시 생활을 비난하고 전원 풍경과 농경을 찬미하곤 했다.

정중하고 냉정하고 분명하게
렌스끼가 친구에게 결투를 신청한 것.
그러한 전갈을 가져온 사절에게
오네긴은 기다렸다는 듯이
쓸데없는 말은 한마디도 없이
〈언제라도 응하겠소〉라고 말했다.
자레쯔끼도 아무 소리 않고 일어섰다.
집 안에 처리할 일이 많아
더 이상 꾸물대고 싶지 않았던 것.
그는 곧바로 나갔다. 그러나 예브게니는
홀로 자기의 영혼과 마주하게 되자
스스로에 대해 불만을 터뜨렸다.

10
그도 그럴 것이 스스로를
내밀한 법정에 세워놓고 엄격하게 추궁해 보니
탓할 일이 한두 가지가 아니었다.
첫째, 어제 저녁 그토록 태연하게
친구의 소심하고 다정한 사랑을
조롱한 것이 벌써 잘못이었다.
둘째, 설사 저 시인이란 작자가
못나게 굴었다 해도 열여덟 나이로 보아
용서해 주는 것이 마땅한 일.
그 청년을 진심으로 사랑하는 예브게니는
편견 덩어리, 성미 급한 어린애,
혹은 건달패가 아니라

분별 있고 명예로운 남자로
처신했어야 했다.

11

짐승처럼 털을 곤두세울 필요 없이
감정을 솔직히 털어놓을 수도 있었을 것이다.
젊은이의 가슴을 달래 주는 것이
그의 의무였다. 〈그러나 이미
늦었어. 기회를 그만 놓쳤어…….
게다가 이 일에는
닳아빠진 결투꾼이 끼어들었어.
사악하고 입싼 허풍쟁이가……
물론 그자의 장난 섞인 수다쯤
무시해 버리면 그만이지만
바보 놈들이 수군대는 소리나 껄껄대는 소리는…….〉
이것이 바로 여론이라는 것이다![191]
명예의 태엽, 우리들의 우상!
세상은 바로 이 위에서 돌아가는 것이다!

12

한편 우리의 시인은 증오심에 불타
집에서 초조하게 답장을 기다린다.
곧 수다스러운 이웃 사내가

---

191 그리보예도프의 희극 「지혜의 슬픔」 제4막 중 주인공 차쯔끼의 독백을 인용한 것.

기세 등등하게 답장을 가져왔다.
이제 질투하는 사내는 잔치라도 벌일 듯!
장난꾼이 간계를 부려
피스톨을 그의 가슴에서 빗나가게 하고
이번 일을 농담으로 얼버무릴까 봐
그 동안 내내 걱정을 했었다.
그러나 이제 의심은 풀렸다.
두 사람은 내일 아침
해 뜨기 전에 물방앗간으로 가서
상대방의 허벅지나 관자놀이를 향해
방아쇠를 당겨야만 한다.

13

분노에 떠는 렌스끼는
바람둥이 올가를 증오하기 때문에
결투를 치르기 전에는 만나지 않을 작정이었다.
그러나 태양과 시계를 바라보다가
마침내 손을 내젓고는,
이웃 마을로 내달았다.
불시에 찾아가 올렌까를
놀라게 하고 당혹스럽게 할 생각이었는데
일은 그렇게 풀리지 않았다. 언제나처럼
올렌까는 현관에서 뛰어나와
이 가엾은 시인을 반갑게 맞이했다.
변덕스러운 희망처럼
발랄하고 무사 태평하고 명랑한,

한마디로 전과 똑같은 그녀였다.

14
〈어제 저녁에는 왜 그렇게 일찍 가셨나요?〉
이것이 올렌까의 첫 질문이었다.
렌스끼는 모든 감각이 흐려져
말없이 고개를 떨구었다.
이 해맑은 시선 앞에서
이 애정 어린 천진난만함 앞에서
이 재기 발랄한 영혼 앞에서
질투도 분노도 모두 사라졌다……!
그는 달콤한 감동을 느끼며 그녀를 응시하다가
자신이 아직도 사랑받고 있음을 알아차린다.
벌써 양심의 가책을 느끼는 그는
그녀에게 용서를 빌려 하지만
떨리기만 할 뿐 말이 안 나온다.
그는 행복하다. 그는 거의 치유되었다…….

15, 16, 17
또다시 우울한 상념에 잠긴 블라지미르는
사랑스러운 올가 앞에서
새삼 어제의 일을
언급할 기력이 없다.
그는 생각한다. 〈저 여성의 구원자가 되리라.
호색한이 탄식과 칭송의 불길로
젊은 처녀의 가슴을 유혹하는 걸,

독이 오른 더러운 버러지가
백합의 줄기를 갉아먹는 걸,
어제 싹튼 작은 꽃이
채 피기도 전에 시들어 버리는 걸
내 가만두지 않으련다.〉
이 모든 것은, 벗들이여
친구와 권총으로 싸우겠다는 뜻.

18

우리 따찌야나의 가슴을 태우는 상처가
얼마나 깊은지 그가 알았더라면!
내일 렌스끼와 예브게니가
무덤의 그늘을 두고 겨루는 것을
따찌야나가 알았더라면,
그녀가 알기만 했더라면,
아, 어쩌면 그녀의 사랑이
두 친구를 다시 결합시켜 주었을지 모른다!
그러나 그녀의 열정을 우연히라도
알아차린 사람은 아무도 없었다.
오네긴은 모든 것에 대해 함구했고
따찌야나는 남몰래 괴로워했다.
오로지 유모만은 알 법도 했건만
눈치가 없는 걸 어찌하랴.

19

렌스끼는 저녁 내내 제정신이 아니었다.

말없이 있다가 돌연 명랑해 지곤 했다.
그러나 뮤즈에게 응석을 부리며 자란 인간은
언제나 그런 식이다. 오만상을 찌푸리고
피아노 앞에 앉아서
똑같은 곡조만 계속 쳐대다가
가끔 올가를 뚫어지게 바라보며
중얼거렸다. 〈나는 행복해. 그렇지?〉
그러나 밤도 깊어 이젠 가야 할 시간,
그의 가슴은 고통으로 미어졌다.
젊은 처녀와 작별을 하는 순간
심장이 터질 것만 같았다.
그녀는 그의 얼굴을 살피며 묻는다.
〈무슨 일이라도?〉〈별일 아냐.〉 그리고는 문밖으로 나간다.

20

렌스끼는 집에 돌아오자마자
피스톨을 점검해 보고
다시 상자 속에 넣은 뒤 옷을 갈아입었다.
촛불 아래서 실러의 책을 펼쳐 보지만
오직 한 가지 생각만 머릿속을 맴돌고
슬픔에 찬 가슴은 잠들 줄 모른다.
그의 눈앞에는 형언할 길 없이
아름다운 올가의 모습 아른거린다.
블라지미르는 책을 덮고
펜을 잡는다. 사랑의 헛소리로
가득 찬 시구가

시냇물처럼 흘러 넘친다. 서정적 열기에
휩싸인 그는 자기 시를 큰소리로 낭송한다,
연회에서 술 취한 젤비그[192]가 그랬듯이.

21

그때 그 시는 우연히 보존되어
아직껏 내 손에 남아 있다. 자, 한번 읽어 보시라.
〈어디로, 어디로 가버렸느냐
내 청춘의 황금 같은 나날이여?
앞날은 내게 무엇을 가져오려나?
나의 시선은 헛되이 잡으려 하지만
그것은 깊은 안개 속에 숨어 있다.
아무렴 어떠리, 운명의 법칙은 공정한데.
내가 화살에 맞아 쓰러지든
아니면 화살이 나를 비켜 가든
어쨌든 좋다. 깨어 있든 잠을 자든
정해진 시간은 오고야 마는 법.
복되도다, 근심의 나날이여,
복되도다, 다가오는 어둠이여!

22

내일도 새벽의 서광은 반짝이고
눈부신 새날이 밝아 오리라.

---

192 A. Del'vig(1798~1831). 리쩨이 시절부터 사귀었던 뿌쉬낀의 절친한 친구로, 시인이다.

그런데 어쩌면 나는 무덤 속
신비한 그늘로 내려가겠지,
서서히 흐르는 레테의 강물이
젊은 시인의 추억을 삼켜 버리고
세상은 나를 잊겠지. 그러나 그대,
아름다운 처녀여, 그대만은
청춘의 무덤을 찾아와 눈물 흘리며
회상하겠지, 그는 나를 사랑했노라고,
폭풍 같은 생애의 슬픈 새벽을
나 한 사람에게 바쳤노라고!
진실한 벗이여, 목메어 그리던 벗이여,
오려마, 오려마, 나는 그대의 남편이거늘······!〉

23
이렇게 〈어둡고〉, 〈생동감 없이〉 그는 썼다.
(이것을 우리는 낭만주의라 부른다,
나는 여기서 낭만주의라곤 찾아볼 수가 없지만.
그러나 그게 우리와 무슨 상관인가?)
이윽고 동이 터 올 즈음
렌스끼는 지친 머리를 떨구고서
당신 유행하던 〈이데알〉이라는 단어를 되새기며
슬며시 졸기 시작했다.
그러나 단잠에
막 빠지려는 순간
이웃 사내가 조용한 서재에 들어와
소리를 지르며 렌스끼를 깨운다.

〈일어나게. 벌써 여섯 시라고.
오네긴이 필경 우리를 기다리고 있을걸세.〉

24

그러나 천만의 말씀. 예브게니는
그 시간에 업어 가도 모르게 자고 있었다.
벌써 밤의 장막이 걷히고
닭 우는 소리가 동녘 별을 맞이하는데
오네긴은 단잠에 빠져 있다.
태양이 높이 솟아 하늘 위를 맴돌고
눈발이 바람에 휘날리며
반짝반짝 빛나는데도 예브게니는
여전히 침대 위를 뒹굴고 있다.
여전히 꿈속을 헤매고 있다.
마침내 잠에서 깨어
휘장 끝을 들추고 내다보니,
아뿔싸, 벌써 오래 전에
집을 나섰어야 할 시간.

25

그는 서둘러 벨을 울린다.
기요라는 이름의 프랑스 인 하인이
뛰어 들어와 가운과 슬리퍼와
내복을 건네 준다.
오네긴은 재빨리 옷을 입고는
하인에게 권총 상자를 가지고

자기와 함께
떠날 준비를 하라고 명령한다.
날쌘 썰매가 준비되었다.
오네긴은 날듯이 물방앗간으로 달려간다.
그곳에 도착하자 하인더러
르파쥬[193]가 만든 운명의 총기를 가지고
따라오되, 말은 들판 저쪽
두 떡갈나무 밑에 매어 놓으라 이른다.

26

렌스끼는 제방에 몸을 기댄 채
벌써 오랫동안 초조히 기다리고 있었다.
그러는 동안 시골의 기술자
자레쯔끼는 맷돌을 점검하고 있었다.
오네긴이 사과를 하며 등장한다.
〈그런데 당신의 입회인은 어디 있는 거요?〉
라고 자레쯔끼가 사뭇 놀라며 묻는다.
결투에 관한 한 정통파이자 현학자인 그는
진실로 형식을 숭배했다.
사람을 해치우는 일에서도
아무렇게나 끝내는 것을 허락하지 않고
예로부터 내려오는 모든 관례대로
엄격한 기예의 법칙을 따르도록 했다.
(이 점은 우리가 칭찬해 주어야 한다.)

---

193 파리의 유명한 총기 제조업자.

27

오네긴이 말했다. 〈내 입회인 말이오?
이 사람이오. 내 친구 무슈 기요.
이 사람을 택한 것에
무슨 반대가 있진 않으시겠죠.
널리 알려진 사람은 아니지만
물론 양심적인 청년이오.〉
자레쯔끼는 입술을 깨물었다.
오네긴은 렌스끼에게 물었다,
〈그럼 시작해 볼까?〉〈그러지, 시작하세.〉
블라지미르가 대답했다. 두 사람은
방앗간 뒤켠으로 갔다. 저만치서
우리의 자레쯔끼와 〈양심적인 청년〉이
중대한 협상을 하고 있는 동안
두 원수는 눈을 내리깔고 서 있었다.

28

원수라니! 피를 향한 갈망이
두 사람을 갈라놓은 것이 과연 오래 된 일이던가?
한가한 시간이면 정답게 식사도 하고
생각이며 행동이며 함께 나누던 것이
과연 오래 전 일이던가? 지금은 살기가 등등하여
불구대천의 원수처럼
무섭고 기이한 꿈속인 양
적막 속에서 상대방을 향해
냉혹한 죽음을 준비하고 있다……

손이 피로 물들기 전에
웃으면서 그만둘 수는 도저히 없는 걸까,
화기 애애하게 헤어질 수는 없는 걸까……?
그러나 상류층의 반목은 야만스럽게도
거짓된 수치를 두려워하는 법.

29

자, 벌써 피스톨이 번쩍 빛나고
총 꽂는 나무를 때리는 망치 소리 드높다.
연마된 총신에 총알이 들어가고
처음으로 공이치기가 철컥 소리를 냈다.
잿빛 화약 연기가 약실로
밀려들어갔다. 피스톨 안에
단단히 틀어박힌 규석이
다시 올려진다. 가까운 나무 아래엔
어리둥절한 기요가 서 있다.
두 원수는 망토를 벗어 던진다.
자레쯔끼는 32보를
자로 잰 듯 정확하게 재놓았고
두 친구는 양끝에 가 서서
각기 자기의 피스톨을 들었다.

30

〈자, 앞으로 나오시오.〉
냉혹하게,
아직 총을 겨누지는 않은 채 두 원수는

당당한 걸음으로, 조용히, 정확하게
네 걸음씩 앞으로 다가갔다.
죽음으로 향하는 네 개의 계단을 오르듯이.
예브게니가 계속 앞으로 나오면서
먼저 자기의 피스톨을
조용히 쳐들기 시작했다.
두 사람은 다섯 걸음씩 앞으로 더 나오고
이번에는 렌스끼가 왼쪽 눈을 찡그리며
겨냥하기 시작했다. 바로 이때
오네긴이 방아쇠를 당겼다……. 예정된 시간이
오고야 만 것이다. 시인은
말없이 피스톨을 떨어뜨린다.

31

그는 조용히 가슴에 손을 얹고
쓰러진다. 흐릿한 시선이
말해 주는 것은 고통이 아닌 죽음이었다.
마치 눈덩어리가
햇살 아래 반짝이며
경사진 언덕길을 천천히 굴러 떨어지듯이.
순간적으로 찬물을 뒤집어쓴 기분이 되어
오네긴은 젊은이에게 달려가
얼굴을 들여다보며 이름을 불러 보지만…… 소용이 없다.
그는 이미 저 세상 사람. 젊은 시인은
때 이른 종말을 맞이한 것이다!
폭풍우가 휘몰아치자 아리따운 꽃송이가

새벽의 여명 아래 시들어 버렸다.
제단의 불이 꺼져 버렸다······!

32

그는 그린 듯이 누워 있다. 이마에
처참한 평화의 기운이 기이하게 감돈다.
총알은 가슴을 관통했고
상처에서 더운피가 흘러나왔다.
잠깐 전만 해도
이 심장 속에선 영감과
증오와 희망과 사랑이 뛰고,
생명이 솟구치고 피가 끓었건만
지금은 폐허가 된 집처럼
모든 것이 어둡고 조용하다.
심장은 영원히 멈추어 버린 것이다.
덧문은 모두 닫히고 창문엔 하얗게
백묵이 칠해지고 여주인은 사라졌다.
어디로 갔는지 그 누가 알랴. 흔적조차 사라졌으니.

33

대담한 에피그램으로
실수한 적을 화나게 하는 건 즐거운 일.
그 적이 성난 뿔을 들이대며 덤벼들다가
문득 거울 속에 비친
자신의 모습에 수치를 느끼는 걸
바라보는 것 또한 즐거운 일.

더욱 즐거운 것은, 벗들이여,
그가 어리석게도 〈이게 바로 나네!〉 하고 외치는 경우.
그보다도 더 즐거운 것은 말없이
그를 위해 명예로운 관을 준비해 놓고는
적당한 거리를 두고 서서
그의 창백한 이마에 조용히 총구를 겨누는 것.
그러나 그를 조상들 곁으로 보내는 것은
여러분한테 그다지 유쾌한 일이 못될 것이다.

34

술자리에서 시건방진 눈초리나 말대꾸
아니면 그 밖의 다른 사소한 일로
당신을 모욕했거나
아니면 오히려 자기 쪽에서 격분하여
오만하게 당신에게 결투를 신청해 온
젊은 친구가 당신이 쏜 총에
쓰러졌다면 과연 어떨까?
말해 보시라, 그 친구가
당신의 면전에서 이마에 죽음의 빛을 띤 채
땅바닥에 꼼짝없이 누워
시시각각 딱딱하게 굳어 가면서
당신의 절박한 부름도
듣지 못하고 침묵할 때
당신은 과연 어떤 심정일까?

35

가슴을 에는 양심의 가책 속에서
피스톨을 꼭 쥔 채
예브게니는 렌스끼를 바라본다.
〈어떡할 건가? 죽었네.〉 이웃 사내의 판정.
죽었다……! 이 무서운 외침에
얼이 빠진 오네긴은 부들부들 떨며
물러서서 사람들을 부른다.
자레쯔끼는 얼음장같이 차가워진 시체를
조심스럽게 썰매에 싣고는
그 무서운 짐을 집으로 나른다.
주검의 냄새를 맡은 말들은
힝힝대며 발을 구르다가
허연 거품으로 강철 재갈을 적시면서
쏜살같이 내달린다.

36

벗들이여, 여러분은 시인 생각에 가슴이 쓰리겠지.
즐거운 희망에 넘치던 꽃봉오리가
세상을 위해 그 희망을 이루어 볼 겨를도 없이,
젊음의 옷을 채 벗기도 전에
그만 시들어 버렸다! 저 뜨거운 격정은,
고상하고 부드럽고 용감한
청춘의 생각과 감정의
저 고결한 지향은 어디로 가버렸는가?
폭풍 같은 사랑의 열망,

지식과 일에 대한 욕심,
악과 치욕을 두려워하는 마음,
그대, 소중한 몽상이여,
그대, 천상 삶의 유령이여,
그대, 신성한 시의 자식들이여, 다 어디 있는가!

37

어쩌면 그는 세상의 지복을 위해
혹은 적어도 명예를 위해 태어났는지 모른다.
지금은 잠잠해진 그의 리라는
끊어지지 않는 영롱한 소리를
수세기 동안 울릴 수도 있었으련만.
어쩌면 세상의 층계 중 가장 높은 계단이
시인을 기다리고 있었는지 모른다.
어쩌면 고뇌에 찬 그의 영혼이
신성한 비밀을 가지고 떠나버려
생명을 창조하는 음성은
우리에게서 영영 멀어졌는지 모른다.
무덤 속의 그의 영혼에겐
세월이 불러 주는 찬가도
뭇 민족의 축복도 들리지 않으리라.

38, 39

그러나 어쩌면 평범한 운명이
시인을 기다리고 있었는지도 모른다.
청춘의 세월은 흘러가고

영혼의 불길도 사그라진다.
여러모로 사람이 달라져
뮤즈와는 연을 끊고 결혼하여
시골에서 행복하게 살다가
오쟁이 진 채 솜 둔 가운이나 입고 지낸다.
비로소 인생의 실상을 바로 보게 되어
마흔에 중풍이 오고
먹고 마시고 지겨워하고 뚱뚱해지고 쇠약해져
마침내 자기 침대에 누워
아이들과 찔찔 짜는 아낙들과
의사들 사이에서 눈을 감는다.

40

그러나 어떻든 간에 독자여
슬프게도 젊은 연인이자
시인이자 우울한 몽상가였던 청년은
친구의 손에 살해되었다!
마을에서 왼쪽으로 가다 보면
영감의 후예가 살았던 하나의 공간이 있으니
두 그루의 소나무가 뿌리부터 함께 자라고
그 아래엔 이웃 계곡에서 흘러온 여울물이
굽이치며 졸졸 흐른다.
그곳에서 농부들은 일손을 쉬고
추수하는 아낙들이 찾아와
달그락대는 주전자를 냇물에 담근다.
그곳, 시냇가 짙은 그늘 아래

소박한 묘비 하나 서 있다.

41
그 묘비 아래에서 (들판의 풀 위에
봄비가 방울방울 맺힐 때면)
목동은 색색가지 짚신을 삼으며
볼가 강 어부의 뱃노래를 부른다.
여름을 지내러 시골에 내려온
젊은 도시 처녀가
홀로 말을 타고
쏜살같이 벌판을 내달리다
가죽 고삐를 당겨
묘비 앞에 말을 세운다.
모자에 달린 베일을 젖히고
단출한 묘비명을
훑어본다. 그러자 눈물이
그 상냥한 눈동자를 흐리게 한다.

42
아가씨는 깊은 상념에 잠겨
텅 빈 들판으로 천천히 말을 몬다.
그녀는 자기도 모르게 오랫동안
렌스끼의 운명에 마음을 쏟으며
생각한다. 〈올가는 어떻게 되었을까?
오래오래 괴로워했을까,
아니면 슬픔의 세월은 곧 지나갔을까?

지금 그녀의 언니는 어디 있을까?
사람도 세상도 등진 사내,
세련된 미녀들의 세련된 원수,
저 음울한 괴짜,
젊은 시인을 죽인 자는 대체 어디 있을까?〉
때가 되면 이 모든 것을
내 여러분께 상세히 밝힐 것이다.

43
그러나 당분간 기다려야 한다. 비록
나의 주인공을 진심으로 사랑하고
비록 그에게로 언젠가는 돌아가겠지만
지금은 그에 관해 말할 경황이 없다.
세월은 엄정한 산문으로 나를 기울게 하고
연륜은 장난꾸러기 압운을 쫓아 버린다.
그리고 나는 — 한숨을 쉬며 고백하건대 —
녀석을 쫓아다니는 데 게을러졌다.
나의 펜은 종잇장을 휘날리며
갈겨대는 일에 흥미를 잃었다.
그와는 다른 차디찬 꿈이
그와는 다른 진지한 고민이
세상의 번잡 속에서나 정적 속에서나
잠든 내 영혼을 흔들어 깨우고 있다.

44
나는 또 다른 욕망의 음성을 들었다.

새로운 슬픔도 알게 되었다.
이전의 욕망엔 아무 기대도 없고
이전의 슬픔은 그저 애석할 뿐이다.
꿈이여, 꿈이여! 네 달콤함은 어디 있는가?
너와 영원히 함께하는 압운 〈청춘〉은 또 어디에?
진실로 진실로 젊음의 화관은
끝내 시들고야 말았는가?
엘레지의 기교도 못 부려 보고서
내 봄날이 사라져 버린 게
진정 사실이런가?
(지금까진 농담 삼아 그렇게 말해 왔지만.)
정말로 그것은 돌아올 수 없는 걸까?
정말로 내가 곧 서른 살이 된단 말인가?

45

그래, 나에게 하루의 중턱이 찾아왔다.
분명 나도 그걸 인정해야 한다.
그렇다면 어쨌든 사이좋게 헤어지자
경박했던 내 청춘이여!
너에게 감사한다, 즐거움과
슬픔과 감미로운 고통과
떠들썩함과 격랑과 연회와
네가 선사한 모든 것에, 모든 것에.
진정 고맙구나. 불안 속에서도
정적 속에서도 너로 인해
나는 행복했었다……. 그것도 완벽하게.

이제 그만! 해맑은 영혼으로
나 이제 새로운 길을 떠나노라
과거를 잊고 쉬기 위해서.

46
다시 한번 뒤돌아보자. 안녕, 내 은둔처여,
정열과 나태와
우울한 영혼의 꿈을 품고서
나 적막한 세월을 보냈던 곳이여.
그리고 너, 청춘의 영감이여,
내 상상력을 뒤흔들어 다오,
잠든 심장을 소생시켜 다오,
내 작은 공간으로 더 자주 날아와 다오,
오 다정한 벗들이여!
시인의 영혼이 차가워지지 않도록
당신들과 내가 상류 사회의 죽음 같은 환희,
허우적대는 저 수렁에 빠져
무정해 지고 무감각해져
마침내 돌처럼 굳어지지 않도록 해다오.

제7장

모스끄바여, 러시아의 사랑받는 딸이여,
어디에서 너에 버금가는 것을 찾을까?[194]
── 드미뜨리예프

고향 모스끄바를 어찌 사랑하지 않을쏘냐?[195]
── 바라띤스끼

모스끄바를 헐뜯으시다니!
세상을 알고 나면 그렇게 되나요!
더 나은 곳이 어디 있어요?
우리가 존재하지 않는 곳이죠.[196]
── 그리보예도프

1
봄볕에 쫓긴 흰눈이
벌써 주변의 언덕에서

---

194 드미뜨리예프의 시 「모스끄바의 해방」 중에서.
195 바라띤스끼의 시 「향연」 중에서.
196 그리보예도프의 희극 「지혜의 슬픔」 1막 7장 중 여주인공 소피야와 주인공 차쯔끼가 나누는 대화.

진흙탕 여울 되어
물에 잠긴 초원으로 달려갔다.
막 잠에서 깨어난 자연은
해맑은 미소를 지으며 한 해의 아침을 맞이한다.
창공은 마냥 푸르게 빛난다.
아직은 성글기만 한 숲도
솜털 같은 연초록 새순으로 덮여 간다.
꿀벌은 들녘이 바치는 공물 모으러
밀랍의 방에서 날아간다.
말라붙은 계곡엔 얼룩이 지고
가축의 무리는 울어대고
꾀꼬리는 벌써 밤의 정적을 깨며 노래한다.

2

봄이여, 봄이여, 사랑의 계절이여,
네가 오는 것이 어찌 이리 슬픈가!
어이하여 내 영혼과 내 피가
이토록 음울하게 요동치는가!
시골의 적막한 품속에서
내 얼굴로 불어오는 봄바람은
어이하여 이토록 무거운 감동에
나를 휩싸이게 하는가!
즐거움이란 나와 인연이 없는 것인가,
하여 기쁨과 생명을 주는 모든 것,
환희에 차고 빛나는 모든 것은
오래 전에 죽어 버린 영혼에

권태와 번뇌만 안겨 주고
모든 걸 어둡게만 보이게 하는가?

3

아니면 지난 가을 떨어진 나뭇잎이
되살아나는 것도 반갑지 않아
새로운 숲이 술렁이는 소리 들으며
우리는 그저 애닯은 상실만 기억할 뿐인가.
아니면 음울한 상념 속에서
돌아오지 않는 청춘의 조각과
다시 소생한 자연을
비교하는 건가?
어쩌면 시적인 몽상 가운데
또 다른, 그 옛날의 봄이
우리의 생각을 찾아와
머나먼 이국 땅, 신비한 밤,
달빛……의 꿈으로
가슴을 전율케 하는 건지도 모른다.

4

때가 되었다. 선량한 게으름뱅이들,
에피쿠로스 파의 현자들,
당신들, 태평한 행운아들,
당신들, 료프신[197] 학파의 햇병아리들,

---

197 V. Levshin(1746~1826). 드라마, 소설, 민담 및 원예를 비롯한 여

당신들, 시골의 프리아모스[198]들,
그리고 당신들, 민감한 부인들,
봄이 전원으로 당신들을 부른다,
따뜻함과 꽃과 노동의 계절,
영감에 찬 산책과
매혹적인 밤의 계절이.
벗들이여, 들판으로 나가게! 어서, 어서,
잔뜩 실은 마차에
자기 말이든 역마든 붙잡아 매고
도시의 문밖으로 달려가게.

5

그리고 당신, 너그러우신 독자여,
외국에서 들여온 마차를 타고
겨울 동안 신나게 놀았던
저 소란스런 도시를 떠나시라.
내 변덕스런 뮤즈와 함께
이름 없는 시냇가로
참나무 숲 술렁이는 소리 들으러 가자.
그 시골은 나의 예브게니,
게으르고 침울한 은둔자가
바로 얼마 전까지만 해도
나의 사랑스런 몽상가 젊은 따냐의

러 방면의 저술로 알려진 18세기의 문필가.
198 트로이의 전설적인 왕. 50명의 자녀가 있었다고 전해진다. 여기서는 전원 생활을 즐기는 시골 가장의 비유로 쓰였다.

이웃에서 겨울을 보냈던 곳.
그러나 지금 그는 가버렸다,
슬픈 자취만을 남겨 놓은 채……。

6
둥그렇게 둘러싸인 언덕 사이로
실개천이 굽이굽이 푸른 초원을 돌아
보리수 숲 지나 강으로 내달리는 곳,
그곳으로 가보자.
거기선 봄의 연인 꾀꼬리가
밤새 노래하고 들장미 피어나고
샘물의 속삭임이 들려 오는데,
두 그루 노송 그늘 아래
묘비가 하나 서 있어
찾아오는 길손에게 이렇게 전한다.
〈블라지미르 렌스끼
서기 모년에 향년 몇 세의
젊은 나이로 용감히 죽음을 맞이하다.
고이 잠들라, 젊은 시인이여!〉

7
한때 이 초라한 묘석 위로
늘어진 소나무 가지에
신비한 화환 하나 걸려
새벽 바람에 나부끼곤 했었다.
밤이 깊어지면

두 사람의 처녀가 이곳을 찾아
달빛 아래 무덤에서
부둥켜안고 울곤 했었다.
그러나 지금은…… 쓸쓸한 비석은
잊혀졌다. 무덤으로 났던 샛길엔
잡초만 무성하고 가지 위엔 화환도 없다.
오로지 늙어 꼬부라진 백발의 목자가
이전처럼 나무 아래서
노래를 웅얼대며 짚신을 삼고 있을 뿐.

8, 9, 10

나의 가엾은 렌스끼! 비탄에 빠진
그녀는 오래 울지도 못했다.
그러나 애석하게도 젊은 약혼녀는
자기의 슬픔마저 저버렸다.
다른 사내가 그녀의 관심을 끌었다,
다른 사내가 사랑을 속살대며
그녀의 고통을 잠들게 했다.
어느 창기병이 그녀를 사로잡았고
그녀 또한 진심으로 창기병을 사랑했다…….
벌써 그녀는 수줍은 듯 화관을 쓰고
다소곳이 고개를 숙인 채
그 사내와 나란히 제단 앞에 서 있다,
내리뜬 눈에 정념을 태우며
입가에 가벼운 미소를 띠며.

11

나의 가엾은 렌스끼! 우울한 시인아,
너는 무덤 저편 고요한 영원의 피안에서
이 잔혹한 배신의 소식을 듣고
당혹해 하였는가?
아니면 레테의 강변에 고이 잠들어 있는 시인은
무감각의 축복을 받아
그 무엇으로도 당혹해 하지 않고,
세상 또한 그에게 장벽을 치고 침묵할 뿐인가……?
그렇다! 무덤 저편에서
우릴 기다리는 건 무심한 망각이다.
적들과 친구와 연인들의 음성은
일순간 뚝 그친다. 단지 재산을 놓고
추악한 언쟁을 벌이는
상속인들의 성난 합창만 들려 올 뿐.

12

그리하여 맑은 올랴의 음성은
라린 씨 집안에서 더 이상 들을 수 없었다.
운명의 포로, 창기병은
그녀와 함께 연대로 돌아가야 했다.
딸과 작별을 하는 늙은 어머니는
하도 서럽게 눈물을 쏟아
혼절할 지경이었다.
그러나 따찌야나는 울 수 없었다.
다만 슬픈 그 얼굴이

죽음 같은 창백함으로 뒤덮여 있을 뿐.
모두들 문밖으로 나가
신혼 부부의 마차를 둘러싸고
법석을 떨며 작별 인사를 할 때
따찌야나는 그들을 전송했다.

13
한참 동안 안개 속을 들여다보듯
그들의 뒷모습을 응시하였다…….
이제, 따찌야나만 홀로, 홀로 남았다!
슬프구나! 그토록 오랫동안 사귀었던 친구,
그녀의 어린 비둘기,
피를 나눈 미음이 벗은
운명의 손에 끌려 멀리 가고
그녀는 그림자처럼 정처 없이 거닌다
때로 텅 빈 뜨락을 골똘히 바라보면서…….
어디에도, 그 무엇에도 기쁨은 없고
참고 참은 눈물을
다독거려 줄 것도 찾을 길 없어
가슴은 두 갈래로 찢어지는 것 같다.

14
그런데 이 참혹한 고독 속에서
그녀의 정열은 더욱 세차게 타올라
가슴은 더욱 우렁차게
먼 곳의 오네긴을 소리쳐 이야기한다.

다시는 만나지 못하리라.
그녀는 동생의 신랑감을 죽인
그자를 증오해야 한다.
시인은 죽었다……. 그러나 벌써
아무도 그를 기억하지 않는다, 약혼녀마저
다른 사내가 채어 가 버렸다.
창공에 흩어지는 연기처럼
시인의 추억은 사라졌다,
어쩌면 아직도 두 개의 마음만은 그를 못 잊어
슬퍼할지 모른다……. 그러나 슬퍼한들 무엇하랴……?

15

때는 저녁. 하늘은 빛을 잃고
실여울 조용히 흐르고 풍뎅이가 붕붕거린다.
빙글빙글 춤을 추던 무리는 벌써 흩어지고
강 저편에선 벌써 어부들의 모닥불이
연기를 내며 타올랐다. 텅 빈 들판에선
쏟아지는 은색의 달빛을 받으며
몽상에 깊이 잠긴 따찌야나가
오랫동안 홀로 거닐고 있었다.
걷고 또 걷다 보니 갑자기
언덕 아래 지주의 저택이 눈에 들어왔다.
마을이며 언덕 밑 수풀이며
반짝이는 개울가의 정원이 보였다.
그 광경을 바라보자 그녀의 심장은
더욱 세차게 고동치기 시작했다.

16
그녀는 당혹감에 망설인다.
〈계속 갈까, 되돌아갈까……?
그이는 없어. 나를 아는 사람도 없겠지…….
정원과 집만 한번 보고 가자.〉
그녀는 숨도 제대로 못 쉬면서
언덕을 내려갔다. 불안에 찬 시선으로
주위를 두리번거리면서……
이윽고 황량한 정원에 들어서자
개들이 짖어 대며 달려든다.
놀란 그녀의 비명 소리에
농노의 아이들이
왁자지껄 모여들었다. 아이들은
주먹다짐 끝에 개들을 쫓아 버리고
아가씨를 자기네 집 안으로 모셨다.

17
〈주인댁 안을 좀 살펴봐도 되겠지요?〉
따냐는 물었다. 아이들은 당장에
집 열쇠를 가지러
아니시야에게 달려갔다.
아니시야는 즉시 그녀에게 와서
문을 활짝 열어 주었고
따냐는 텅 빈 집 안으로 들어간다.
얼마 전까지 우리 주인공이 살았던 그곳으로.
그녀는 주위를 둘러본다. 홀 안의

당구대에는 큐가 잊혀진 채 쉬고 있고
주름진 소파 위에는 승마용 채찍이
놓여 있다. 따냐는 안으로 더 들어간다.
노파가 말한다. 〈이 벽난로 앞에
주인 도련님은 혼자 앉아 계시곤 했습지요.

18

겨울이면 돌아가신
이웃 마을 렌스끼 도련님과 여기에서 식사를 하셨어요.
자, 이쪽으로 절 따라오세요.
여기가 도련님의 서재랍니다.
도련님은 여기서 주무시고 커피를 드시고
관리인의 보고를 들으시고
아침나절엔 책을 읽으셨지요…….
도련님의 숙부님도 여기서 지내셨어요.
그 어르신께선 주일이면
여기 창가에 앉으셔 안경을 걸치시곤
절더러 카드 놀이를 하자고 하셨죠.
주님께서 그분의 영혼을 구원하사
무덤 속 축축한 땅에 묻히신
그분의 유해에도 안식이 깃들이게 하소서!〉

19

따찌야나는 감동 어린 시선으로
주위의 모든 걸 살펴본다.
모든 것이 무한히 소중하게 여겨지고

모든 것이 괴로움 반 기쁨 반
그녀의 지친 영혼을 소생시켜 준다.
불 꺼진 등잔이 놓인 테이블,
산더미 같은 책, 주단을 덮어씌운
창가의 침대,
달빛에 어스름 보이는 창 밖의 정경,
이 창백한 미광(微光),
바이런 경의 초상화,
모자 아래 잔뜩 찌푸린 이마를 드러내고
팔짱을 낀 채 서 있는 사나이[199]의
조그만 주철 조각상.

20

따찌야나는 오랫동안 이 멋진 방에
매료된 듯 우두커니 서 있었다.
그러나 밤은 깊어 가고 찬바람이 일기 시작했다.
계곡엔 어둠이 깃들이고 안개 낀 강변의
숲은 깊은 잠에 빠져 있다.
달은 산너머로 숨어 버렸다.
이 젊은 여 순례자는 훨씬 전에
집으로 가야 했다.
따냐는 흥분을 애써 감추었지만
어쩔 수 없이 한숨을 내쉬며
귀로에 올랐다.

---

199 나폴레옹을 말한다.

그러나 떠나기 전에
이 황량한 성을 방문하여
홀로 독서를 해도 좋다는 양해를 구해 놓았다.

21

따찌야나는 문가에서
집지기 노파에게 작별을 고했다.
다음날 아침 일찍이
그녀는 또다시 주인 없는 집을 찾았다.
적막한 서재에서
잠시 동안 세상일을 모두 잊고서
완전히 혼자가 되어
오랫동안 통곡하였다.
이윽고 책으로 눈이 쏠렸다.
처음에는 책 읽을 기분이 들지 않았지만
모아 놓은 책들의 제목이
다소 기이하게 여겨졌다. 그래서 따찌야나는
독서 삼매경에 빠져 들었고
그녀에게 드디어 새로운 세상이 펼쳐졌다.

22

우리도 익히 알고 있듯이 예브게니는
오래 전부터 책과는 담을 쌓아 왔지만
몇몇 작품들은
그의 사랑을 받고 있었다.
이교도와 후안의 시인,[200]

그리고 두서너 가지 소설들,
거기에는 시대가 반영되어 있고
현대인의 모습이,
끝없이 몽상을 좇는
부도덕하고 이기적이고
메마른 영혼과 함께,
부질없는 행위에 분개하는
원망 서린 지성과 함께,
제법 올바르게 그려져 있다.

23
아직도 손톱 자국이 뚜렷이 남아 있는
페이지도 꽤 많았다.
주의 깊은 처녀의 눈길은
더욱 세심하게 그리로 쏠린다.
오네긴이 무슨 생각과
사상에 매료되어 있었는지,
어떤 의견에 내심 동의하고 있었는지
따찌야나는 전율을 느끼며 살펴본다.
책장의 여백에는
연필로 끼적여 놓은 것도 있다.
사방에서 오네긴의 영혼이
저도 모르게 스스로를 드러낸다

---

200 바이런G. G. Byron을 가리킨다. 그의 설화시 중에는 「이교도*The Giaur*」와 「돈 후안*Don Juan*」이 있다.

때론 짤막한 단어로, 때론 십자 표시로,
때로는 의문 부호로써.

24

그리하여 나의 따찌야나는
다행스럽게도
차츰차츰 분명하게 알게 되었다,
전능한 운명의 신이
탄식의 대상으로 정해 준 사내의 정체를.
슬프고 위험한 기인,
천국, 혹은 지옥의 피조물,
천사, 아니면 오만한 악마,
그는 과연 누구인가? 모조품,
보잘것없는 유령, 아니면
해럴드[201]의 망토를 걸친 모스끄바 인,
아니면 타인의 변덕이 만들어 낸 해석,
유행어로 가득 찬 사전……?
결국 그는 하나의 패러디 아닌가?

25

과연 그녀는 수수께끼를 풀었는가?
과연 합당한 〈단어〉를 발견했는가?
시간은 점점 흐르고 그녀는 집에서들
아까부터 자기를 기다린다는 것도 잊고 있었다.

201 바이런의 「차일드 해럴드의 편력」의 주인공.

집에서는 두 이웃 마나님들이 만나서
그녀를 두고 이야기꽃을 피우고 있었다.
〈어떡하면 좋을지요? 따찌야나도 이젠 어린애가 아니고.〉
늙은 부인이 한숨을 쉬며 말했다.
〈올렌까가 걔보다도 더 아래거든요.
이젠 정말 시집을 보내야 할 텐데.
그렇지만 도리가 있어야지요?
누구를 갖다 대도 딱 잘라
싫다는 거예요. 내내 궁상을 떨며
숲속을 혼자 거닐고만 있으니.〉

26

〈따로 좋아하는 사람도 없나요?〉〈누가 있겠어요?
부야노프도 청혼을 했지만 거절당하고
이반 뻬뚜쉬꼬프도 마찬가지였어요.
경기병 뻬호찐이 저희 집에 머물 때
따찌야나에게 홀딱 반해 가지고서는
갖은 소릴 다해 가며 알랑댔지요!
옳지, 이번에는 일이 되려나 보다 생각했지만
웬걸요! 이번에도 수포로 돌아갔어요.〉
〈그만한 일로 뭘 그러세요? 수포라니요?
모스끄바의 신부 시장으로 데려가세요!
듣자 하니 거기에 가면 빈 자리가 많다던데요.〉
〈아이고 세상에! 돈이 있어야지요.〉
〈겨울 한 번 나는 데는 문제없어요.
모자라면 제가 빌려 드리지요.〉

27

이 사려 깊고 고마운 충고는
늙은 마님의 마음에 쏙 들었다.
잠시 생각해 본 다음,
올 겨울에 모스끄바에 가기로 결정했다.
따냐에게도 이 소식이 들려 왔다.
시골에서 자라난 소박한 처녀의
꾸밈없는 성격이며
유행에 뒤진 옷매무새며
유행에 뒤진 말씨를
까다로운 사교계의 심판대에 올려 놓으면
모스끄바의 멋쟁이들과 키르케[202]들의
비웃음 어린 눈총이나 받게 마련……!
무서운 일이야! 아니, 차라리
산간 벽지에 남아 있는 게 속이 편할걸.

28

아침의 첫 햇살에 눈을 뜬
따찌야나는 들판으로 달려가
감동 어린 시선으로
사방을 둘러보며 중얼거린다.
〈잘 있거라, 평화스런 계곡이여,
눈에 익은 산봉우리며

---

202 호메로스의 『오디세이아』에 나오는 마녀. 아름다운 모습으로 뱃사람들을 유혹해서 파멸시켰다.

정다운 숲아, 너희들도 안녕!
잘 있거라, 아름다운 하늘이여,
잘 있거라, 즐거운 자연이여!
이 정답고 평화로운 세상을 떠나
화려한 번잡의 소음 속으로 가노라……
너도 잘 있거라, 나의 자유여!
어디로 무엇 때문에 나는 달려가는가?
운명은 내게 무엇을 약속해 주는가?〉

29

그녀의 산책은 아직도 계속된다.
때론 작은 언덕에 때론 실개울에
매료되어 따찌야나는
무의식중에 걸음을 멈춘다.
그녀는 마치 오랜 친구라도 되는 듯
정다운 숲이며 초원과
숨가쁘게 얘기를 나눈다.
그러나 짧은 여름은 어느새 가고
황금 빛 가을이 되었다.
자연은 화려하게 꾸며진 번제물처럼
새파랗게 질려 바들바들 떨고 있다…….
먹구름 몰고 온 북풍이
헐떡이며 울부짖는다. 마침내
겨울의 마녀가 등장한 것이다.

30

겨울은 찾아와 산산이 흩어졌다.
눈은 몽글몽글 참나무 가지에 걸리고
들판에, 언덕 주위에
파도치는 양탄자 되어 누워 있다.
강에 덮인 눈 이불은
얼지 않는 제방에까지 닿아 있다.
서리가 반짝였다. 어머니 겨울[203]의
장난이 우릴 즐겁게 한다.
그러나 따찌야나의 마음만은 즐겁지가 않다.
겨울을 맞으러 나가지도 않고
눈 기운을 맘껏 숨쉴 생각도 않고
목욕탕 지붕 위에 내린 첫눈으로
얼굴이며 어깨며 가슴을 씻지도 않는다.
겨울 여행이 두려운 것이다.

31

출발 날짜는 벌써 한참 지났고
마지막 기한도 끝나 간다.
처박아 두었던 궤짝 썰매를 꺼내
요모조모 살피고 먼지를 떨고 수선을 한다.
늘 그러했듯이 세 대의 포장 썰매에
가재 도구를 싣고 갈 예정이다.

---

203 러시아인들은 애정을 느끼는 대상 앞에 〈어머니〉를 붙이는 관습이 있다. 예를 들면 〈어머니 대지〉, 〈어머니 러시아〉, 〈어머니 봄〉 등이 그것이다.

작은 냄비, 의자, 트렁크,
병에 담은 잼, 방석,
솜이불, 닭 광우리,
항아리, 대야 등등,
요컨대 이것저것 필요한 건 몽땅.
하인들이 사는 바깥채에서는
이별을 슬퍼하는 울음소리 드높고
열여덟 마리의 여윈 말이 마당으로 끌려와

32

주인의 썰매에 매인다.
요리사들은 아침을 준비하고
포장 썰매에 산더미처럼 짐이 실리고
아낙들과 마부들이 실랑이를 벌인다.
털이 길고 늘씬한 말 위에
텁석부리 마부 대장이 앉는다.
주인 나리들에게 인사 여쭈러
하인들이 떼지어 문가로 몰려든다.
이윽고 모두들 자리를 잡자 당당한 마차는
미끄러지듯 대문을 벗어나 달려간다.
〈잘 있거라, 평화로운 땅이여!
잘 있거라, 고독한 안식처여!
다시 볼 날이 있을까……?〉 눈물이
따냐의 눈에서 여울처럼 흘러내린다.

33

문명의 혜택이
이 땅의 구석구석 미칠 때면
(철학 일람표[204]의
계산에 의하면 한 5백 년쯤
걸린다고 한다) 우리 나라의
도로도 차츰 몰라보게 달라지리라.
포장 도로가 거미줄처럼
러시아를 방방곡곡 이어 주고
철교는 거대한 호를 그리며
강물을 뛰어넘으리라.
육로는 산을 가르고 강 밑에는
대담한 굴이 뚫리게 되고
전국의 기독교인들이
역참마다 여인숙을 내게 되리라.

34

지금 우리 나라의 도로는 말이 아니다.
버려진 다리는 무너져 가고
역참에는 빈대며 벼룩이 들끓어
한숨도 잘 수가 없고
여인숙도 없다. 을씨년스러운 음식점에는
알맹이는 없고 겉만 번지르르한

---

204 프랑스의 수학자 뒤팽Ch. Dupin(1784~1873?)이 러시아와 프랑스의 국력을 비교한 저서에 등장하는 통계표.

차림표가 보란 듯이 걸려 있어
쓸데없이 식욕만 자극할 뿐이다.
한편에선 시골뜨기 키클롭스[205]들이
다 꺼져 가는 불 앞에서
조국의 도랑이며
바퀴 자국을 찬미하면서
러시아 망치로
유럽의 섬세한 세공품을 수선하고 있다.

35

그 대신 한겨울 추위가 기승을 부릴 때면
여행은 안심하고 즐길 수 있다.
무의미한 유행가 가사처럼
겨울 길은 매끄럽기 짝이 없다.
우리의 아우트메돈[206]들은 기운도 좋아
우리의 뜨로이까는 지칠 줄을 모른다.
울타리처럼 촘촘히 박힌 이정표는
하릴없는 눈을 즐겁게 한다.
그런데 재수 없게도 라린 댁 마님이
비싼 마차 삯을 걱정한 나머지
역마차가 아닌 제집 말을 끌고 갔기에
우리 아가씨도 여행길의 따분함을

---

205 그리스 신화에 나오는 외눈박이 거인. 제우스 신의 하인이자 대장장이였다고 전해진다.
206 호메로스의 『일리아드』에 나오는 마부의 이름이다. 유명한 장수 아킬레우스의 전차를 몰았다고 전해진다.

실컷 맛보았다.
모녀는 꼬박 일곱 날 일곱 밤을 달렸던 것이다.

36

그러나 이제 다 와 간다. 그들 앞에는
새하얀 석조 모스끄바가 보이고
오래 된 둥근 지붕엔
황금 빛 십자가가 불길처럼 타오른다.
아, 형제들이여! 나는 얼마나 뿌듯했던가,
불현듯 교회며 종루며
정원이며 궁전이 반원을 그리며
내 눈앞에 죽 펼쳐졌을 때!
나 유랑하는 운명의 몸이 되어
슬픈 이별을 해야 할 때
모스끄바여, 얼마나 자주 너를 생각했던가!
모스끄바…… 이 한마디 소리에
러시아 인의 가슴은 얼마나 풍요로워졌던가!
그 속에서 얼마나 많은 것이 울렸던가!

37

여기 떡갈나무 숲에 둘러싸인
뻬뜨로프스끼 성[207]이 얼마 전의 영광을
자랑하며 음울하게 서 있다.

---

207 모스끄바 근교의 성. 1812년 전쟁 때 나폴레옹은 모스끄바로 진군하는 도중 이곳에 머물며 러시아의 항복을 고대하고 있었다.

나폴레옹이 최후의 행복에 도취되어
모스끄바가 끄레믈 고성의 열쇠를 가지고 와
다소곳이 머리 조아리기를
헛되이 기다리고 있었다.
아니. 나의 모스끄바는
머리 숙여 그에게 가지 않았다.
초조히 기다리던 영웅에게
모스끄바가 마련해 준 것은
축제도 환영의 선물도 아닌 대 화재.
여기서 그는 상념에 잠겨
무서운 불길을 바라보고 있었다.

38

잘 있거라, 뻬뜨로프스끼 성이여,
추락한 영광의 목격자여. 자! 지체 말고
어서 가자! 벌써 관문의 기둥이
하얗게 빛난다. 궤짝 썰매는 벌써
울퉁불퉁한 뜨베르스까야 거리를 달린다.
옆을 스쳐 지나가는 초소, 아낙네들,
아이들, 가게, 가로등,
궁전, 정원, 수도원,
부하라 사람들,[208] 썰매, 텃밭,
상인들, 오두막집, 농부들,

---

208 우즈베끼스딴의 부하라에서 올라온 상인들. 얼룩덜룩한 의상으로 모스끄바 인들의 주의를 끌곤 했다.

대로, 탑, 까자끄 인들,
약국, 고급 양품점,
발코니, 대문을 지키는 사자상,
십자가에 앉은 까마귀 떼.

39, 40

진 빼는 여행길이
한두 시간 더 이어지고서야 비로소
성 하리또니 성당 골목길의
어느 저택 문 앞에
궤짝 썰매는 섰다. 폐병으로
4년째 누워 있는 연로한 사촌이모님 댁에
일행은 도착한 것이다.
안경을 끼고 낡아빠진 까프딴을 걸친
백발의 깔미끄 노인이
양말을 손에 든 채 문을 활짝 열어 준다.
객실에선 소파에 누워 있던 공작 부인의
환호성이 그들을 맞이한다.
두 늙은 마나님은 훌쩍대며 얼싸안고
감격 어린 절규가 흘러나온다.

41

〈안녕하셨어요, 나의 천사!〉[209] 〈빠셰트!〉[210]

---

209 원문은 프랑스어로, 〈mon ange!〉.
210 원문은 〈Pachette!〉. 따찌야나의 어머니 쁘라스꼬비야의 애칭인 빠셴까를 프랑스어식으로 발음한 것.

〈알리나!〉
〈정말 뜻밖이야!〉〈오랜 만이에요!〉
〈오래 있을 거지?〉〈보고 싶었어요! 언니!〉
〈어서 앉아, 정말 신기하네!
무슨 소설에서나 나올 법한 일이야…….〉
〈참, 얘가 우리 따찌아나예요.〉
〈아, 따냐! 좀 가까이 오너라.
이게 도무지 꿈인지 생시인지…….
참, 동생도 그랜디슨 기억나지?〉
〈그랜디슨이라뇨……? 아, 그 그랜디슨이요!
기억하다마다요. 지금은 어디 사시나요?〉
〈모스끄바에 있어. 성 시메온 성당 근처야.
지난 크리스마스 이브엔 문병까지 왔다고.
얼마 전에 며느리를 보았다지.

42

그런데 그이가…… 아니 그 얘긴 나중에 하자고,
그게 좋겠지? 내일은 모든 친척들한테
따냐를 보여 줘야겠어.
마차를 타고 나돌아다니는 게 힘이 들어.
겨우겨우 발을 끌고 움직일 정도야.
그런데 참 오느라고 너무 피곤하지.
다 같이 가서 좀 쉬자고…….
어이구, 힘들어…… 가슴이 답답해…….
이젠 고통뿐 아니라
기쁨까지도 버거워…… 동생,

나는 이제 아무짝에도 쓸모가 없어…….
늙고 보니 사는 게 다 귀찮아…….〉
말을 마치고 완전히 탈진한 공작 부인은
눈물을 글썽이며 기침을 마구 해댔다.

43

병든 이모의 즐거움과 애정이
따찌야나를 감동시켰다. 그러나
자기만의 골방에 익숙한 그녀에게
새로운 환경은 마뜩지 않다.
비단 커튼이 쳐져 있는
새 침대에서는 잠도 오지 않고
어느덧 하루의 시작을 알리는
성당의 새벽 종소리가
그녀를 침대에서 일으킨다.
따냐는 창가에 앉는다.
어둠이 점점 걷혀 가지만
눈에 익은 들판은 간 데 없고
낯선 집의 뜨락과 마구간과
부엌과 울타리만 보일 뿐.

44

따찌야나는 날이면 날마다
친척집 만찬에 불려 가
지치고 얼빠진 모습으로
할아버지 할머니들께 인사를 드린다.

멀리서 찾아온 이 친척 아가씨를
가는 곳마다 반가이 맞아 주어
감탄사와 환대가 이어진다.
〈따냐, 정말 많이 컸구나!
대모를 서 준 지도 꽤 오래 되었지?
안아 주던 게 엊그제 같아!
귀를 잡아당기던 게 엊그제 같아!
과자를 먹여 주던 게 엊그제 같아!〉
그리고는 할머니들이 합창을 한다.
〈세월은 참 빠르기도 하지!〉

45

하지만 그들은 변한 게 없다.
뭐든 옛날식 그대로다.
공작 부인 엘레나 아주머니는
지금도 비단 레이스 두건을 쓰고 있고
루께리야 르보브나는 여전히 분칠을 뽀얗게 하고
류보프 뻬뜨로브나는 똑같은 거짓말을 하고
이반 뻬뜨로비치는 여전히 바보스럽고
세묜 뻬뜨로비치는 여전히 인색하고
뻴라게야 니꼴라예브나의 친구는 여전히 무슈 핀무쉬,
개는 그때 그 스피츠, 남편도 그때 그 사람.
남편은 여전히 클럽의 충실한 멤버,
여전히 무골 호인에 귀머거리,
먹는 것 마시는 것은 옛날처럼 두 사람 분.

46

그들의 딸들도 따냐를 얼싸안는다.
모스끄바의 젊은 미녀들은
처음엔 아무 말 않고 따찌야나를
머리부터 발끝까지 훑어본다.
어딘지 모르게 이상하고
촌스럽고 새침데기 같고
다소 핏기가 없고 비쩍 말랐지만
그런 대로 예쁘장한 편이군.
얼마 후에는 자연의 순리대로
그녀와 친해져 자기들 방으로 데려가
입맞춤도 하고 정답게 손도 잡아 주고
유행대로 머리를 부풀려 주고
가슴속의 비밀, 처녀의 비밀을
소곤소곤 털어놓는다,

47

남들이, 혹은 자신들이 올린 사랑의 개가,
희망, 장난, 몽상 등등을.
윤색된 가벼운 비방과 함께
순진한 고백담이 흘러나온다.
그런 다음엔 자기네 수다에 대한 답례로
그녀의 진실된 고백을
응석을 부리듯 졸라댄다.
그러나 따냐는 마치 꿈을 꾸듯
멍하니 그녀들의 이야기를 들을 뿐,

한마디도 이해하지 못한다.
마음속의 비밀,
눈물과 행복의 소중한 보물은
그대로 조용히 마음속에 묻어 둔 채
그 누구에게도 보여 주지 않는다.

48

따찌야나는 남들이 하는 잡담이며 대화를
정신차려 들어 보고 싶지만
객실에서 모두가 열을 올리고 있는 것은
앞뒤가 안 맞는 저속한 헛소리.
모든 것이 너무도 싱겁고 냉담해
중상 모략조차 지겨울 지경.
메마르고 무의미한 얘기들,
질문 공세, 뒷공론, 뉴스에서는
하루를 꼬박 들어도 무슨 사상 같은 것이
그냥 우연히라도 내비친 적이 없다.
억눌린 지성은 미소지을 줄 모르고
가슴은 장난으로라도 뛰는 법이 없고
공허한 사교계여, 너에게서는
웃기는 우행조차 만날 길이 없구나.

49

문서과의 청년들[211]이 떼를 지어

---

211 외무성 문서과에 근무하는 교육받은 귀족 자제들을 가리키는 말.

짐짓 점잔을 빼며 따찌야나를 훑어보고는
저희들끼리 쑥덕대며
그녀의 험담을 늘어놓는다.
슬픈 표정의 어느 멋쟁이만이
그녀가 마음에 쏙 들었던지
문가에 기대서
엘레지를 짓느라 여념이 없다.
따분한 숙모 댁에서 따찌야나를 만난
뱌젬스끼[212]는 요령 좋게 그녀 곁에 앉아
그녀의 관심을 끄는 데 성공했다.
그 옆에서는 어느 늙은이가
그녀에게 눈독을 들여
가발을 매만지며 이것저것 캐묻는다.

50

그러나 광란의 멜포메네[213]가
긴 곡성을 울리며
냉담한 관객 앞에서
금빛 망토를 휘날리는 곳,
우정의 갈채 소리도 못 들은 채
탈리아[214]가 조용히 졸고 있는 곳,
테르프시코레[215]만이 젊은 관객에게

---

212 시인, 뿌쉬낀의 친구. 제1장의 제사를 참조하라.
213 그리스 신화에 나오는 비극의 여신.
214 그리스 신화에 나오는 희극의 여신.
215 춤을 관장하는 여신. 아홉 뮤즈 중의 하나.

감동을 선사하는 곳
(이는 그 옛날 여러분의 시대와
나의 시대에도 마찬가지였다),
그곳에선 그녀에게 돌려지지 않았다,
귀부인들의 질투 어린 오페라 글라스도,
특별석이나 일등석에 앉은
세련된 전문가들의 안경도.

51
그녀는 또한 귀족 협회[216]에도 끌려갔다.
득실대는 사람들, 흥분, 열기,
귀청을 찢는 음악, 휘황 찬란한 촛불,
어지럽게 돌아가며 춤추는 남녀의 무리,
미녀들의 가벼운 옷차림,
온갖 사람이 뒤섞인 발코니석,
반원형으로 널따랗게 둘러앉은 묘령의 처녀들,
이 모든 것이 불시에 따찌야나의 감각을 뒤흔든다.
이곳에선 이름난 한량들이
오만과 조끼와
아무렇게나 매달린 오페라 글라스를 자랑한다.
휴가를 얻은 경기병들도 득달같이 달려와
법석을 떨며 여기저기 휘젓고 다니다가
정신만 쏙 빼놓고는 줄행랑을 친다.

---

216 18세기 말에 창설된 고급 사교 클럽.

52

밤이 되면 매혹적인 별들이 하늘을 수놓고
무수한 미녀들이 모스끄바를 누빈다.
그러나 천상의 친구들 중 가장 빛나는 것은
짙푸른 창공에 뜬 저 달.
내가 감히 리라로써
괴롭힐 엄두도 못 내는 그 여인은
저 우아한 달님처럼
부인들과 처녀들 사이에서 홀로 빛난다.
얼마나 고결한 천상의 긍지를 자랑하며
지상에 발을 딛고 있는 걸까!
얼마나 부드러운 애무가 가슴을 채우고 있는 걸까!
저 신비한 시선은 얼마나 처연한가……!
아니, 됐다, 그만두자.
이 미친 짓에는 충분한 대가를 치렀을 테니.

53

떠들고 웃고 뛰어다니고 인사하고,
갤럽, 마주르카, 왈츠…… 그러는 사이에
두 아주머니 사이에 끼여
기둥 뒤 아무도 보지 않는 데서
따찌야나는 멍하니 주위를 바라보며
사교계의 소동에 염증을 느낀다.
이곳은 숨이 막힌다……. 그녀는 꿈속에서
들판의 삶으로, 시골로,
가난한 마을 사람들에게로,

맑은 시내 흐르는
적막한 벽촌으로,
만발한 꽃들과 소설로,
〈그〉가 그녀 앞에 나타났던
보리수 길의 그늘로 달려간다.

54

이렇게 그녀의 생각은 사교계도 소란스런 무도회도
다 잊은 채 먼 곳을 배회한다.
그때 어느 위엄 있는 장군 한 분이
그녀를 지긋이 응시한다.
두 아주머니는 서로 눈짓을 하고는
동시에 따찌야나를 팔꿈치로 찌르며
제각기 이렇게 속삭였다.
〈빨리 왼쪽을 보거라.〉
〈왼쪽이요? 어디요? 뭐가 있는데요?〉
〈글쎄 무어든 간에, 보라니까…….
사람들이 모여 있잖니, 보여? 더 앞에,
군복 입은 남자 둘이 서 있잖아…….
방금 떨어져 나갔다. 이제 옆으로 섰다…….〉
〈누구요? 저 뚱뚱한 장군 말이에요?〉

55

그러면 여기서 내 사랑하는 따찌야나의
성공을 축하한 다음
화제를 바꾸도록 하자,

내 노래의 주인공을 잊으면 안 되니까……
겸사겸사 한두 마디 해두자면,
〈나는 노래하노라, 내 젊은 친구와
그의 수만 가지 변덕을.
그대, 서사시의 뮤즈여,
내 오랜 노고를 축복해 달라!
내게 듬직한 지팡이를 달라,
하여 나 여기저기 방황하지 않도록.〉
이젠 됐다. 어깨의 짐을 벗었다!
고전주의에게 경의를 표한 셈이다.
좀 늦긴 했지만 서문[217]은 마련되었으니까.

---

217 18세기식 고전주의 서사시는 흔히 〈나는 노래하노라……〉로 시작되는 것을 빗대어 한 말.

제8장

그대여, 안녕, 만일 이것이 영원한 이별이라면
영원히 안녕.[218]
— 바이런

1

내가 리쩨이의 정원에서
한 송이 꽃처럼 평화로이 피어나던 시절,
나는 아풀레이우스[219]는 애독했지만
키케로[220]는 읽지 않았다.
그 시절 봄이 오면
신비한 계곡, 조용히 반짝이는 물가에
백조가 울어댈 때
뮤즈가 내게 나타나곤 했다.

---

218 원문은 영어로, 〈Fare thee well, and if for ever / Still for ever fare thee well〉.
219 2세기경의 로마 시인. 『황금의 당나귀』의 저자.
220 기원전 1세기경의 로마 정치가, 웅변가, 철학자. 그의 저작은 라틴어 시간에 흔히 학습되었다.

기숙사의 내 방은
갑자기 환해지고 뮤즈는 거기서
변덕스러운 청춘의 향연을 벌이며
천진 난만한 마음과
지나간 조국의 영광과
전율하는 가슴의 꿈을 노래하였다.

2

세상은 미소로써 그녀를 맞이했고
첫 성공이 우리에게 용기를 주었고
원로 시인 제르쟈빈[221]은 우리를 알아보고
무덤으로 내려가며 축복해 주었다.

. . . .
. . . .
. . . .

3

그리고 나는 열정의 변덕만을
유일한 원칙으로 삼아
많은 이들과 감정을 나누며
나의 발랄한 뮤즈를
소란스런 주연이나 과격한 토론장에 데려가
야경꾼들을 놀래게 하였다.

---

221 G. Derzhavin(1743~1816). 18세기 최대의 시인. 리쩨이의 진급 시험 때 뿌쉬낀은 그의 앞에서 「짜르스꼬예 셀로의 회상」을 낭송하여 격찬을 받았다.

뮤즈는 광란의 향연에
선물을 가져와
바쿠스의 작은 무녀가 장난을 치듯
술자리 손님들을 위해 노래불렀다.
지난 시절의 젊은이들은
무턱대고 그녀의 뒤를 쫓아다녔고
나는 친구들 중에서
이 경박한 여자 친구를 제일로 삼았다.

4

그러나 나는 우정의 약속을 버리고
먼 곳으로 떠났다……. 그녀도 나를 따랐다.
상냥한 뮤즈는 얼마나 자주
마술처럼 신비한 이야기로
내 고요한 나그네길을 위로해 주었던가!
얼마나 자주 까프까즈의 바위 산에서
레오노레[222]처럼 달빛을 받으며
나와 함께 말 달리곤 했던가!
얼마나 자주 따브리다[223]의 해안으로
밤 안개 속을 더듬으며
나를 데려갔던가,

---

222 독일의 시인 뷔르거 G. Bürger(1747~1794)의 발라드 「레오노레 *Leonore*」의 여주인공. 이 시에서 여주인공은 달밤에 죽은 약혼자와 함께 말을 달리는 것으로 묘사되어 있다. 쥬꼬프스끼의 「스베뜰라나」와 「류드밀라」는 이 작품을 토대로 한 것이다.
223 끄림의 옛 이름.

바다의 외침,
네레이스[224]의 끊이지 않는 속삭임,
깊고 영원한 파도의 합창,
삼라만상의 아버지께 바치는 찬가를 들으러.

5

그녀는 머나먼 수도의
환락도 소란스러운 연회도 다 잊고
서글픈 몰다비아의 벽촌으로,
유랑의 무리가 사는
보잘것없는 천막으로 찾아와
그들과 사귀며 거칠어져
초라하고 이상한 언어와
사랑하는 광야의 노래를 위해
신들의 언어[225]를 잊어버렸다……
그런데 갑자기 장면이 싹 바뀌고
이제 그녀는 나의 정원에
눈동자에 슬픈 정념을 담고서
손에는 프랑스 책을 들고서
시골 아가씨가 되어 나타났다.

6

지금 나는 처음으로

---

224 그리스 신화에 나오는 바다의 여신.
225 고전 문학에서 시의 언어를 가리킨다.

뮤즈를 상류 사회의 야회에 데려가
그녀의 야성적인 매력을
질투 어린 눈으로 초조하게 바라본다.
명문 귀족과 멋쟁이 장교들과 외교관들,
콧대 높은 귀부인들이 빽빽히 늘어선 사이를
미끄러지듯 걸어 들어와
조용히 자리를 잡고서
음미하듯 바라본다.
떠들어대는 군상과 반짝이는 옷자락,
주고받는 말들, 젊은 여주인에게
천천히 다가오는 손님들,
검은 액자처럼 귀부인을
둥그렇게 에워싼 남자들을.

7

과두 정치 체제 같은 환담의
엄격한 질서,
평온한 오만이 발하는 한기,
다양한 직위와 연령의 혼합이 그녀의 마음에 들었다.
그런데 이 선택된 사람들 사이에
그 누구와도 연고가 없는 듯.
말없이 시무룩하게 서 있는 저 사람은 누군가?
지루한 환영의 행렬처럼
사람들의 얼굴이 그의 앞을 지나간다.
그의 얼굴에 비치는 것은 우울증인가,
고통당하는 자존심인가? 그는 왜 여기 왔는가?

도대체 누구인가? 설마 오네긴은 아니겠지?
아니, 정말 오네긴인가……? 그렇다. 바로 그다.
여긴 언제부터 와 있는 걸까?

8

예전과 같은가, 아니면 좀 온순해 졌나?
아니면 아직도 괴짜인 척하고 다니는가?
어떻게 해서 돌아왔을까?
우리에게 무엇을 보여 줄 셈인가?
이제 어떤 모습으로 등장할 작정인가?
멜모스,[226] 세계주의자, 애국자,
해럴드, 퀘이커 교도,[227] 위선자,
아니면 전혀 다른 가면을 과시할 건가?
아니면 당신이나 나, 우리 모두처럼
그저 선량한 청년이 될 것인가?
그러나 한마디 충고만은 해두고 싶다.
낡은 유행 따윈 끊어 버리고
세상을 속이는 일도 그만둘 것…….
당신은 이 사람을 아는가? 그렇기도 하고 아니기도 하지.

9

그런데 당신은 어째서 이 사람을
그토록 나쁘게만 말하는가?

---

226 제3장 12연의 주 참조.
227 청빈과 평화를 주장하는 기독교의 일파. 17세기 중엽 영국인 조지 폭스가 창시했다.

우리는 쉴새없이 안달을 해가며
무엇이고 판단하길 좋아하기 때문인가,
타오르는 영혼의 경박함은
자만심에 취한 속물들에게
모욕이나 웃음거리로 여겨지기 때문인가,
열림을 사랑하는 지성이 답답해지기 때문인가,
우리는 너무도 자주 기뻐하며
탁상 공론을 실질적인 일로 여기기 때문인가,
어리석음은 경박하고 사악하기 때문인가,
권위 있는 인물에겐 헛소리만이 권위가 있고
평범함만이 우리에게
친숙하고 편하게 느껴지기 때문인가?

10

젊은 시절에 젊었던 자는 행복하여라,
행복하여라, 제 나이에 걸맞게 성숙한 자,
나이를 먹으면서 차츰차츰
인생의 냉기를 견디 낼 수 있는 자,
기이한 몽상에 홀리지 않는 자,
사교계의 군상과 격의 없이 지내는 자,
스무 살에 멋쟁이나 덜렁이로 불리고
서른 살에는 부잣집 사위가 되는 자,
쉰 살에 공사 다망에서
완전히 해방되고
명예와 돈과 지위를 차례로
침착하게 차지한 자,

아무개는 훌륭한 인물이라고
두고두고 되새겨지는 자는.

11

그러나 우리에게 청춘이 헛되이
주어졌다고 생각하면 슬퍼진다.
우리가 늘 청춘을 배신했고
청춘 또한 우릴 기만했다고 생각하면,
우리의 가장 고귀한 열망과
가장 신선한 꿈들이 차례차례
궂은 가을 낙엽처럼 재빨리
썩어 갔다고 생각하면 슬퍼진다.
즐비하게 차려진
음식에만 정신이 팔리고
인생을 무슨 의식처럼 여겨
공통의 의견도 정열도 나눔이 없이
예의바른 군중의 뒤를
졸졸 따라가는 것은 참을 수가 없다.

12

떠들썩한 심판의 표적이 되어
지각 있는 사람들 사이에서
젠체하는 괴짜,
혹은 슬픈 미치광이,
혹은 악마 같은 괴물,
혹은 심지어 〈나의 데몬〉[228]이라 불린다면

견딜 수 없으리라(이 점에 당신도 동의하리라).
오네긴은(다시 얘기를 그에게 돌리자면)
결투에서 친구를 죽인 뒤로
목적도 없이 방만하게
하릴없이 흘러가는 나날을 지겨워하며
스물여섯 살까지 살았는데
직업도, 아내도, 할 일도 없었고
그 무슨 일에도 몰두할 수 없었다.

13

그는 늘 불안감에 사로잡혀
장소를 바꾸고 싶어했다
(이는 매우 고통스러운 성격으로
그런 십자가를 자진해서 질 사람은 별로 없다).
날마다 피투성이 유령이 나타나는
한적한 시골의
숲과 밭을 버리고
오직 감정에만 의탁한 채
목적 없는 방랑을 시작했다.
그런데 세상의 모든 것과 마찬가지로
여행에도 싫증이 나서
다시 돌아와 차쯔끼[229]처럼

---

  228 자신의 시 「악마 *Demon*」(1823)를 가리킨다. 데몬은 부정과 의혹의 정령을 형상화시킨 것.
  229 그리보예도프의 희극 「지혜의 슬픔」에 등장하는 주인공 이름. 그는 3년간의 외국 순유를 마치고 돌아오자마자 애인의 집에서 열린 무도회에 참

배에서 곧장 무도회로 뛰어들었다.

14
그런데 돌연 사람들이 웅성대더니
홀 안에 속삭이는 소리가 퍼졌다······.
어느 귀부인이 여주인에게 다가가고
그 뒤에는 풍채 당당한 장군이 따라왔다.
그녀는 서두르지도 않고
냉담하지도 않고 수다스럽지도 않았다.
좌중을 경멸하는 눈빛도,
성공을 자랑하는 기색도,
거드름 피는 몸짓도,
어설픈 기교도 없었다······.
그녀의 모든 것이 조용하고 단순했다.
그녀는 소위 고상한 취미[230]의
(용서하시오, 쉬쉬꼬프 선생,[231] 어떻게 번역해야 할지
모르겠소) 충실한 복사판처럼 보였다······.

15
부인들이 그녀 곁으로 다가갔다.
노부인들은 그녀에게 미소를 보냈고

석했다.
230 원문의 프랑스어는 〈comme il faut〉.
231 A. Shishkov(1754~1841). 과학 아카데미 회장을 지낸 문인. 의고주의자로서 순수한 러시아어만 사용해야 한다고 주장하여 뿌쉬낀을 비롯한 젊은 문인들의 빈축을 샀다.

남자들은 더욱 낮게 허리를 굽혀
그녀의 시선을 붙잡았다.
홀을 지나가는 처녀들도
그녀 앞에서는 발소리를 죽였고
그녀를 대동하고 들어온 장군은
코와 어깨를 누구보다도 높이 치켜올렸다.
누구도 그녀를 미인이라
부를 순 없었겠지만 머리끝부터
발끝까지 뜯어보아도
런던의 품위 있는 사교계에서
유행이라는 독재자가
〈벌거〉[232]라 부르는 특성 또한
아무도 찾아볼 수 없었으리라. (어쩐다지……

16
이 〈벌거〉라는 말이 무척 마음에 들지만
번역을 할 수가 없으니.
아직은 우리 나라에서 새로운 단어이고 보니
그다지 명예로운 대접은 받기 어려울 터.
혹 경구에서라면 유용하게 쓰이겠지만……)
다시 우리의 귀부인에게 돌아가자.
초연한 미의 매력을 발하며
그녀는 네바 강의 클레오파트라라 불리는
절세의 미녀 니나 브론스까야와 나란히

---

232 원문은 영어로, 〈vulgar〉. 〈저속한〉, 〈서민의〉 등의 뜻을 지닌다.

식탁 앞에 앉았다.
필경 여러분도 동의하시겠지만
니나의 대리석 같은 미모는
가히 좌중의 눈을 부시게 할 만했지만
옆자리 귀부인의 빛을 가리진 못했다.

17

〈설마, 설마 저 여성이?
그런데 닮았어······. 아니야······.
이럴 수가! 그 촌구석에서······〉라고 생각하며
예브게니는 잊은 지 오래인 처녀의 모습을
어렴풋이 생각나게 하는 부인을 향해
성가시기 짝이 없는 오페라 글라스를
수시로 들이댔다.
〈이보게 공작, 저기 빨간 베레모를 쓰고
스페인 대사와 이야기하고 있는 부인이
누군지 혹시 아나?〉
공작은 오네긴을 물끄러미 바라본다.
〈아하! 자네도 사교계를 꽤나 오래 떠나 있었군.
잠깐 기다리게, 내 소개시켜 줌세.〉
〈대체 누군데?〉〈우리 집사람이네.〉

18

〈아니 결혼을 했단 말인가! 모르고 있었네!
오래 되었나?〉〈한 2년 되었지.〉
〈누구하고?〉〈라린 양하고.〉〈따찌야나!〉

〈자네도 알고 있었나?〉〈그 집안과 이웃 사촌이었지.〉
〈아, 그랬군. 자 가세.〉 공작은
친척이자 친구이기도 한 이 사내를
아내에게 데려가 인사시킨다.
공작 부인은 그를 바라본다…….
얼마나 당혹스럽고
얼마나 놀라고
얼마나 기가 막혔겠냐만
그녀는 아무런 내색도 하지 않았다.
어조는 조금도 달라지지 않았고
인사 또한 차분하기만 했다.

19

그렇다! 오들오들 떨지도 않았고
핏기를 잃지도, 얼굴을 붉히지도 않았다…….
눈썹 하나 까딱하지 않았다,
심지어 입술을 깨물지도 않았다.
아무리 열심히 살펴보아도
오네긴은 전에 알았던 따찌야나의
흔적을 발견할 수 없었다.
그녀와 얘기를 풀어 나가고 싶었지만
영…… 되지가 않았다. 그녀가 물어 왔다,
여기 온 지는 오래 되었는지, 어디에 다녀왔는지,
혹시 전에 살던 곳에서 올라왔는지?
그러더니 남편에게 피곤한
시선을 돌리고는 미끄러지듯 가버렸다…….

그는 그 자리에 못 박힌 듯 서 있었다.

20

정말로 저 여자가 그 따찌야나란 말인가,
이 소설의 첫머리에 묘사했듯이
언젠가 그가 저 외딴 촌구석에서
고귀한 도덕심에 불탄 나머지
단둘이 있는 자리에서
훈계를 읊어 주었던 그 여자란 말인가,
지금도 그가 간직하고 있는 편지에서
속마음을 모두
있는 그대로 털어놓았던 처녀,
그 처녀란 말인가…… 아니면 이게 다 꿈인가……?
그가 한때 운명에 짓눌려
경멸했었던 그 처녀가
이제 그토록 초연하고 그토록 대담하게
그를 대할 수 있단 말인가?

21

그는 혼잡한 연회장을 떠나
상념에 잠겨 집으로 돌아간다.
슬프고도 황홀한 꿈속을 헤매느라
늦게 든 잠자리가 뒤숭숭하다.
그는 잠에서 깨어났다. 편지가
와 있었다. N공작이 정중하게
야회에 초대한 것이다. 〈하느님! 그녀의 집이다……!

암, 가야지, 가야지!〉 그는 서둘러
공손한 답장을 쓴다.
어쩌자는 건가? 이상한 꿈이라도 꾸는 건가?
냉혹하고 게으른 영혼의
저 밑바닥에서 무엇이 꿈틀거린 걸까?
노여움인가? 회한인가? 아니면 또다시
청춘의 고뇌, 사랑인가?

22
오네긴은 또다시 시계를 본다.
해가 질 때까지 기다릴 수가 없다.
이윽고 시계가 10시를 친다. 그는 집을 나와
쏜살같이 마차를 달려 벌써 현관에 다다른다.
전율을 느끼며 공작 부인의 객실에 들어간다.
따찌야나는 혼자 방안에 있다.
두 사람은 잠시 동안
나란히 앉아 있다. 오네긴의 입에서는
아무 말도 나오지 않는다. 침울한 표정으로
쩔쩔매며 간신히 그녀의 물음에
대답할 뿐이다. 머릿속엔
한 가지 생각만 들어차 있고
눈은 한 곳만을 고집스레 응시한다.
그녀는 느긋하고 자유롭게 앉아 있다.

23
그때 남편이 들어와 이 불쾌한

〈상견례〉²³³를 깨뜨린다.
그는 오네긴과 더불어 지난 시절의
장난이며 농담을 되새긴다.
그들은 웃음을 터뜨린다. 손님들이 들어온다.
상류 사회의 독설이
짠 소금처럼 대화의 맛을 돋운다.
여주인 앞에서 경박한 헛소리가
최소한의 겉치레도 없이 쏟아져 나온다.
그런가 하면 진부한 화제도
영원한 진리도 현학도 갖추지 못한
분별 있는 해석이 그것을 가로막는다.
그 자유로운 생동감은
누구의 귀에도 거슬리지 않는다.

24

그러나 거기에는 수도의 꽃인
명문 귀족과 유행의 표본들,
어느 자리에나 고개를 내미는 얼굴들,
없어서는 안 될 멍청이들도 있었다.
모자를 쓰고 장미꽃으로 단장한,
심술궂어 보이는 노부인들도 있었고
좀처럼 웃지 않는
귀족 처녀들도 몇 명 있었다.
국사를 논하는

---

233 원문의 프랑스어는 〈tête-à-tête〉.

외교관도 있었고
흰머리에 향수 냄새를 풍기며
케케묵은 재담을 주절대는 노인도 있었다.
무척 예리하고 재치 있는 재담이었지만
요즘 듣기에는 어쩐지 우스꽝스러웠다.

25

경구만을 너무도 좋아하여
모든 일에 화를 내는 신사도 있었다.
설탕이 너무 들어간 이 집 차도,
부인들의 늘 같은 태도며 신사들의 말투도,
무슨 뜻인지 통 알 수 없는 소설에 관한 해석도,
두 자매에게 하사했다는 황제의 배지도,
잡지의 거짓말도, 전쟁도, 내리는 눈도,
자기의 부인도 그의 화를 돋우었다.

· · · · · · · · · · · · · ·
· · · · · · · · · · · · ·
· · · · · · · · · ·

26

거기에는 또한 점잖지 못하기로
소문난 쁘롤라소프도 와 있었다.
그자로 말할 것 같으면, 생 프리[234]여,

---

234 원문은 〈St.-Priest〉. 유명한 풍자화가 에마뉘엘 생 프리를 말한다. 망명해 온 프랑스인의 아들이다.

앨범마다 그대의 연필을 닳게 한 사내다.
문가에는 또 다른 무도회의 독재자가
성지 주일의 천사[235]처럼 붉은 뺨에,
꼭 끼는 옷에 입을 꼭 다물고 차려 자세로
마치 잡지에 실린 그림처럼 서 있었다.
여행중에 우연히 들른
지나치게 뻔뻔스러운 어떤 신사는
죽어라 점잔을 빼는 통에
좌중의 웃음거리가 되었다.
말없이 주고받는 눈길은
그에 대한 일동의 판결을 보여 주었다.

27

그러나 나의 오네긴은 그날 저녁 내내
따찌야나만을 생각하고 있었다.
사랑에 빠진 가엾고
순박하고 소심한 소녀가 아니라
냉담한 공작 부인,
저 도도하고 화려한 네바 강의
범접할 수 없는 여신인 따찌야나를.
아, 인간들아! 너희는 모두
인류의 어머니 이브를 닮았구나.
너희가 가진 것은 마음을 끌지 않고
뱀이 자기한테, 신비의 나무에게 오라고

---

[235] 성지 주일에 파는 과자에 붙어 있던 붉은 옷의 종이 천사.

너희를 자꾸만 불러 댄다.
금단의 열매를 따먹으라,
그것 없이는 낙원도 낙원이 아닐 테니까.

28

따찌야나의 변화는 놀라웠다!
얼마나 야무지게 자신의 역할을 해내었는가!
답답한 상류층의 기교를
얼마나 재빠르게 몸에 익혔나!
누가 감히 저 기품 있고, 저 초연한
야회의 여왕에게서
유순한 소녀의 모습을 찾을 수 있을까?
그가 한때 그녀의 가슴을 흔들어 놓았다니!
그녀는 모르페우스[236]가 찾아올 때까지
밤의 어둠 속에서 그를 생각하며
처녀다운 슬픔에 젖어 있었다,
울적한 시선을 달에게 보내며
언젠가는 조촐한 인생의 여로를
그와 함께 가리라 꿈꾸고 있었다!

29

어느 나이에도 사랑에는 당할 자 없지만
젊고 순결한 가슴에
사랑의 충동은 은혜로운 것,

---

236 잠의 신 히프노스의 아들로 꿈의 신.

봄날의 폭우가 들판에 양분을 주듯,
열정의 비를 맞으며 청춘은 힘을 얻고
되살아나고 여물어 간다.
그리고 왕성한 생명력은
화려한 꽃과 달콤한 열매를 맺게 한다.
그러나 늙고 무력해져
우리 인생의 전기를 맞으면
죽어 버린 정열의 흔적이 서글프다.
스산한 가을 폭풍이
초원을 수렁으로 바꾸고
사방의 숲을 벌거벗기듯이.

30

의혹의 여지는 없다. 가엾게도 예브게니는
어린애처럼 따찌야나를 사랑하고 있다.
밤이고 낮이고 사무치는
연모의 정에 괴로워한다.
이성의 준엄한 질책도 못 들은 척
그는 날마다 그녀의 집,
현관의 유리문 앞에 마차를 댄다.
그림자처럼 그녀의 뒤를 따르며
그녀의 어깨에 보드라운
털목도리를 걸쳐 주거나
뜨거운 가슴으로 손을 잡아 주거나
그녀 앞에서 얼씬거리는 잡다한
시종의 무리를 물리쳐 길을 터주거나

손수건을 집어 주면서 더없이 행복해 한다.

31
그러나 그가 아무리 죽을 듯이 발버둥쳐도
그녀는 본체만체.
집에선 아무렇지도 않게 맞아 주고
손님들 앞에선 한두 마디 건네고
때론 인사만 꾸뻑 하기도 하고
때론 아예 아는 척도 않는다.
교태라곤 찾을래야 찾을 길이 없다,
상류 사회에선 그런 것을 참아 주지도 않지만.
오네긴은 핏기를 잃어 갔지만
그녀는 관심도 동정심도 없는 듯 했고
오네긴은 수척해져서 마침내
거의 폐병 환자처럼 되어 버렸다.
모두들 의사에게 가보라고 권하고
또 이구 동성으로 〈온천〉에 가라고 외친다.

32
그러나 그는 가지 않는다. 차라리
죽은 조상들에게 어서 데려가 달라고
편지를 쓰는 편이 낫겠다. 그런데도
따찌야나는 눈썹 하나 까딱 않는다(여자란 그런 법).
그러나 그도 만만치가 않다. 물러설 생각은커녕
여전히 희망을 가지고 굳세게 버티고 있다.
병약한 몸으로 건강한 사람보다 더 대담하게

그 허약한 손을 들어
공작 부인에게 열렬한 구애의 편지를 쓴다.
비록 편지 따위는 — 당연히 —
대수롭게 여기지 않았지만.
그러나 사랑의 고통은
이미 수위를 넘었다.
여기 그의 편지를 원문 그대로 옮겨 보자.

따찌야나에게 보내는 오네긴의 편지

나는 모든 것을 예견할 수 있습니다.
이 슬픈 비밀의 고백에 당신은 모욕을 느낄 겁니다.
당신의 오만한 시선엔
얼마나 쏩쓸한 경멸이 담겨 있을런지!
무얼 원하냐고요? 무슨 목적으로
당신께 내 마음을 털어놓느냐고요?
어떤 사악한 기쁨을 위해
이런 짓을 하냐고 생각하시겠지요!

언젠가 우연히 당신을 만났을 때
당신의 가슴에 담긴 애모의 불꽃을 보았지만
감히 그것을 믿을 수가 없어
다정한 습성의 흐름을 억눌렀습니다.
역겨운 것이긴 하지만
자유를 잃고 싶지 않았습니다.

우리를 갈라놓은 것은 또 한 가지…….
렌스끼가 불행한 제물이 되어 쓰러졌지요…….
그때 나는 내게 진정 소중한 모든 것에서
마음을 떨쳐 버렸습니다.
모든 이와 연을 끊고, 모든 속박을 벗어 던지고
자유와 평화만이 행복을 대신하리라
생각했습니다. 오, 하느님!
그게 얼마나 큰 실수요, 얼마나 큰 벌이었던가요!

아니, 매순간 당신을 보고
어딜 가든 당신의 뒤를 따르고
입가의 미소며 눈동자의 움직임을
사랑에 가득 찬 시선으로 붙잡고
당신의 말에 오랫동안 귀기울이고
내 영혼 다 바쳐 당신의 완벽함을 이해하고
당신 앞에서 고통으로 정신을 잃고
창백해 지고 스러져 간다……. 이것이 바로 행복인 것입니다!

그러나 나는 그것을 빼앗겨 버렸습니다.
무작정 사방 팔방 당신을 쫓아다닙니다.
제겐 하루 한시가 소중합니다.
그러나 운명이 내게 정해 준 세월을
무의미한 권태 속에서 흘려 보내고 있습니다.
그 세월이 또 얼마나 괴로운지요.
내 생명이 다해 간다는 건 나도 압니다.
그러나 이 목숨이나마 부지하려면

아침마다 오늘도 당신을 볼 수 있다는
확신이 필요합니다·······.
이 겸허한 간원 속에서
당신의 엄격한 시선이
무슨 비열한 간계라도 발견할까 두렵습니다.
당신의 격노한 질책이 들리는 듯합니다.
사랑의 갈망으로 열에 들떠 괴로워하는 것이,
끊임없이 이성으로 끓는 피를 억제하는 것이
얼마나 끔찍한 일인지
당신이 알아주신다면.
당신의 무릎을 얼싸안고
당신 발 아래 엎드려 통곡하며
간원과 고백과 원망, 내가 표현할 수 있는 모든 것,
모든 것을 털어놓고 싶어하면서도
말투며 시선을
짐짓 꾸민 냉정함으로 무장하고
평온한 대화를 나누며 자못 즐겁다는 듯
당신을 바라보는 게 얼마나 끔찍한 일인지·······!

그렇지만 어떡하겠습니까.
제 자신을 거역할 힘도 없습니다.
모든 것은 결정되었습니다.
당신의 처분만 기다리며 운명에 복종하렵니다.

33
답장은 오지 않는다. 또다시 편지를 보낸다.

두 번째, 세 번째 편지에도
답장은 없다. 그는 어느 모임에
가본다. 들어서자마자…… 그녀와
딱 마주치는데…… 서릿발 같은 모습!
어휴! 주현절의 혹한이
그녀를 빙 에워싸고 있다!
꼭 다문 입가엔
분노를 억누르는 기색이 역력하다!
오네긴은 주의 깊게 살펴보지만
도대체 곤혹, 동정의 빛은 어디 있는가?
눈물 자국은 어디 있는가……? 없다, 없다!
그 얼굴에는 분노의 흔적밖에 안 보인다…….

34

그렇다, 어쩌면 거기에는
우연한 약점이나 탈선……
요컨대 우리 오네긴이 알고 있는 모든 것을
남편이나 세상 사람들이 눈치챌까 봐
은근히 두려워하는 마음이 있었는지 모른다.
어쨌든 희망은 없다! 그는 자신의
광기를 저주하며 자리를 뜬다.
그리고 그 광기에 깊숙이 빠져
다시 한번 세상과 연을 끊고
고요한 서재에서
지난날을 회상했다,
잔인한 우울증이

사교계에서 그를 쫓아다니다
결국은 그의 덜미를 잡아
어두운 구석에 가두었던 그 시절을.

35

그는 또다시 닥치는 대로 책을 읽기 시작했다.
아무것도 가리지 않고
기번,[237] 루소,
만초니,[238] 헤르더,[239] 샹포르,[240]
스탈 부인, 비샤,[241] 티소[242]를 읽어 치웠고
회의주의자 베일[243]도 읽었고
퐁트넬[244]도 읽었고
우리 나라의 이런저런 작가도 읽었다.
문집도 읽고 잡지도 읽었다,
우리에게 설교를 늘어놓으며
지금은 나를 비난하지만 과거엔 어쩌다
나에 대한 찬가를 실어 주기도 했던
잡지도 읽었다.

---

237 E. Gibbon(1737~1794). 18세기 영국의 역사학자.
238 A. Manzoni(1785~1873). 이탈리아의 작가.
239 J. Herder(1744~1803). 독일의 철학자.
240 N. Chamfort(1741~1794). 프랑스 혁명 당시의 사회 평론가.
241 X. Bichat(1771~1802). 프랑스의 의사. 해부학과 생리학에 관한 저서를 남겼다.
242 S. Tissot(1728~1797). 자연 과학 저술들을 남긴 프랑스의 의사.
243 P. Bayle(1647~1706). 프랑스의 자유 사상가, 문필가.
244 B. Fontenelle(1657~1757). 프랑스의 문학가, 사상가.

그러나 여러분, 저는 〈아무래도 좋다〉[245] 올시다.

36

그래서? 눈은 글자를 더듬고 있지만
생각은 저 먼 곳을 헤매고 있었다.
몽상과 소망과 슬픔이
영혼 깊숙이 밀려들었다.
인쇄된 글자 사이에서
그는 영혼의 눈으로
다른 글자들을 읽으면서
그 내용에 완전히 몰입해 있었다.
그것은 저 가슴에 간직한
어두운 옛날의 신비한 전설,
밑도 끝도 없이 어른거리는 꿈들,
위협, 소문, 예언,
혹은 길고 무의미하고 생생한 옛날 얘기,
혹은 젊은 처녀가 쓴 편지.

37

그렇게 그는 차츰차츰
감정과 생각의 수면 속으로 침잠해 간다.
그의 눈앞에서 공상의 여신은
가지각색의 묶음으로 카드를 펼친다.
때론 녹기 시작한 눈 위에

---

245 원문의 이탈리아어는 〈E sempre bone〉.

마치 숙영이라도 하듯
꼼짝없이 누워 있는 청년이 보이는데
누군가가 〈이게 뭐야? 죽었군〉 하는 소리가 들린다.
때론 오래 전에 잊어버린 적이나
비방자, 사악한 겁쟁이들,
배반한 젊은 여인들의 군상,
비열한 친구들의 모임이 보이고
때론 시골 저택의 창가에
〈그녀〉가 앉아 있는 모습이……. 오로지 그녀만이……!

38

그는 이런 지경에 빠져드는 게 습관이 되어
거의 미쳐 가는 듯했고
시인이 될 것처럼도 보였다.
솔직히, 그렇게 되었다면 좋았을 것이다!
실제로 우둔한 내 제자 하나도
최면술의 힘을 빌어
당시 러시아 시의 작법을
거의 터득할 뻔했다.
활활 타는 벽난로를 끼고
방구석에 혼자 앉아
〈축복받으소서〉[246]라든가 〈나의 우상〉[247]을 중얼거리며

---

246 원문의 이탈리아어는 〈Benedetta〉. 당시 유행하던 이탈리아 노래의 일절.
247 원문의 이탈리아어는 〈Idol mio〉. 당시 유행하던 이탈리아 노래의 일절.

슬리퍼나 잡지를
불 속에 던지는 모습은
정말이지 시인과 흡사했다.

39

세월은 흘러가고 따스한 대기 속에서
겨울은 이미 끝나 가고 있었다.
그는 시인도 되지 않았고
죽지도 않았고 미치지도 않았다.
봄이 그를 소생시켰다. 그는
어느 화창한 아침 비로소
두더지처럼 겨울 내내 틀어박혀 있던
꼭 잠긴 골방과 이중창과 벽난로에
작별을 고하고
네바 강을 따라 썰매를 달린다.
곳곳에 금이 간 푸른 얼음 위로
햇살이 춤춘다. 거리마다
파헤쳐 놓은 눈이 구질구질 녹아 내린다.
진창길을 달리는 오네긴은

40

어디로 향하고 있는가? 여러분은 벌써
짐작했으리라. 바로 맞추었다.
그녀에게, 자신의 따찌야나에게
나의 구제 불능 괴짜는 달려가고 있었던 것이다.
송장 같은 모습으로 저택 안에 들어서지만

현관에는 개미 새끼 한 마리 안 보인다.
홀을 지나 더 안으로, 그러나 아무도 없다.
문을 활짝 연다. 그러자 과연 무엇이
그를 그토록 놀라게 했을까?
평상복 차림의 공작 부인이 눈앞에
창백한 모습으로 혼자 앉아 있다.
무슨 편지 같은 걸 읽고 있는데
턱을 괴고서
말없이 눈물만 철철 흘리고 있다.

41
아, 이 짧은 순간에 그녀의 말없는 고뇌를
알아차리지 못할 자 누구냐!
지금의 공작 부인에게서 예전의 따냐,
그 불쌍한 따냐를 못 알아볼 자 누구냐!
미칠 듯한 연민에 가슴이 아파
오네긴은 그녀의 발 아래 몸을 던졌다.
그녀는 파르르 떨더니 말없이
오네긴을 주시한다,
놀란 기색도 분노의 빛도 없이……
초점 없는 병자의 시선,
애원하는 표정, 말없는 원망,
이 모든 것을 그녀는 받아들였다. 이제 그녀 안에서
그 옛날의 몽상과 순정을 되찾은
소박한 처녀가 다시 살아난 것이다.

42

그를 일으켜 세우지도 않고
물끄러미 바라보는 그녀,
그의 갈망하는 입술에 붙잡힌
감각 없는 손을 떼어 낼 생각도 않는다…….
그녀는 지금 무슨 몽상에 잠겨 있는가?
오랜 침묵이 흐른 끝에
그녀가 비로소 조용히 말문을 연다.
〈됐어요. 그만 일어나세요. 당신께
모든 걸 숨김없이 말씀드리고 싶어요.
오네긴 님, 당신은 기억하시나요,
운명이 당신과 나를
정원에 난 가로수길로 인도하여
제가 당신의 설교를 다소곳이 듣고 있던 순간을?
오늘은 저의 차례입니다.

43

오네긴 님, 저는 그때 더 젊었고
아마 더 예뻤을 겁니다.
저는 당신을 사랑했습니다. 그런데 어떻게 되었죠?
당신의 가슴속에서 제가 찾은 게 무엇이었죠?
어떤 대답이었죠? 단지 냉혹함뿐이었죠.
그렇지 않았나요? 당신에게는 수줍은 소녀의
사랑이 전혀 새로운 게 아니었죠?
그런데 지금은 — 하느님! — 당신의
냉정한 시선과 그 설교를 생각만 해도

소름이 끼칩니다······. 그러나 당신을
탓할 맘은 없어요. 그 끔찍했던 순간에
당신은 고결하게 처신한 겁니다,
제게 보여 주신 태도는 올바른 것이었습니다.
진심으로 감사드립니다······.

44

그 당시 — 맞지요? — 떠들썩한
세간의 소문을 등진 외딴 황야에서
저는 당신의 사랑을 얻지 못했습니다······. 그런데
어째서 지금은 저를 쫓아다니시나요?
어찌하여 제가 당신의 눈에 들게 되었나요?
지금은 상류 사회에 드나드는 몸이 되었고
부와 지위를 갖추었고
제 남편이 전장에서 불구가 되어
저희 부부가 황실의 총애를 받는 입장이라
그러시는 것 아닌가요?
저의 불명예가 만인에게 알려진다면
당신은 사교계에서
유부녀를 정복했다고
자랑할 수 있기 때문 아닌가요?

45

저는 울고 있습니다······. 당신이 아직도
당신의 따냐를 잊지 않고 계시다면
이것만은 알아주세요. 제게 그럴 힘만 있어도

이렇게 모욕적인 열정이나
편지들이나 눈물보다는
차라리 당신의 따끔한 꾸지람과
냉혹하고 엄격한 대화를 더 원했을 겁니다.
그때 당신은 어린 소녀의 꿈을
그나마 동정은 해주었습니다.
적어도 제 나이만은 고려해 주셨습니다…….
그런데 지금은! 무엇이 당신을 제 발 아래
무릎 꿇게 하셨나요? 이 무슨 쓸데없는 짓인가요?
어찌 당신만한 감성과 지성을 가진 분이
사소한 감정의 노예가 될 수 있단 말입니까?

46

오네긴 님, 저에게 이 화려함,
허위에 찬 이 역겨운 삶,
사교계의 회오리바람 속에서 제가 거둔 성공,
저의 멋진 저택과 야회가
무슨 소용이 있겠습니까? 지금이라도
당장에 이 모든 가면 무도회의 누더기와
모든 광휘와 소음과 악취를 버리고
책장과 황량한 정원이 있는
제 초라한 고향집으로,
당신을 제가 처음 뵈었던
그곳으로,
제 가엾은 유모가 묻힌 무덤 위에
십자가와 나무 그림자 어른거리는

소박한 교회 묘지로 가고 싶어요…….

47
아, 행복은 손에 잡힐 듯
그토록 가까이 있었건만……! 그러나 제 운명은
이미 정해졌습니다. 어쩌면 제가
경박하게 처신했는지도 모릅니다.
어머니는 눈물을 흘리시며
거듭거듭 말리셨습니다. 그러나 이 불쌍한
따냐에겐 어떤 운명이 주어지든 다 마찬가지였습니다…….
저는 결혼했습니다. 그러니 부탁입니다,
제발 절 그냥 내버려두세요.
당신의 가슴속에 자존심과
순수한 명예심이 있다는 걸 전 압니다.
저는 당신을 사랑합니다(감춰서 뭐 하겠습니까?),
그러나 저는 다른 사람과 결혼을 한 몸,
영원히 그이에게 성실할 겁니다.〉

48
그녀는 나갔다. 예브게니는
벼락이라도 맞은 듯 서 있다.
얼마나 격렬한 감정의 풍랑이
지금 그의 가슴에 휘몰아치고 있는지!
그런데 별안간 마차 소리가 들리더니
따찌야나의 남편이 모습을 나타냈다.
그러면 독자여, 나의 주인공이

매우 난처한 입장에 처한 이 시점에서
그를 떠나기로 하자.
오랫동안…… 아니 영원히. 그의 뒤만 좇아
우리는 꽤나 오랫동안
세상을 헤맨 셈이다. 이제 뭍에
다다른 것을 축하하자. 만세!
벌써 오래 전에 도착했어야 했다!(안 그런가?)

49

아, 독자여, 당신이 누구이든 간에,
친구이건 적이건 간에, 이제 당신과
친구로서 헤어지고 싶다.
그럼 안녕. 당신이 나를 따라오면서
이 허술한 글에서 찾아낸 게 무엇이든 간에,
파란만장한 추억이건,
노동 뒤의 휴식이건,
생생한 묘사건, 날카로운 재담이건,
아니면 문법적인 오류건,
어쨌든 이 작은 책이 당신에게
기분 전환이나 몽상이나
감동이나 잡지에서의 논쟁을 위해
조금이라도 도움이 되길 바란다.
그러면 이쯤에서 헤어지자, 안녕!

50

나의 기묘한 동반자[248]여, 너하고도 안녕,

그리고 너, 나의 진실한 이상[249]이여, 안녕
그리고 너, 보잘것없지만
생생하고 변함없는 노작[250]이여, 안녕. 너희들과 더불어
나는 시인이 부러워하는 모든 걸 알게 되었다.
세상의 폭풍 속에서 삶을 망각하는 법을,
친구들과 격의 없이 담소하는 법을.
나이 어린 따찌야나와 오네긴이
내 몽롱한 꿈속에
처음으로 나타난 이래,
마법의 수정 구슬을 통해
아직 희미하게나마
내 자유 분방한 소설의 미래를 내다본 이래,
정말로 정말로 많은 세월이 흘러갔다.

51

그러나 우정 어린 모임에서
내가 이 작품의 첫 부분을 읽어 주었던 사람들……
언젠가 사디[251]가 말했듯이
어떤 이들은 여기 없고 또 어떤 이들은 멀리 있다.[252]
그들이 없는 동안에 오네긴의 초상화는 완성되었다.

---

248 오네긴을 가리킴.
249 따찌야나를 가리킴.
250 이 작품 『예브게니 오네긴』을 가리킴.
251 Muslih-ud-Din Saadi. 13세기 페르시아의 시인.
252 이 부분은 뿌쉬낀의 친구였던 제까브리스뜨 당원들이 처형되거나 유배당한 사실을 암시한다.

그리고 따찌야나의 사랑스러운 이상에
생명을 불어넣어 준 여인은……
아, 운명은 너무도, 너무도 많은 것을 앗아갔다!
포도주 가득 찬 술잔을
다 비우지도 않고
인생의 향연을 일찌감치 떠나 버린 자,
마치 내가 오네긴과 헤어진 것처럼
인생의 소설을 다 읽지도 않고
별안간 책장을 덮을 수 있는 자는 행복하도다.

뿌쉬낀의 삶과 작품 세계

짧은 삶, 긴 죽음

알렉산드르 세르게예비치 뿌쉬낀Aleksandr Sergeevich Pushkin은 1799년 5월 26일 — 모든 날짜는 구력임 — 모스끄바에서 태어났다. 그의 아버지 세르게이 르보비치Sergei L'vovich는 해묵은 귀족 가문 출신이었고, 어머니 나제쥐다 오시뽀브나 한니발Nadezhda Osipovna Gannibal은 뿌쉬낀이 훗날 「뾰뜨르 대제의 흑인*Arap Petra Velikogo*」에서 자랑스럽게 설명했다시피 콘스탄티노플에 포로로 잡혀갔다가 1706년에 뾰뜨르 대제의 황실로 이송된 아비시니아 — 현재의 에티오피아 — 황태자의 후손이었다. 뿌쉬낀의 검은 피부와 이국적인 용모는 외가쪽 혈통 때문이라 할 수 있다. 이즈마일로프스끼 연대에 근무하다가 소령으로 은퇴한 세르게이 르보비치는 손님 접대와 살롱 출입을 유일한 낙으로 삼은 한량이었으며, 나제쥐다 오시뽀브나 또한 미모를 자랑하며 향락을 마다않는 변덕스러운 유한 마담이었다. 날마다 명사들과 어울리느라, 또 끊임없이 부부 싸움을 해대느라 언제나 바빴던 그들은 아이들의 교육에는 별반 관심이 없었다. 유창한 프랑스어 구사 능력과 천박한 유머 감각 말고는 이렇다하게 자랑할 것이 없었던 부친은 어린 알렉산드르의 자립심과 고집을 몹시 싫어하였다. 모친 역시 육아는 나 몰라라 하면서도 아이들 — 즉 뿌쉬낀과 동생 레프, 누이 올가 — 의 체벌에만 관심을 기울였고 알렉산드르의 고집 센 기질을 혐오하였다. 이런저런 이유로 어린 뿌쉬낀의 교육은 전적으로 프랑스에서 이민 온 가정 교사들에게 맡겨졌다.

어린 시절의 뿌쉬낀은 집 안에서 오로지 프랑스어만을 듣고 말하였으며 또한 당시의 습작 시 모두 프랑스어로 씌어졌다. 부모의 무관심은 그러나 다른 한편으로 아버지의 장서와 손님들에 의해 상쇄되었다. 그는 부친의 서재에 산더미처럼 쌓여 있는 프랑스 소설들, 플루타르코스 영웅전, 볼테르의 저작, 18세기 역사물, 애정시와 우화 등을 탐독할 수 있었으며, 부모를 방문한 많은 문인들 — 그 중에는 시인인 큰아버지 바실리 뿌쉬낀Vasilii Pushkin을 비롯하여 까람진N. Karamzin, 드미뜨리예프I. Dmitriev, 바쮸쉬꼬프K. Batiushkov 등이 있었다 — 의 대화를 귀동냥할 수 있었다. 게다가 현명한 외할머니 마리야 알렉세예브나Mariia Alekseevna와 구수한 이야기 솜씨가 일품인 유모 아리나 로지오노브나Arina Rodionovna 덕분에 러시아 민담과 전통을 자연스럽게 습득할 수 있었다. 유모는 훗날 『예브게니 오네긴*Evgenii Onegin*』, 「겨울밤*Zimnii vecher*」을 통해 불멸의 형상을 얻게 된다. 그의 어린 시절은 이렇게 유럽적인 것과 러시아적인 것이 교묘하게 어우러진 세련된 문화적 분위기 속에서 흘러갔다.

1801년부터 1803년까지 뿌쉬낀 일가는 교양과 높은 미적 감각으로 유명한 귀족 유수뽀프N. Iusupov 공작의 아르한겔스꼬예 영지에서 지냈다. 그는 볼테르, 디드로, 보마르셰 등과 개인적인 친분을 유지했을 뿐만 아니라 그의 장원은 로마와 프랑스 건축의 정수를 본뜬 것으로 위용과 세련된 미를 자랑하였으며, 그의 다양한 수집품들은 당대의 예술 애호가 사이에 널리 알려져 있었다. 1827년 아르한겔스꼬예를 방문한 뿌쉬낀은「어느 귀족에게 *K vel'mozhe*」라는 시를 통해 유수뽀프를 회상한 바 있다. 1805년부터 1810년까지 매년 여름을 뿌쉬낀은 모스끄바 인근 자하로보에서 할머니 마리야 알렉세예브나와 함께 지냈다. 자하로보 근처에 길게 펼쳐진 울창한 삼림은 할머니의 구수한 옛날 이야기와 더불어 어린 뿌쉬낀의 정서 형성에 지대한 영향을 미쳤다. 지극히 러시아적인 뽀에마(장편 서사시)「루슬란과 류드밀라 *Ruslan i Liudmila*」의 씨앗은 이미 이 시기의 자하로보에 뿌려졌다. 여기서 그는 러시아 민담에 등장하는 영웅들의 이야기를 밤새워 들었으며 또한 보리스 고두노프 Boris Godunov와 참칭자 드미뜨리에 관한 이야기를 통해 러시아 역사와도 접할 수 있었다.

1811년에 알렉산드르 1세는 뻬쩨르부르그 외곽의 짜르스꼬예 셀로에 상류층 자제를 위한 리쩨이(귀족 학교)를 개설하였다. 황제와 황실 가족이 입회한 자리에서 10월 19일 성대한 개교식이 거행되었다. 뿌쉬낀의 시들 중〈10월 19일〉이라는 제목이 붙은 것은 모두 이날을 회상하는 작품들이다. 리쩨이는 고위층 자녀들에게 최상의 교육을 제공하여 훗날 그들을 중요한 관직으로 유도하는 데 목적이 있었다. 뿌쉬낀은 그 해에 리쩨이에 입학하여 6년간 수학하였으며 1812년의 조국 전쟁도 여기서 체험하였다. 리쩨이는 3년간의 저급반과 3년간의 고급반으로 나뉘어 있었는데 교과 과정에는 무도, 펜싱, 승마, 수영 등의 체육과 윤리학 같은 형이상학적 과

목, 그리고 역사, 지리, 수학, 외국어 등이 포함되어 있었다. 게다가 꾸니찐A. Kunitsin, 갈리치A. Galich 등 우수한 교수들의 강의를 통해 자유주의적이고 진보적인 사상이 어린 소년들에게 전수되고 있었다. 짜르스꼬예 셀로는 잘 다듬어진 정원과 산책로, 연못 등으로 유명했으며 그 사이사이에 러시아 승전을 기념하는 탑과 조각상과 기념비가 세워져 있었다. 소년 뿌쉬낀의 마음에 애국심과 미에 대한 감각을 불어넣어 준 그곳의 정경은 1815년 뿌쉬낀이 상급반으로 진학하기 위한 시험 때 원로 시인 제르쟈빈G. Derzhavin 앞에서 낭송한 「짜르스꼬예 셀로의 회상 Vospominanie v Tsarskom Sele」에 잘 나타나 있다.

리쩨이 시절 뿌쉬낀은 방만함과 게으름으로 그리고 시적 재능으로 두각을 나타냈다. 당시 그의 학적부에는 그가 〈매우 섬세한 지성〉의 소유자이고 독서량도 상당히 많지만 〈그 나이에 맞는 책을 읽지 않는 것이 유감스러우〉며, 그의 지식은 〈피상적인〉 편이고 성격은 〈격하기〉 쉽지만 〈타인의 충고를 겸손하게 받아들일 줄 안다〉라고 적혀 있다. 물론 이 시기의 그의 작품들을 독창적이라고 보기는 어렵다. 대부분의 시들이 프랑스 시와 18세기 러시아 시의 모방에 불과하지만 그럼에도 뿌쉬낀의 나이를 고려해 본다면 지나치게 조숙하다는 인상을 준다. 어쨌든 이미 이 시기에 그는 학교 친구들과 기성 문인들 사이에서 탁월한 시적 재능을 인정받았다. 당대 최고의 시인 중 한 사람이었던 쥬꼬프스끼V. Zhukovskii는 소년 알렉산드르의 시를 읽고서 감격하여 뱌젬스끼P. Viazemskii에게 보내는 편지에 그를 〈기적을 만드는 소년〉이자 〈우리 문학의 희망〉이라 격찬하는 한편 〈우리 모두 힘을 합쳐 미래의 거인이 자라나는 것을 도와 주자〉고 썼다. 원로 시인의 이러한 격찬 속에서 그는 약관 15세의 나이에 〈아르자마스Arzamas〉 협회의 회원이 되었다. 아르자마스란 쥬꼬프스끼, 바쥬쉬꼬프, 뱌젬스끼 등 당대의 쟁쟁한 문인들이 주축이 되어 1815년에 결성한 문학 서클로서 까람진이 시작한 문학 및 문학어의 개혁을 활성화시키고 의고주의자였던 쉬쉬꼬프A. Shishkov와 그의 〈러시아어 애호가 모임Beseda liubitelei russkogo slova〉의 활동을 방해하는 것을 주된 목표로 삼았다. 이 모임은 일체의 신조어와 외래어를 부정하였으며 러시아 문학어의 토대로서 고대 교회 슬라브 어를 사용할 것을 주장하였으므로 그들의 극단적 보수주의는 빈번한 조롱의 대상이 되었다.

뿌쉬낀은 초기부터 세월의 무상성과 죽음에 대한 사색을 테마로 하는 엘레지 풍의 시, 삶에 대한 사랑을 구가하는 아나크레온 풍의 시, 황제의 총신 아락체예프를 빗대어 쓴 「리키니우스에게Litsiniiu」처럼 신랄한 정치시, 당시 그와 친했던 뿌쉬낀I. Pushchin, 젤비그A. Del'vig, 뀨헬베께르V. Kiukhel'beker 등을 회상하는 우정에 관한 시 등, 다양한 테마와 형식을 섭렵하였다. 이 시기의 시들은 문학적 가치라는 점에서보다는 오히려 기존의 문학적 관례를 빠르게 습득하는 한 조숙한 소년 시인의 모습을 극명하게 보여 준다는 점에서 그 의의가 있다고 할 수 있다.

1817년에 리쩨이를 졸업한 뿌쉬낀은 뻬쩨르부르그의 외무성에 들어갔다. 그가 얻은 관직은 이름뿐인 것으로 그때부터 약 3년간 그는 방탕한 생활에 젖어 들게 된다. 그러나 음주와 무절제한 생활 속에서도 그는 연애시와 풍자시 경구 등을 써 내려갔는데 이 시기를 대표하는 작품으로는 무엇보다도 장편 서사시 「루슬란과 류드밀라」를 들 수 있을 것이다. 1817년에 리쩨이에서 씌어지기 시작하여 1820년 3월에 탈고된 이 작품은 진실로 러시아적인 영웅시를 써야겠다는 일종의 사명감에서 씌어진 것으로, 러시아 동화와 전설, 서구의 기사 문학이 절묘하게 결합되었다는 평가와 함께 뿌쉬낀의 시적 독창성을 최초로 입증해 준 작품이자 러시아 낭만주의의 도래를 알리는 효시가 되었다는 문학사적 평가를 받게 되는 작품이다. 뿌쉬낀의 전기에서 항상 전설처럼 언급되어 온 쥬꼬프스끼의 반응을 여기서도 반복하자면, 그것을 읽은 쥬꼬프스끼는 자신의 초상화에 〈승리한 제자에게 패배한 스승이〉라는 구절을 적어 젊은 후학에게 선물했다고 한다. 그러나 당시의 독자들, 특히 보수적인 구세대의 눈에 이 작품은 지나치게 방만하고 경박하고 심지어 부분적으로 외설스럽게까지 여겨졌고, 따라서 그에게 쏟아진 비난은 칭찬 못지않게 심각한 것이었다.

당시 뿌쉬낀은 비밀 정치 조직에 직접적으로 관련된 많은 문인들과 친분을 맺고 있었으며 진보적 문학 단체인 〈푸른 램프Zelenaia lampa〉의 회원으로 가입했다. 그는 무르익어 가고 있는 자유주의의 분위기 속에서 「자유Vol'nost'」, 「차아다예프에게K Chaadaevu」, 「시골Derevnia」 등, 소위 저항시와 농노제의 실상을 고발하는 경향의 시들을 썼다. 그러나 그의 모든 〈혁명적인〉 시들에도 불구하고 그가 비밀 조직에 실질적으로 가입했던 적은 없었다. 친구들은 그의 수다스러움과 경박함을 불신했으며 또한 정치적인 중대한 임무를 수행할 만한 배짱이 없다고 생각하여 정말 중요한 정보는 그에게 비밀로 했기 때문이다. 그러나 그의 정치시들은 어마어마

한 영향력을 행사하였다. 대부분의 지식인들이 그의 시를 암송하였으며 젊은이들은 그의 시를 통해 자유 사상을 고취하였다. 필사본 형태로 손에서 손을 거쳐 유포된 그의 정치시들은 당연히 정부의 주목을 받게 되었는데, 그는 영향력 있는 선배들, 이를테면 까람진, 글린까F. Glinka의 중재 덕분에 간신히 투옥을 모면하고 대신 러시아 남부의 예까쩨리노슬라프 — 현재의 드네쁘로뻬뜨로프스끄 — 로 추방되었다. 1820년 5월의 일이었다.

그의 〈남부 유배〉 생활은 상당히 순조롭게 시작되었다. 그는 명목상으로나마 공직을 유지할 수 있었고 다행스럽게도 그의 상관인 인조프I. Inzov 장군은 관대한 사람이었다. 따라서 유배당한 러시아 작가들에게 공통적인 축복인 글쓰기의 여가가 그에게도 찾아왔다. 그는 폭넓은 독서와 시작(詩作)으로 대부분의 시간을 보냈으며 아이러니컬하게도 그의 전 생애를 통해 가장 완벽하게 자유를 숨쉴 수 있었다. 더욱 다행스러운 사실은, 그가 병을 빙자하여 라예프스끼N. Raevskii 장군 일가와 함께 까프까즈로 떠나게 되었다는 것이다. 이국적인 까프까즈는 그에게 여러 면에서 시적 영감의 원천이 되었다. 천혜의 절경과 다채로운 풍속, 거친 원주민들과 접하면서 그는 영국 낭만주의의 상징적 시인인 바이런의 시를 탐독할 기회를 가지게 되었고, 게다가 장군의 딸 마리야는 그에게 달콤한 사랑의 감정을 불러일으켰다. 여기서 뿌쉬낀의 소위 〈바이런 시대〉가 열리게 된 것은 매우 자연스러운 일이었다. 1820년 9월에 뿌쉬낀은 상관인 인조프 장군이 베사라비아의 수도 끼쉬뇨프로 전근됨에 따라 함께 그곳으로 옮겨갔다. 끼쉬뇨프는 기묘한 고장이었다. 주민들은 여러 국적의 사람들이었으며, 문화니 교양이니 하는 것보다는 명랑함과 방종함과 여러 가지 사회악이 자유라는 이름으로 그곳을 지배하고 있었다. 그러나 이곳 역시 나름대로 흥미 있는 곳이었다. 여기서 그는 오를로프M. Orlov, 라예프스끼V. Raevskii, 오호뜨니꼬프K. Okhotnikov 등 비밀 조직의 핵심 멤버들과 알게 되었고 또 터키의 지배에 반대하여 봉기를 준비하는 그리스 혁명 대장 이프실란티A. Ypsilanti와도 교분을 맺게 되었다. 끼쉬뇨프의 방종한 분위기에 응수라도 하듯 그는 성모 수태고지를 패러디한 불경하고 외설스럽기 짝이 없는 「가브릴리아다Gavriliada」를 집필하였다. 이 작품에서 그가 패러디하고 있는 것이 진정한 기독교가 아닌 사이비 신앙과 위선적인 경건주의라 해석한다 해도 그것은 여전히 예술적 가치 측면에서 뿌쉬낀의 명성에 큰 기여를 하지는 못했다고 보여진다. 여기서 그는 또한 바이런 풍의, 그렇지만 강렬한 흡인력에 있어서는 바이런을 능가하지는 못하는 장편 서사시 「까프까즈의 포로Kavkazskii Plennik」 — 소위 〈남부 뽀에마〉들 중 최초의 것임 — 와 이국적인 공간을 배경으로 하는 「바흐치사라이의 분수Bakhchisaraiskii fontan」 등을 집필하였다.

뿌쉬낀은 베사라비아에 머무는 동안 제까브리스뜨들의 주요 센터들 중 하나가 된 까멘까, 끼예프 및 몰다비아 등지를 여행하였다. 그러다가 1823년 그는 끼쉬뇨프보다 훨씬 문화적 전통이 깊은 오데사로 이송되었다. 바로 여기서 시인으로서의 그의 진면목이 유감없이 발휘되는데, 이때 씌어진 「집시Tsygany」는 비로소 바이런에 대한 단순한 모방 차원이 아닌 진정한 뿌쉬낀 식의 명료함과 개성을 보여 주는 작품이다. 그는 또 이곳에서 운문소설 『예브게니 오네긴』의 집필을 시작하였다. 오데사에서 뿌쉬낀은 그의 일생에서 매우 중요한 위치를 차지하는 두 명의 여성을 만나게 되는데, 아말리야 리즈니치Amaliia Riznich라는 이탈리아 여성 — 그녀는 세르비아 거상의 부인이었다 — 과 뿌쉬낀의 상관인 보론쪼프M. Vorontsov 장군의 아내 옐리자베따 보론쪼바 백작 부인이 그들이다. 전자는 그 아름다운 용모로, 후자는 지적인 감수성으로 뿌쉬낀을 매혹시켰다. 당연한 일이겠지만 보론쪼프 장군에게 뿌쉬낀은 눈엣가시 같은 존재였고 그를 없애기 위해 온갖 수단을 강구하던 장군은 마침내 빌미를 잡게 되었다. 즉 뿌쉬낀의 서한을 검열하던 중 분명하게 무신론적인 구절을 발견하였던 것이다. 그리하여 불경죄의 오명을 쓰게 된 뿌쉬낀은 이번에는 쁘스꼬프 현의 미하일로프스꼬예 마을로 추방되었다. 그곳에는 어머니의 영지가 있었다. 오데사를 떠나면서 뿌쉬낀은 남부에서 그를 사로잡았던 낭만주의와도 작별하였다. 사실 그는 낭만주의에 걸맞은 성격은 아니었다. 그 모든 방만함과 자유에 대한 광적인 집착과 무절제한 연애에도 불구하고 그의 정신은 다른 한편으로 고전주의적 질서의 지배를 받고 있었던 것이다.

미하일로프스꼬예 마을에서 뿌쉬낀은 1824년 7월부터 2년 정도 체류하였다. 뿌쉬낀의 서한에 의하면 그를 감독하는 임무를 부여받은 감독관은 그의 아버지에게 그를 감시할 것을 은근히 부탁했다. 뿌쉬낀의 추방에 불같이 노여워했던 부친은 그와 일체의 의사 소통을 거부하였고, 심지어 아들을 괴물이라 부르기까지 했다. 그러나 부친과의 불화에도 불구하고 미하일로프스꼬예는 그에게 또 다른 독서의 즐거움을 부여했다. 이번에는 셰익스피어였다. 그는 남부 유배기에 시작했던 『예브게니 오네긴』의 집필을 계속하는 한편 셰익스피어를 탐독하였고 그 영향을 받아 사극 「보리스 고두노프 Boris Godunov」를 집필하였다. 범속한 지주의 일상성을 소재로 한 소극적(笑劇的) 뽀에마 「눌린 백작 Graf Nulin」도 1825년 12월에 완성하였다. 한편 미하일로프스꼬예에서의 생활을 좀더 견딜 만하게 만들어 준 것은 인근 뜨리고르스꼬예 마을에 거주하던 오시뽀바 부인 P. Osipova과 그녀의 두 딸, 그리고 유모 아리나였다. 유모에 대한 애틋한 사랑을 담고 있는 유명한 「겨울 저녁」은 이 시기에 씌어졌다.

1825년 1월에는 리쩨이 시절의 친구 뿌쉬친이, 그리고 4월에는 젤비그가 미하일로프스꼬예에 있는 뿌쉬낀을 방문했다. 여러 가지 정황으로 미루어 이들은 뿌쉬낀을 방문하여 러시아에 전제 정치에 반대하는 비밀 결사가 존재하고 있음을 말해 주었던 것 같다. 뿌쉬친은 훗날에 〈제까브리스뜨〉— 12월 당원 — 라고 불리게 될 비밀 결사의 북부 지부의 대장이었던 릴레예프 K. Ryleev의 호전적인 서한과 그리보예도프 A. Griboedov의 「지혜의 슬픔 Gore ot uma」을 가져왔다. 당대를 풍미하던 문인과 귀족 장교들로 구성된 이 비밀 조직은 1825년 12월 14일 뻬쩨르부르그에서 분연히 궐기하였으나 그들의 봉기는 니꼴라이 1세에 의해 즉시 진압되었다. 적극 가담자 다섯 명은 교수형에 처해졌고 나머지는 시베리아와 까프까즈로 유배되었다. 문학적으로 볼 때 제까브리스뜨 봉기 실패의 가장 큰 손실은 훌륭한 문인들이 집필을 중단해야 했다는 점일 것이다. 뿌쉬낀은 뻬쩨르부르그에서 일어난 봉기와 대부분 자신의 친구들이었던 제까브리스뜨들의 체포 유배 소식을 미하일로프스꼬예에서 들었다. 비록 자신은 형을 받지 않았지만 친구들의 비극적인 운명에 가슴 아파하면서 그는 『예브게니 오네긴』의 5장과 6장을 완성했으며 미하일로프스꼬예에서의 마지막 날은 시인의 숭고한 사명을 노래한 시 「예언자Prorok」를 쓰는 데 바쳤다.

뿌쉬낀은 미하일로프스꼬예에서의 체류 덕분에 제까브리스뜨의 반란에 직접 가담할 수 없었고 결과적으로는 체포의 위험에서 벗어날 수 있었다. 물론 그의 시는 여전히 불온 문서에 해당되었고, 체포된 제까브리스뜨의 소지품에는 손으로 쓴 뿌쉬낀의 시가 예외 없이 발견되었다. 그러나 반란 현장에서 멀리 떨어져 있던 그를 체포할 충분한 증거가 없었기에 당국은 그저 의심에 찬 눈길로 그를 감시하는 수밖에 없었다. 그런데 마침 1826년 9월 짜르 니꼴라이 1세는 추방된 시인을 모스끄바로 불러들이라는 명령을 내렸다. 짜르의 속셈은 자기가 앞으로 펴게 될 반동 정치의 입막음으로 가장 우수한 시인을 이용하려는 것이었다. 그리하여 시의 제왕은 권력의 제왕과 단독으로 만나게 되었다. 미하일로프스꼬예에서, 뿌쉬낀 자신의 말을 빌리면, 〈옷을 갈아입을 겨를도 없이〉 곧바로 짜르 앞에 대령한 뿌쉬낀에게 짜르는 〈앞으로는 분별 있게 행동하기를 바란다〉고 따끔하게 일침을 놓은 다음 이제부터는 자신이 뿌쉬낀의 검열관이 되겠노라고 공언했다고 전해진다. 동시에 그는 시인에게 자신이 앞으로 민주적인 행정을 펴겠노라는 공약도 잊지 않았다. 짜르의 의도는 분명해졌다. 직접 시인의 검열관이 됨으로써 그는 이 위대한 시인을 사전에 묶어 두고 또 그에게 은밀한 회유의 추파를 던짐으로써 대중의 눈에 시인이 자기 편이라는 인상을 주고 싶었던 것이다. 짜르는 또한 저 악명 높은 〈제3부서〉의 의장 벤

겐도르프A. Benkendorf 백작에게 뿌쉬낀의 감시를 명하였고 이 변덕스럽고 무지한 짜르의 심복은 짜르와 시인의 중재자로서의 본분을 다하기 위해 뿌쉬낀의 일거수일투족을 감시하였다. 이중의 감시 체계 하에 놓인 뿌쉬낀은 표면상으로는 자유인이었으나 수인과 마찬가지의 삶을 영위할 수밖에 없었다.

그러나 짜르의 회유 정책이 아니었다 해도 뿌쉬낀은 제까브리스뜨들처럼 기존 정치 질서에 반기를 들 의도는 없었다고 여겨진다. 물론 그는 자유를 그 누구보다도 희구한 시인이었지만, 엄밀히 말해서 그의 자유에 대한 관념은 혁명이라든가 정치적 행동과 맞물리는 것은 아니었다. 미하일로프스꼬예에서부터 시작된 그의 역사 탐구는 점차 혁명의 불가피성에 대한 의혹으로 발전하였다. 그는 어찌 되었건 러시아의 해묵은 귀족 집안 출신의, 시와 문화와 예술을 사랑한 시인이었다. 그에게 정치적 자유와 평준화와 민주화는 방만한 문화의 하향 조정을 의미할 수도 있었고 따라서 그는 점차 정치적 자유보다는 개인적 자유에 집착하게 되었다. 아마도 그가 저항 정신과 정치적 열정을 점차 누그러뜨리게 된 것은 미하일로프스꼬예에서 체류할 때부터일 것이다. 비록 황제와 단독 면담하는 자리에서 그는 〈당신이 반란 현장에 있었더라면 당신도 거기 참가했을 거냐〉는 황제의 질문에 〈물론 그렇다〉라고 단호하게 대답하였고 또 제까브리스뜨에 동조하는 시들을 발표하였지만 그의 낭만주의적이고 정열적인 시가 점차 보다 냉정한 시로 바뀌어 갔듯이 그의 혁명적 기질과 진보적 자유주의 또한 시들해져 갔다. 그렇게 된 원인은 여러 가지가 있겠지만 무엇보다도 제까브리스뜨 봉기가 실패했고, 그의 문학관이 제까브리스뜨 시인들의 문학관과 전혀 달랐다는 점이 주된 이유였을 것이다. 시와 예술의 자유가 그에게는 정치 이데올로기보다 더 중요했던 것이다.

모스끄바에서의 첫 나날은 시인에게 제법 우호적으로 지나갔다. 민중은 위대한 시인을 환호하며 맞았다. 새로운 작품들이 출판되었고 옛날 작품들은 재판되기 시작했다. 비평가들은 그에게 자못 친절했고 그의 명성은 점점 더 커졌다. 그는 「예언자」, 「시인Poet」, 「아리온Arion」 등의 작품에서 피력한 바 있는 시인의 소명에 충실하려고 노력하는 한편 자기의 외증조부인 아브람 한니발Abram Gannibal에 관한 소설을 쓰기 시작했고 또 절대 군주를 찬양하는 「뽈따바Poltava」를 썼다. 그러나 이 시기의 뿌쉬낀은 정서적으로 상당히 불안한 상태였고 마치 모든 세속적인 일을 잊으려는 듯 수시로 모스끄바와 뻬쩨르부르그를 오갔으며 미하일로프스꼬예와 까프까즈를 방문하는 등 쉼 없는 여행을 계속하였다.

자유에 대한 뿌쉬낀의 열망에 결정적으로 먹구름이 끼게 한 것은 1828년 모스끄바의 한 무도회에서 만난 16세의 미녀 나딸리야 곤차로바Nataliia Goncharova였다. 라파엘로의 〈마돈나〉와 놀랍도록 유사한 그녀의 미모에 감전되다시피 한 뿌쉬낀은 다음 해 봄에 그녀에게 청혼한다. 곤차로바의 어머니는 이렇다저렇다 대답을 하지 않은 채 그 청혼을 유보시켰고 나딸리야는 뿌쉬낀의 열렬한 구애에 지속적으로 냉담하게 대했다. 전기 작가들은 허영심 많고 냉혹하고 속물적인 나딸리야가 뿌쉬낀을 매혹시킨 것은 다름 아닌 그녀의 냉정함이었을 것이라고 추측한다. 그 동안 뿌쉬낀을 사랑했던 무수한 여인들이 언제나 그의 구애에 적극적으로 반응하였던 반면 나딸리야는 시종일관 냉담했고 바로 이 점이 뿌쉬낀을 더욱 애타게 했을 것이라는 얘기다. 이래저래 낙담한 뿌쉬낀은 기분 전환도 할 겸 1829년 까프까즈로 떠났다. 그는 그곳에서 터키 마을 아르즈룸을 방문했다. 이때의 여행은 훗날 패러디적 기행문 「아르즈룸 여행 *Puteshestvie v Arzrum*」에 기록되어 있다.

여행에서 돌아왔을 때에도 사정은 나아지지 않았다. 곤차로바 부인은 냉담하게 그를 맞아들였다. 더욱이 메쉬체르스끼 공작이 나딸리야에게 은밀하게 애정을 표현하고 있던 상황이었으므로 부인은 오만하기 그지없었고, 이에 뿌쉬낀은 여행 전보다도 더욱 낙담하였다. 그리하여 해외 여행을 결심한 그는 감독관인 벤껜도르프에게 자기의 소망을 피력하였지만 그의 간청은 받아들여지지 않았다. 그러는 사이에 메쉬체르스끼 공작의 구애는 시들해졌고 게다가 나딸리야에게는 지참금이 없었던 까닭에 더 나은 구혼자가 나타날 조짐도 보이지 않았으므로 곤차로바 부인은 뿌쉬낀을 사위로 맞기로 결정했다. 마침내 뿌쉬낀의 소망은 이루어지게 되었다. 그러나 그들의 약혼은 그의 삶을 더욱 복잡하게 만들었다. 뿌쉬낀은 위선적이고 천박한 장래의 장모와 심각한 의사 소통의 장애를 경험했고 그들간의 말다툼은 끊어질 새가 없었다. 게다가 경제적인 문제도 만만치가 않았다. 곤차로바는 그야말로 무일푼인 데다가 허영심과 낭비벽까지 있었으므로 결혼 전에 뿌쉬낀은 어느 정도의 재산을 마련해야만 했던 것이다. 사실 뿌쉬낀이 결혼을 결정한 것은 나딸리야의 범접하기 어려운 차가운 미모 때문이기도 했지만 그때까지의 여성 편력에 종지부를 찍고 안정된 가정 생활을 영위하고자 하는 내면의 소망 때문이기도 했다. 그러나 그들의 결혼은 안정과는 거리가 먼 것이었다.

뿌쉬낀의 결혼 결정을 들은 부친은 비로소 안도하며 니즈니 노브고로드의 볼지노에 있는 영지를 결혼 자금으로 대주었다. 장모와의 말다툼 끝에 뿌쉬낀은 머리도 식힐 겸 재정 상태를 점검도 할 겸해서 1830년 가을에 볼지노를 방문하였다. 그는 그곳에서 며칠만 머무를 예정이었으나 콜레라가 창궐하는 바람에 석 달 가량 머무르게 되었다. 그리하여 전기 작가들이 말하는 〈놀라운 볼지노의 가을〉이 시작되었다. 여기서 그는 『예브게니 오네긴』의 초고를 완성했을 뿐 아니라 「꼴롬나의 작은 집 Domik v Kolomne」, 〈작은 비극들 Malen'kie tragedii〉, 「엘레지 Elegiia」, 「잠 안 오는 밤에 쓴 시 Stikhi sochinennye noch'iu vo vremia bessonnitsy」, 「나의 가문 Moia radoslovnaia」 등 탁월한 서정시들과 「고 이반 뻬뜨로비치 벨낀의 이야기 Povesti Pokoinogo Ivana Petrobicha Belkina」, 「고류히노 마을의 이야기 Istoriia sela Goriukhina」, 「사제와 그의 하인 발다 이야기 Skazka o pope i o rabotnike ego Balde」 등의 산문을 집필하였던 것이다. 볼지노의 가을은 창작의 신비를 보여주는 훌륭한 예라 할 수 있다. 미래에 대한 불안과 전염병의 위협 속에서 뿌쉬낀은 그 어느 때보다도 치열하게 창작의 열정을 불태울 수 있었다. 볼지노 가을의 특징은 모든 작품이 장르 면에서 각양각색이라는 점이다. 서정시, 장편 서사시, 소설, 희곡 등 그의 가을은 화려한 장르의 색실로 수놓아졌다. 특히 서정시 위주였던 그의 작품이 산문과 드라마의 양극적 대립으로 유도되었다는 사실은 주목을 끈다. 이미 1821년에 산문에 관한 의견 ─ 정확성과 간결성은 산문의 가장 중요한 미덕이다 — 을 피력한 바 있는 뿌쉬낀은 10년 후에야 비로소 볼지노에서 자신의 의견을 「고 이반 뻬뜨로비치 벨낀의 이야기」와 「고류히노 마을의 이야기」를 통해 예술적으로 실현할 수 있었다. 그는 또한 일상적인 삶과 고상한 이상, 정열과 윤리로 대비되는 이중성의 문제를 파고든 일련의 소비극을 창작함으로써 러시아 드라마 사에 지울 수 없는 한 획을 긋게 되었다.

이곳에서 그는 약혼녀와 떨어져 있음을 아쉽게 생각하기보다는 오히려 다행스럽게 생각했을 것이라고 추측된다. 그는 결혼을 하나의 숙명으로 생각했다. 나딸리야가 미모밖에는 취할 것이 없다는 것을 잘 알면서도 이미 구르기 시작한 수레바퀴처럼 결혼을 향해 치닫는 운명의 발길을 멈추게 할 수는 없었다. 볼지노에서 쓴 연애시가 나딸리야가 아닌 이탈리아에서 사망한 예전의 연인 아말리야 리즈니치에게 헌정되었다는 것은 결혼에 대한 그의 비전이 얼마나 부정적이었는가를 말해 준다.

1831년 2월에 뿌쉬낀은 마침내 모스끄바에서 혼인식을 올렸다. 신혼 부부는 모스끄바에서 며칠을 보낸 뒤 짜르스꼬예 셀로로 옮겨가 여름을 보냈다. 자기의 문학적 고향이라 할 수 있는 짜르스꼬예 셀로에서 그는 「오네긴의 편지」를 집필함으로써 마침내 운문소설에 종지부를 찍었다. 그리고 그 해 가을에 뻬쩨르부르그에 정착하였다. 신혼 생활은 처음엔 그다지 나쁘지 않았다. 그는 심지어 〈행복하다〉고 느끼기까지 했다. 1832년 5월에는 첫딸 마리야가 태어났고 1833년 7월에는 둘째 딸 알렉산드라가 태어났다. 그러나 신혼의 행복은 나딸리야의 사치와 남편의 시적 천재성에 대한 무관심으로 인해 점차 악몽으로 바뀌어 갔다. 나딸리야는 그 미모로 사교계의 여왕이 되었고 날이면 날마다 야회와 무도회를 전전하며 명사들에게 교태를 부렸다. 물론 이 모든 사치에 대한 비용은 뿌쉬낀이 충당해야 했다. 그는 돈을 벌기 위해 집필을 해야 했지만 집필을 하기 위한 시간적 여유도, 정신적 안정도 그에겐 주어지지 않았고, 빚쟁이의 독촉은 날이 갈수록 심해졌다. 그러는 와중에도 그는 새로이 샘솟는 18세기 러시아 역사에 대한 지적 호기심을 충족시키려 애썼다. 1831년에 그는 고문서국에서 작업해도 좋다는 허락을 받았으며 〈사료 편찬관〉이라는 관직을 받아 뾰뜨르 시대의 역사 편찬에 손을 댔다. 짜르는 이러한 특혜를 통해 더 더욱 뿌쉬낀을 자신에게 예속시키고자 했다.

1831년은 정치적으로 매우 불안한 해였다. 콜레라 창궐로 인한 민중 봉기가 심각한 사회 문제가 되었으며, 폴란드와의 분쟁은 유럽과 러시아간의 관계를 악화시켰다. 이러한 상황에 직면하여 뿌쉬낀은 오로지 강력한 정부만이 러시아의 구원을 보장해 줄 수 있다고 생각했으며 그러한 사상을 반영하는 「성스러운 무덤 앞에 서서 *Pered grobnitseiu sviatoi*」와 「러시아를 비방하는 이들에게 *Klevetnikam Rossii*」를 썼다. 이들 시는 독자들에게 시인의 정치적인 변절로 받아들여졌고 뿌쉬낀의 인기는 유럽과 러시아에서 땅으로 곤두박질쳤다. 아이러니컬하게도 뿌쉬낀은 다른 한편에서 언론인 불가린 F. Bulgarin으로부터 자유주의와 급진주의 사상을 젊어서부터 품고 있었다는 비난을 받았다. 신문 「북방의 벌 *Severnaia pchela*」과 잡지 『조국의 아들 *Syn Otechestva*』의 발행인이었던 불가린은 뿌쉬낀이 잡지를 발행할지도 모른다는 불안감에서, 그리고 그가 젤비그의 「문학 신문 *Literaturnaia gazeta*」에 참여하고 있는 것이 못마땅해서 그를 비방했다. 어용 언론인이었던 그는 뿌쉬낀과 정부의 관계가 우호적인 것에 경각심을 느꼈던 것이다. 뿌쉬낀은 「나의 가문」 및 일련의 경구를 통해 불가린의 철면피한 행동에 일침을 놓았다.

1830년대는 뿌쉬낀에게 있어 산문의 시대라 할 수 있다. 서정시보다는 산문이 그의 창작을 지배하기 시작했다. 앞에서 말한 「벨낀 이야기」를 비롯해 전통적인 모험 소설의 골격을 갖춘 미완성 소설 「두브로프스끼 Dubrovskii」(1832~1833)가 이때 씌어졌으며 또한 뿌가쵸프 반란에 관한 역사 소설을 쓰려는 생각이 그를 강력하게 사로잡았다. 그리하여 그는 자신의 산문적 비전에 근거를 제공하기 위해 1833년 볼가 강 유역과 우랄 지방을 여행했다. 이곳에서 그는 책으로 접할 수 없었던 생생한 현장 정보를 얻었을 뿐 아니라 18세기 농민 전쟁(1773~1775)에 참가했던 사람들을 직접 만나 볼 수 있었고, 또 뿌가쵸프 반란에 관한 민간 전승과 야사 등을 들을 수 있었다. 그는 그 해 가을 뻬쩨르부르그로 돌아오는 길에 다시 볼지노에 들렀다. 여기서 그는 오랜만의 평화와 고독을 만끽할 수 있게 되었고 또다시 창작에 몰두하였다. 볼지노에서 보낸 10월부터 11월까지의 약 6주간은 그의 생애에서 마지막으로 주어진 온전한 집필 시간이었다. 그 시기는 비록 짧았지만 1830년의 볼지노의 가을 못지 않게 생산적인 〈제2의 볼지노의 가을〉이었다. 그는 단편 소설의 정수라 할 수 있는 「스페이드의 여왕 Pikovaia dama」을 쓰기 시작했고 뿌가쵸프 반란에 관한 역사물인 「뿌가쵸프 반란사 Istoriia pugachevskogo bunta」를 탈고하는 한편 민담 「어부와 물고기 이야기 Skazka o rybake i rybke」를 썼으며 뿌에마

「안젤로*Andzhelo*」, 서사적 뽀에마의 절정이라 할 수 있는 「청동 기마상*Mednyi vsadnik*」의 초고를 완성하였다. 이 시기의 창작열과 시인의 심리적 상태는 연작시 「가을*Osen'*」에 반영되어 있다.

1833년 11월 뿌쉬낀은 뻬쩨르부르그로 돌아왔다. 뻬쩨르부르그는 그에게 환멸만을 주었다. 1826년에 그를 단독으로 면담하는 자리에서 황제가 그에게 약속했던 정치 개혁과 농민 문제의 해결은 이행되지 않았고, 귀족들은 안이한 삶을 영위하고 있었다. 뿌쉬낀의 마지막 3년은 환멸과 절망, 그리고 지적인 의사 소통의 단절로 점철되었다. 그의 불안한 삶을 더욱 불안하게 만들기라도 하듯이 경박한 아내의 새로운 연인으로 이번에는 황제가 등장하였다. 황제는 나딸리야의 미모에 노골적인 추파를 보내기 시작했으며 그녀를 궁중에 잡아 놓기 위해 1834년 1월 1일자로 뿌쉬낀을 〈시종보〉에 임명하였다. 10대 소년에게나 합당한 이 직책은 30대의 위대한 시인에게는 명백한 모욕이었다. 그의 임무란 광대 같은 제복을 입고서 아름다운 부인을 궁정 연회에 모시고 가는 일이었으므로 누구의 눈에도 그가 황제의 어릿광대로 전락한 것이 확실해 졌다. 이 사건에서 황제의 역할은 이중적이었다. 그는 아름다운 나딸리야를 코앞에서 감상하는 한편 반동 정책을 강화시키기 위해 젊은 급진주의자들의 우상이 될 수도 있었을 뿌쉬낀을 시종으로 전락시켰던 것이다. 그러는 사이에도 빚은 눈덩이처럼 불어났다. 그는 친지들과 고리 대금 업자의 돈을 빌려 썼을 뿐 아니라 국고의 돈까지 차용했다. 따라서 시종보의 자리가 아무리 치욕스러워도 관직에서 떠나기도 어려운 처지가 되고 말았다. 그에 대한 정부의 눈초리는 점점 사나워져「청동 기마상」은 출간이 금지되었고 고문 서국에서의 작업 허가는 취소되었다. 그는 직업 작가로서 돈을 벌어야 했고 따라서 1834년 말부터 1835년 초까지『예브게니 오네긴』의 완결본과 시집, 단편집 등을 출간하였다. 그러나 비평가들은 입을 모아 뿌쉬낀의 재능이 퇴화했음을, 이제 그의 시대는 지나갔음을 외쳐 댔다. 실제로 볼지노에서 보낸 1834년 가을 — 세 번째이자 마지막인 볼지노 가을 — 과 미하일로프스꼬예에서 보낸 1835년 가을은 신통치 않아 보였다. 그러나 비평가들은 뿌쉬낀이 새로운 국면에 접어들고 있음을 눈치채지 못했다. 그들은 뿌쉬낀이 장르와 형식의 실험을 꾀하고 있으며 또 다른 위대한 작품이 준비중에 있다는 사실을 모르고 있었던 것이다.

한편 오랫동안 꿈꿔 오던 문학 잡지의 발행이 1836년에 허가되었다. 그러나 정치적 뉴스는 다룰 수 없고 월간지가 아닌 계간지여야 한다는 단서가 붙어 있었다. 그는 잡지의 제목을『현대인 Sovremennik』으로 정하고 창간호에 일종의 우회적인 제스처로서「뾰뜨르 1세의 주연 Pir Petra Pervogo」을 게재하여 황제에게 정치범의 석방을 호소하였다. 잡지는 뿌쉬낀의 모든 노력에도 불구하고 실패였다. 수준 높은 문학지에 대중은 냉담하였다. 잡지 발행을 통해 재정난을 완화시키려 했던 뿌쉬낀에게 잡지는 출판 비용과 원고료도 마련해 주지 못했다. 그래서 뿌쉬낀은 잡지의 반 이상을 자신의 작품으로 채워야 했다. 역사 소설과 민담을 절묘하게 결합시킨 그의 장편『대위의 딸 Kapitanskaia dochka』도『현대인』지에 처음으로 발표되었다. 1836년에 씌어진「시간이 되었소 친구여, 시간이……! Pora moi drug, pora……!」는 이 시기의 그의 마음을 가장 잘 표현한다고 보여진다.

한편 사교계의 여왕으로서 그 명성이 절정에 이른 나딸리야는 새로운 염문을 가지고 뿌쉬낀을 괴롭히기 시작했다. 뻬쩨르부르그 주재 네덜란드 공사 헤케른L. Heckeren 남작의 양자로 입적된 프랑스 인 단테스G. d'Anthès는 잘생긴 용모를 무기 삼아 뻬쩨르부르그 살롱계를 휘젓고 다녔는데, 자신의 여성 편력에 화려한 장식을 더해 주고 싶었던지 나딸리야에게 집요하게 구애를 하고 있었던 것이다. 단테스와 나딸리야의 염문은 여러 가지 억측을 불러일으켰지만 고전적인 해석은 두 가지로 요약된다. 우선 그의 양부인 헤케른이 양아들의 인기를 질투한 나머지 나딸리야에 대한 그의 구애를 은근히 부추겼다는 설이 있다. 그의 속셈은 간단했다. 나딸리야의 남편이 그 사실을 알게 되어 자신의 양아들을 제거해 주기 바랐던 것이다. 두 번째 추측은 두 사람의 염문이 교묘하게 조작된 시나리오라는 것이다. 즉 나딸리야와 황제의 불륜을 덮어 주기 위한 일종의 눈가림이었다는 얘기다.

어찌 되었건 아내의 불륜을 은밀히 암시하는 익명의 투서가 뿌쉬낀과 그의 친지들에게 날아들기 시작했다. 단테스를 이전부터 의심해 오던 뿌쉬낀은 그에게 결투를 신청했다. 헤케른은 사태가 심상치 않음을 인식하고 아들에게 의심을 불식시키기 위한 미봉책으로 나딸리야의 동생 까쩨리나와 결혼할 것을 종용했다. 마침내 단테스는 까쩨리나와 결혼했다. 그러나 머지않아 그 결혼은 나딸리야에게 더욱 가까이 접근하려는 의도를 덮어 준 또 다른 눈가림이었음이 밝혀졌고 그와 나딸리야의 밀회를 알게 된 뿌쉬낀은 다시 결투를 신청했다. 이번에는 그 어떤 눈가림도 결투를 저지할 수 없었다.

1837년 1월 26일 그는 헤케른에게 그들 부자의 〈불미스럽고 철면피한〉 행동을 준엄하게 나무라면서 더 이상 그들의 방종을 묵과할 수 없다는 내용의 편지를 프랑스어로 써서 보냈다. 그리고 다음 날인 1837년 1월 27일 결투는 거행되었다. 그날 아침 뿌쉬낀은 여느 때와 마찬가지로 창작과 잡지 편집에 관한 일들로 분주하였다. 그의 심신은 평온하였다. 그날 아침에 그는 최후의 서한이라 할 수 있는 이쉬모바 A. Ishimova에게 보낸 편지에서 『현대인』에 게재할 영국 작가 배리 콘월 Barry Cornwall의 작품을 번역해 달라고 요청하기까지 했다. 그는 자신의 죽음을 전혀 예상하지 않고 있었던 것이다.

그러나 결투는 그에게 치명적인 상처를 입혔고, 부상당한 그는 즉시 집으로 옮겨졌다. 유명한 의사 아렌트가 달려왔다. 진실을 알려 달라는 시인의 요청에 의사는 솔직히 그가 죽을 것임을 말해 주었다. 그의 동료 문인들인 쥬꼬프스끼, 뱌젬스끼, 오도예프스끼 V. Odoevskii, 비엘고르스끼 Biel'gorskii, 뚜르게네프 A. Turgenev가 소식을 듣고 달려왔으며 그의 아내는 여성다움을 과시라도 하듯 수시로 기절을 하였다. 수천 명의 시민이 그의 집 주변에 모여들었으며 병세에 관해 쥬꼬프스끼가 문에 붙여 놓은 용태서를 읽느라 아우성을 쳤다. 뿌쉬낀은 리쩨이 시절의 친구인 뿌쉬친에게 작별 인사를 하지 못함을 아쉬워했으며 임종을 앞에 두고서 아내의 무고함을 믿는다는 말을 하면서 그녀를 위로해 주었다. 황제는 그에게 종부 성사를 받을 것과 기독교인으로서 이승을 고할 것을 명하는 지령서를 보냈다. 1837년 1월 29일 오후 2시 45분경에 러시아가 낳은 가장 위대한 시인 알렉산드르 세르게예

비치는 조용히 눈을 감았다.

시인과 마지막 작별 인사를 나누려는 사람들로 그의 집은 인산인해를 이루었다. 뿌쉬낀의 죽음이 단순한 개인의 죽음이 아닌 심각한 민족적 손실로 받아들여질 기미가 보이자 짜르 정부는 긴장했다. 그의 죽음에 대한 책임을 추궁하며, 단테스 — 그는 어쨌든 외국인 아닌가! — 를 비난하는 지식층의 목소리에 사교계는 전전긍긍했으며 황제 또한 불안을 느꼈다. 황제는 거국적 시위를 두려워한 나머지 그의 장례식을 성 이삭 성당도 아니고 부고장에 기록된 해군성 부속 성당도 아닌 황실 마구간 부속 성당에서 치르도록 명령했다. 그래서 결국 민중의 집결은 이루어지지 않았다. 가족과 친지, 그리고 경비병과 관리들만이 참석한 초라한 장례식이었다. 그날 밤 고인의 시신은 옹색한 썰매에 실려 지푸라기로 덮인 채 삼엄한 경비 속에서 비밀리에 쁘스꼬프 현 미하일로프스꼬예 근방의 스뱌또고르스끼 수도원으로 이송되어 즉시 그곳에 매장되었다. 황제의 명에 따라 그의 서재는 샅샅이 수색되었고 조금이라도 불미스러운 기미가 보이는 기록들은 〈고인에게 누를 끼칠지도 모른다〉라는 이유로 모조리 압수, 파기되었다. 안타깝게도 쥬꼬프스끼는 고인과 가까웠으므로 이 치욕스런 압수 수색 과정에 배석해야만 했다.

황제는 뿌쉬낀의 미망인과 자식들에게 섭섭하지 않은 금전적 보상을 해주었다. 몇 해 후 나딸리야는 란스꼬이 장군과 재혼하여 비교적 행복한 여생을 보냈다고 전해진다. 헤케른과 그의 양아들은 러시아를 떠나 오히려 전보다 훨씬 명예스러운 삶을 영위하였다. 헤케른은 외교관으로서 승진을 거듭했으며 단테스 또한 파리에서 정치가로 이름을 날렸다. 시인의 죽음은 엄청난 결과를 초래했다. 경솔하고 천박한 사교계 명사들을 제외한 모든 학생들, 문인들, 지식인들, 예술가들이 그의 죽음을 애도하였다. 시인 오도예프스끼는 〈러시아 시의 태양은 지고 말았다〉라는 내용의 추도문을 발표했고 그로 인해 문화상의 질책을 받아야 했다. 당시 아직 무명의 시인이었던 레르몬또프는 M. Lermontov는 「시인의 죽음에 부쳐 Na smert' poeta」를 통해 그의 죽음에 책임이 있는 사교계와 궁정을 준엄하게 비난하였다. 그 결과 그는 체포되었고 까프까즈로 유배당했다. 정부는 혹시라도 유언비어나 시인의 죽음에 관한 모종의 불온 문서가 유포될까 봐 촉각을 곤두세웠다. 정부의 축소 및 은폐 정책에도 불구하고 『예브게니 오네긴』은 순식간에 매진되었고, 사람들은 『예브게니 오네긴』의 마지막 행들을 새로운 시각으로 이해하게 되었다. 그의 시는 입에서 입으로 전 러시아에 전해져 암송되기 시작했고, 그의 삶과 죽음에 대한 새로운 해석과 주석이 전국에 물결쳤다. 그의 생전에 실패를 거듭했던 『현대인』지는 그의 친구인 쁠레뜨뇨프 P. Pletnev의 손으로 넘어갔다가 나중에 유명한 시인 네끄라소프 N. Nekrasov가 편집장이 되면서부터 19세기 러시아의 가장 영향력 있는 문학지로 성장하였다. 벨린스끼 V. Belinskii, 체르니셰프스끼 N. Chernyshevskii 등의 급진적 사상가들이 『현대인』지의 성격 형성에 가담했으며 똘스또이 L. Tolstoi, 곤차로프 I. Goncharov, 뚜르게네프 I. Turgenev, 오스뜨로프스끼 A. Ostrovskii 등 당대의 쟁쟁한 문인들이 대거 필진으로 참여했다.

뿌쉬낀이 러시아 문학과 예술에 끼친 영향을 제대로 설명하려면 한 권의 책으로도 부족할 것이다. 단지 피상적인 몇 가지 사례만을 거론하자면, 글린까F. Glinka의「루슬란과 류드밀라」, 무소르그스끼M. Musorgskii의「보리스 고두노프」, 차이꼬프스끼P. Chaikovskii의「예브게니 오네긴」,「스페이드의 여왕」, 스뜨라빈스끼I. Stravinskii의「마브라*Mavra*」—「꼴롬나의 작은 집」을 오페라로 만든 것임 — 는 음악을 통한 그의 불멸성의 확인이라고 할 수 있고, 짜르스꼬예 셀로에 붙여진 〈뿌쉬낀 시(市)〉, 뿌쉬낀 러시아 문학 연구소 — 일명 〈뿌쉬낀의 집〉— 와 뿌쉬낀 박물관, 뿌쉬낀 거리, 뿌쉬낀 기념비와 동상들, 뿌쉬낀 학회 등은 뿌쉬낀의 존재를 가시적으로 느끼게 해주는 사례라 할 수 있다. 아직도 라디오 모스끄바에서는 뿌쉬낀의 시가 낭송되고 있고 아직도 어디선가 누군가는 뿌쉬낀을 읽거나 뿌쉬낀을 연구하고 있다. 뿌쉬낀의 작품에 나오는 많은 구절들이 러시아의 격언이 되었으며 아직도 사람들은 뿌쉬낀을 암송하는 것을 자연스럽게 생각한다. 그러나 뿌쉬낀이 가장 큰 영향을 미친 대상은 문인들이었다. 고골N. Gogol', 뚜르게네프, 도스또예프스끼F. Dostoevskii 등 19세기의 대표적인 문인들이 정서적으로, 혹은 직접적인 텍스트 차용을 통해서 뿌쉬낀을 계승하였으며, 벨리A. Belyi를 비롯한 상징주의자들, 아흐마또바A. Akhmatova, 만젤쉬땀O. Mandel'shtam과 쯔베따예바M. Tsvetaeva, 심지어 모든 19세기 작가들을 〈현대성의 기선〉에서 던져 버리자고 외쳤던 마야꼬프스끼V. Maiakovskii까지, 또한 나보꼬프V. Nabokov, 소꼴로프S. Sokolov, 비또프A. Bitov 등 가장 실험적인 소설가들에 이르기까지 대부분의 현대 작가들이 뿌쉬낀을 자신의 정신적 지주이자 스승으로 간주하였다. 그가「나는 내 기념비를 세웠다*Exegi Monumentum*」에서 예언했던 모든 것이 단 한마디도 틀리지 않고 실현되었던 것이다.

나는 내 기념비를 세웠다. 기적의 손으로
하여 그리로는 군중의 발길 끊이지 않으니
알렉산드르 첨탑보다 더 높이
    꼿꼿한 머리 치켜 들고 서 있다.

아니, 나는 죽지 않으리, 소중한 리라에 담긴 혼
내 육체보다 오래 살아 썩지 않으리
이 세상에 단 한 명의 시인이라도 살아 있는 한
    나는 영광스레 빛나리.

나의 명성 위대한 러시아 곳곳에 퍼져
이 땅에 사는 모든 민족 제 언어로 나를 부르리
긍지에 찬 슬라브의 후예도 핀 족도
    지금은 미개한 퉁구스 족도 초원의 벗 깔미끄 인도.

나 오래도록 민중의 사랑 받으리라
리라로 선한 감정 일깨우고
이 가혹한 시대에 자유를 찬양하고
    스러진 자에게 자비를 베풀라 외쳤으므로.
오 뮤즈여, 신의 뜻에 따르라
모욕을 두려워 말고 월계관 청하지 말고
칭찬과 비방을 초연하고 무심하게 받아들이고
    어리석은 자와 다투지 마라.

모든 것을 포용하는 보편성

뿌쉬낀의 작품 세계는, 도스또예프스끼의 표현을 빌자면 〈모든 것을 포용하는 보편성〉으로 설명될 수 있다. 그는 약 20년 동안의 창작 기간에 7백여 편에 이르는 서정시, 「루슬란과 류드밀라」 같은 의사(擬似) 영웅시, 바이런적이고 낭만주의적인 소위 〈남부 뽀에마〉, 희극적인 뽀에마 「눌린 백작」, 영웅 서사시 「뽈따바」, 민담 「황금 수탉 이야기」, 단편 「스페이드의 여왕」, 단편 모음 「고 이반 뻬뜨로비치 벨낀의 이야기」, 장편소설 『대위의 딸』, 희곡 「보리스 고두노프」, 〈작은 비극들〉, 역사물 「뿌가쵸프 반란사」, 평론, 기행문 등 기존하는 모든 장르를 섭렵하였으며 거기에 그치지 않고 〈운문소설〉이라는 새로운 장르를 개발하였다. 각 작품은 해당 장르의 영역에서 오늘날까지 전범으로 간주될 만큼 완벽한 예술적 가치와 시대를 앞서가는 작가의 실험 정신을 보여 준다. 그의 빛나는 창조 의식은 고정된 문체론적 규범과 장르적 경계선을 끊임없이 파괴하였고, 그리하여 개별적인 텍스트들은 항상 새로운 도전과 새로운 가능성을 향해 열려 있게 되었다.

뿌쉬낀의 〈보편성〉은 또한 문학적인 모든 주의(主義)와 사조의 수용에서 드러난다. 그의 작품 속에는, 당시에는 이미 낡은 사조가 되어 있었던 고전주의와 쥬꼬프스끼, 까람진 등이 러시아 문학에 이식시킨 서구적 낭만주의 그리고 19세기 중반부터 러시아 문학계를 지배하게 될 사실주의 모두가 스며들어 있다. 비록 그가 활동했던 시기가 문학사적으로 러시아 시의 황금 시대, 낭만주의 시대 등으로 정의되긴 하지만 그는 한 가지 사조로는 설명될 수 없다. 고전주의적인 엄격한 질서와 단아한 문체, 낭만주의적인 열정, 사실주의적인 핍진성(逼眞性)은 모두 함께 어우러져 그의 작품 세계를 문자 그대로 문학의 소우주로 만들어 준다. 그러나 동시에 그는 이러한 문예 사조들을 끊임없이 패러디화하고 기존 문예 사조의 관례에 도전함으로써 사조간의 경계선을 또다시 파괴한다. 고전주의적인 질서와 장엄한 수사가 수용되는 동시에 그 경직성은 조롱당하고, 낭만주의적인 감정의 폭발이 수용되는 동시에 그 진부함과 방만함은 배척당한다. 사실주의적인 명료함과 현실 인식은 수용되는 반면 그 정서적 척박함은 부정된다. 이렇게 그의 작품 세계는 모든 것을 받아들이는 동시에 모든 것을 부정하는 이중적인 보편성을 지향한다.

뿌쉬낀의 보편성을 말함에 있어 빼놓을 수 없는 것은 러시아적인 것과 외래적인 것의 절묘한 혼합이다. 러시아의 피와 아프리카의 피가 섞인 그의 혈통은 이러한 의미에서 상징적으로 여겨진다. 주지하다시피 그는 어려서부터 프랑스 문화를 받아들이며 자라났고 또 그의 습작시들은 프랑스어로 써어졌다. 이러한 외래 문화와의 접촉은 점차 성숙되어 이후 뿌쉬낀의 작품에 반영된다. 그리스 로마 신화에서부터 영국 문학, 프랑스 문학, 독일 문학, 이탈리아 문학에 이르는 다양한 서구 문학과 전통은 때로는 패러디와 논쟁의 형태로, 때로는 영향사적 자취의 형태로 그의 작품 속에 깔려 있다. 그러나 이 모든 〈타자의 것〉은 뿌쉬낀의 독특한 변형 메커니즘을 거치면서 완벽하게 〈나의 것〉으로 재창조된다. 거기에 러시아 구전 문학에 대한 그의 애정이 혼합되면서 그의 문학은 가장 이국적인 것에서 가장 토속적인 것, 가장 고상한 것에서 가장 일상적인 것의 극과 극을 한꺼번에 수용할 수 있게 된다. 마치 『예브게니 오네긴』의 여주인공 따찌야나가 그 모든 서구 문학 작품을 읽었음에도 여전히 〈러시아적 정서로 가득 찬〉 여자인 것처럼 그의 작품은 그 모든 서구적 감화에도 불구하고 러시아의 혼으로 충만해 있는 것이다.

현대의 상호 텍스트성 이론의 관점에서 볼 때 뿌쉬낀의 텍스트는 다양한 문화적 미학적 담화들이 교차하는 공간이라 할 수 있다. 그는 끊임없이 제르쟈빈, 로모노소프M. Lomonosov, 드미뜨리예프I. Dmitriev, 쥬꼬프스끼, 젤비그 등 러시아의 선배 시인들 및 동시대 시인들과 대화하는 한편, 셰익스피어, 버니언, 바이런, 파르니, 셰니에, 괴테, 실러, 단테, 핀데몬테, 호라티우스, 호메로스, 오비디우스 등 서유럽의 과거와 현재에 존재하는 작가들과 자유자재로 논쟁하고 게임을 벌이고 한 수 배우기도 한다. 뿌쉬낀의 이러한 왕성한 대화는 후대의 작가들에게 전해져 그들에게 또 다른 대화의 가능성을 열어 준다. 약간의 과장을 허용한다면 뿌쉬낀 이후의 모든 러시아 문학 텍스트는 뿌쉬낀과의 대화라고 말할 수 있을 것이다.

석영중

시를 넘어서, 소설을 넘어서

뿌쉬낀은 『예브게니 오네긴』을 1823년 5월 끼쉬뇨프에서 쓰기 시작하여 1830년 9월 볼지노에서 완성하였다. 7년여 동안에 걸쳐 씌어진 이 작품은 그러니까 남부 유배 시절부터 볼지노 시기까지 저자의 문학적 성장과 궤를 같이하며 발전해 나갔다고 볼 수 있다. 그만큼 여기에는 뿌쉬낀의 거의 모든 문학적 역량이 응축되어 담겨 있는데 절세된 감정과 순수한 열정, 객관성과 주관성, 진지함과 아이러니의 어우러짐, 기존하는 모든 문예 사조의 수용과 파괴, 주석 없이는 텍스트를 이해할 수 없을 정도로 강도 높게 사용된 문학적 인용, 장르의 혼합 등은 이 소설을 러시아 문학사에서 가장 복잡하고 논란의 여지가 많은 작품 중의 하나로 자리매김해 준다.

우선, 뿌쉬낀 자신이 『예브게니 오네긴』에 붙인 부제 〈운문소설〉은 독자에게 장르의 문제를 제기한다. 뿌쉬낀은 1823년 11월 4일자로 친구 뱌젬스끼에게 보낸 편지에서 〈지금 내가 쓰고 있는 것은 그냥 소설이 아니라 운문소설일세. 그 차이란 엄청난 것이지!〉라고 말함으로써 『예브게니 오네긴』의 언어인 〈운문〉에 특별한 의미를 부여한다. 그렇다면 〈운문〉으로 씌어진 소설은 어떤 것이며 그것의 의의는 무엇인가? 『예브게니 오네긴』은 여덟 개의 장으로 구성되어 있으며 각 장에는 40~60개의 연이 포함되어 있다. 소위 〈오네긴 연〉이라 불리는 이 연은 모두 일정한 압운을 밟는 14개의 시행으로 이루어져 있고 또 매 시행은 러시아 시에서 보편적으로 사용되는 운율인 약강 4보격을 고수한다. 뿌쉬낀은 서구의 소네트 형식 — 소네트 역시 14행을 기본으로 한다 — 에 근거하여 이러한 연 형식을 창조한 것으로 여겨지지만 오네긴 연은 압운이나 주제 전개에 있어서는 소네트와 다른 양상을 보여 준다. 그러니까 뿌쉬낀은 서구 문학의 소네트를 빌려 와 자신의 〈소설〉에 맞는 형식으로 재창조한 셈인데, 〈오네긴 연〉은 그 완벽한 형식미와 독창성으로 인해 후배 시인들의 노력에도 불구하고 아직까지 러시아 문학사에서 모방을 불허하는 독보적인 연 형식으로 남아 있다.

뿌쉬낀은 이렇게 운문 중에서도 정형성이 가장 두드러진 소네트에 근거한 연 형식을 사용함으로써 자신의 소설에 엄격한 형식적 제재를 부여한다. 그러나 그는 그 형식적 한계 때문에 자칫하면 작품이 답답해질 수도 있다는 것을 간과하지 않는다. 그리하여 간헐적으로 연들을 누락시켜 텍스트의 흐름에 제동을 건다. 누락된 연들은 정형성의 포화 상태에 이른 텍스트에 숨쉴 여지를 제공해 주며 또한 독자에게 상상의 즐거움을 더해 준다. 즉 독자는 빈 공간에 들어갈 내용을 상상하는 가운데 어느덧 뿌쉬낀과 함께 이 소설의 창작에 참여하게 된다. 이것은 언제나 유희를 즐겨 온 시인이 독자에게 내미는 초대장이라 할 수 있다.

한편 『예브게니 오네긴』은 소설적 측면에서 엄청난 자유를 보여 준다. 이 소설의 플롯은 매우 단순하다. 주인공 예브게니 오네긴은 최근에 사망한 친척의 유산 상속인이 되어 시골 영지에 가는데 그곳에서 이웃 지주인 렌스끼와 알게 되고 렌스끼의 애인인 올가의 집안과도 친분을 맺게 된다. 올가의 언니 따찌야나는 오네긴에게 사랑을 고백하지만 오네긴은 그녀의 사랑을 냉정하게 거절하고 사소한 불화가 원인이 되어 친구 렌스끼와 결투를 하여 그를 죽게 한다. 몇 년 뒤 오네긴은 수도 뻬쩨르부르그에서 우아한 사교계의 여왕으로 변모한 공작 부인 따찌야나를 보게 되고 열렬한 사랑을 느낀다. 그러나 이번에는 따찌야나가 그의 사랑을 거절한다. 소설의 줄거리만 보자면 이것이 전부이다. 이렇다 할 사건도 없고 속시원한 결말도 없다. 스토리가 이렇게 헐거운 반면 스토리와는 직접적인 관련이 없는 〈서정적 이탈lyrical digression〉은 양적으로나 질적으로나 훨씬 풍요롭게 제시된다. 일례로 1장의 30연에서 34연까지는 지루할 정도로 장황하게 러시아 여성의 발에 대한 화자의 찬미에 할애되고 2장에서는 러시아어와 외래어 사용에 관한 화자의 입장이 다섯 연에 걸쳐 기술된다. 이렇게 테마도 저자의 메시지도 모두 불분명하고 플롯과 아무런 관계도 없는 〈잡담〉만 풍성한 이 작품은 스토리를 원하는 순진한 독자를 어리둥절하게 만든다.

그러면 인물들은 어떠한가. 주인공 역시 심리적인 깊이나 발전이 결여된, 믿을 수 없이 평면적인 인물이다. 일반적으로 소설의 주인공은 모든 행위의 중심에 서서 플롯의 발전을 주도해 나간다. 그러나 오네긴은 처음부터 끝까지 오로지 〈하품〉만 일삼을 뿐 아무런 행위도 하지 않는다(그의 이런 점 때문에 과거의 연구자들은 그를 〈잉여 인간〉이란 유형으로 분류하곤 했다). 유일한 행위라고 한다면 렌스끼와의 결투가 되겠지만 그것 역시 사회적 관례에 따라 마지못해 응한 것일 뿐 그의 의지나 관심은 전혀 반영되지 않는다. 그 밖의 주요 등장 인물들 — 렌스끼, 따찌야나, 올가 — 도 마찬가지이다. 그들의 복잡한 심리나 내면적인 갈등에 대한 묘사는 어디에서도 발견되지 않으며, 그들의 사랑은 개연성을 결여한다. 헐거운 구성, 미약한 주인공, 불분명한 주제, 즉 이 작품의 외적인 특징들은 모두 전통적인 소설의 기본 조건에서 이탈하는 셈이다.

이렇게 〈소설로부터 자유로운〉 소설은 형식적 제한과 결합하여 기묘하게 이율배반적인 〈운문소설〉을 창조한다. 뿌쉬낀이 구상한 운문소설은 반복적인 시의 리듬과 순차적인 소설의 전개가, 제재와 자유가 공존하는 독특한 장르이며 이 새로운 장르를 통해 뿌쉬낀은 시인으로서, 작가로서 문학과 삶에 관해 하고 싶은 말을 자신만의 방식으로 자유롭게 전달한다. 물론 시 형식을 빌려 쓰어진 소설은 서구 문학에서 드문 예가 아니다. 특히 바이런의 소위 〈설화시 *narrative poems*〉는 남부 유배 시절의 뿌쉬낀에게 지대한 영향을 미친 것이 사실이다. 이는 뿌쉬낀이 1823년의 편지에서 『예브게니 오네긴』을 바이런의 「돈 후안 *Don Juan*」과 유사한 작품이라고 규정한 것만 보아도 알 수 있다. 그러나 1825년에 그는 이미 바이런의 영향에서 벗어나 오네긴과 돈 후안 사이에는 아무런 공통점도 없다는 점을 강조하게 된다. 사실 바이런의 설화시들은 비록 운문으로 쓰어지기는 했지만 주인공과 플롯 위주라는 점에서 소설의 관례에서 크게 벗어나지 않는다. 요컨대 뿌쉬낀은 이번에도 타인의 작품을 빌려 와 자신만의 독자적인 작품으로 재창조하였으며, 아직 변변한 소설조차 없었던 러시아의 상황 아래서 평범한 소설을 뛰어 넘는, 자유롭고 〈포스트모던〉한 소설을 집필함으로써 또다시 문학의 모든 관례를 파괴하면서 시대를 앞서 가는 천재 작가의 역량을 과시한다.

뿌쉬낀이 이 〈운문소설〉을 통해 말하고자 한 것은 무엇일까. 여기서 우리는 이 소설의 이중 구조를 살펴볼 필요가 있다. 소설은 내러티브의 층위와 문학적 층위로 구성된다. 내러티브의 층위가 앞에서 살펴본 것과 같은 헐거운 스토리 라인으로 이루어진다면 문학적 층위는 풍부한 내용과 스타일에 대한 작가의 첨예한 의식으로 포화되어 있다. 양자는 여러 가지 다양한 모습으로 변화하는 화자에 의해 유기적으로 결합된다. 화자는 소설의 서술을 전담하는 전통적인 화자의 역할을 수행할 뿐 아니라 때로는 등장 인물로, 때로는 뿌쉬낀 자신으로, 때로는 소설『예브게니 오네긴』의 저자로 등장한다. 그는 소설과 리얼리티 사이의 경계를 무시하면서 자유로이 양자를 넘나든다. 그는 오네긴의 친구이자 ─ 〈오네긴처럼 사교계의 무거운 관습 벗어 던지고/번잡한 세상사에 작별을 고한 내가/그와 친교를 맺은 건 그 즈음의 일〉 ─ 따찌야나와 매우 가까운 소설 속의 인물로 ─ 〈따찌야나, 사랑스런 따찌야나!/너와 함께 나도 지금 눈물을 흘리누나〉 ─ 자신을 소개하고 프랑스어로 씌어진 따찌야나의 편지를 러시아어로 번역하기도 한다. 그런가 하면 그는 뿌쉬낀 자신으로 돌아가 자신의 유배 생활에 대한 회한을 토로하기도 하고 ─ 〈자유의 순간이 내게도 오려나?/어서 오려무나, 자유여!〉 ─ 어린 시절을 회상하기도 한다 ─ 〈내가 리쩨이의 정원에서/한 송이 꽃처럼 피어나던 시절……〉.

그는 또한 당대 문학에 대한 엄격한 비평가가 되어 앨범시를 조롱한다.

> 물론 여러분은 시골 아가씨의
> 앨범을 무수히 보았으리라,
> 여자 친구들이 너도나도
> 첫장부터 끝장까지 잔뜩 써놓은 앨범을.
> 정서법에 원한이라도 맺힌 양,
> 귀동냥한 엉터리 시들이
> 영원한 우정의 표시로
> 줄여서 혹은 늘여서 적혀 있다.

또한 송시와 엘레지 논쟁에 관해 자기의 의견을 피력하기도 한다.

> 〈어쨌든 엘레지의 모든 것이 저급하다네.
> 그것의 공허한 목표는 비참할 지경이지.
> 반면에 송시의 목표는 숭엄하고
> 고결하지…….〉 여기서 논쟁을
> 계속할 수도 있겠지만 그만두련다
> 두 세기에 싸움을 붙이기는 싫으니까.

다른 시인과 자신을 비교한다.

> 신이 주신 영감으로 달아오른
> 다른 시인은 첫눈과

> 겨울의 모든 나른한 음영을
> 화려한 문체로 묘사하였다.
> 불길처럼 타오르는 시 속에서
> 그가 그려낸 비밀스런 썰매 여행이
> 여러분을 매혹시키리라 믿는다.
> 그러나 나는 경쟁할 생각은 없다
> 그 시인과도 그리고 자네와도,
> 핀란드 처녀의 가수여!

그러나 무엇보다도 우리의 흥미를 끄는 것은 화자가 『예브게니 오네긴』이 허구의 소설임을 끊임없이 강조한다는 점이다.

> 시의 형식이나 주인공의 이름은
> 벌써 생각해 두었다.
> 그러는 사이에 이럭저럭
> 내 소설의 제1장을 다 썼다.
> 쓴 것을 꼼꼼히 다시 읽어 보니
> 모순도 무척 많지만
> 수정할 생각은 없다.

그는 이 소설의 저자가 되어 자기가 만들어 낸 인물들과 교감을 하기도 하고, 그들과 거리를 두고서 객관적으로 묘사하기도 하고, 스스로의 작품에 관해 논평을 가하기도 한다. 우리는 이 소설의 매 페이지에서 논평하고 회상하고 사색하고 조롱하고 진지하게 탐구하는 시인의 모습을 발견하게 되는데 이 점에서 화자야말로 이 소설의 진정한 주인공이라 할 수 있을 것이다. 일부 평자가 이 소설의 남자 인물은 뿌쉬낀 — 오네긴 — 렌스끼이고 여자 인물은 뿌쉬낀의 뮤즈 — 따찌야나 — 올가라고 한 것도 이 점에서 설득력 있게 들린다. 한마디로 말해서 『예브게니 오네긴』은 작가로서 성숙해 가는 뿌쉬낀의 모습이 기록되어 있는, 뿌쉬낀 자신에 관한 이야기인 것이다.

『예브게니 오네긴』의 〈진짜〉 주인공인 화자와 다른 인물들간의 관계는 어떤 것인가. 다른 인물들은 순전히 문학에 관한 화자의 관념을 실현시켜 주는 도구이며 그렇기 때문에 평면적일 수밖에 없다. 오네긴의 경우, 그는 뿌쉬낀 — 화자가 바이런의 영향으로부터 탈피해 나가는 과정을 보여 주는 역할을 한다. 뿌쉬낀은 앞에서도 말했지만 처음에 바이런의 인물을 모델로 하여 주인공을 구상하였다. 그러나 그는 바이런을 수용하는 동시에 바이런을 뛰어넘는다. 그리하여 바이런적 인물이 아닌 그 인물의 패러디가 탄생된다. 소설 속에서 아무런 주된 위치도 차지하지 못한 채 퇴장하고 마는 오네긴, 악마적이면서도 매력적인 주인공이 되기에는 너무도 초라한 오네긴은 〈모조품, 보잘것없는 유령, 해럴드의 망토를 걸친 모스끄바 인, 결국 하나의 패러디〉에 불과한 것이다.

낭만주의에 대한 뿌쉬낀의 관념은 주로 렌스끼를 통해서 실현된다. 렌스끼는 독일에서 공부하고 돌아온, 칸트를 숭배하고 실러를 탐독하는 이상주의자이며 순수한 사랑을 맹신하는 시인이다. 그의 나이브한 이상주의는 뿌쉬낀에 의해 때로는 조소적으로, 때로는 연민의 정과 함께 그려지는데 그가 죽기 전에 쓰는 시는 낭만주의에 대한 패러디의 절정이라 할 수 있다.

> 서서히 흐르는 레테의 강물이
> 젊은 시인의 추억을 삼켜 버리고
> 세상은 나를 잊겠지. 그러나 그대,
> 아름다운 처녀여, 그대만은
> 청춘의 무덤을 찾아와 눈물 흘리며
> 회상하겠지, 그는 나를 사랑했노라고,
> 폭풍 같은 생애의 슬픈 새벽을
> 나 한 사람에게 바쳤노라고!

〈청춘의 무덤〉, 〈폭풍 같은 생애〉, 〈슬픈 새벽〉 등 이 시의 언어는 진부하기 짝이 없는 낭만주의의 공식과도 같은 언어이다. 이 언어는 바로 렌스끼의 본성을 드러내 주며 또한 렌스끼가 소설의 중간에서 사라질 수밖에 없는 이유를 제공해 준다. 화자는 렌스끼의 시가 끝나는 부분에서 〈이렇게 그는 침침하고 맥없이 썼다〉라고 혹평을 가하는데 이것이야말로 뿌쉬낀이 낭만주의에, 그리고 동시에 자기 자신의 청년기 시에 내리는 판결인 것이다. 렌스끼의 죽음은 문학적인 죽음이며 그의 죽음과 함께 뿌쉬낀은 낭만주의에, 그리고 시에 작별을 고한다. 그는 낭만주의 시의 죽음에 부치는 애가를 지은 다음 곧바로 〈세월은 엄정한 산문으로 나를 기울게 한다〉고 고백한다. 그러니까 렌스끼는 젊은 시절의 뿌쉬낀 자신이며 그를 소설에서 사라지게 함으로써 뿌쉬낀은 자신의 창작에 새로운 시대, 곧 산문의 시대가 도래했음을 알리는 것이다.

따찌야나 역시 문학의 산물이라는 점에서 다른 인물들과 다를 바가 없다. 그녀는 오로지 소설만을 통해서 세상을 경험해 왔으며 리처드슨이나 루소 류의 감상주의 소설이 그녀의 정신 세계를 지배한다. 그렇기 때문에 그녀는 오네긴을 자신의 문학적 프리즘을 통해 바라보고 문학적으로 사랑에 빠지며 또 소설책의 말투를 그대로 본따 사랑의 편지를 쓴다. 그러나 렌스끼와는 달리 그녀는 패러디화하지 않는다. 그녀는 뿌쉬낀과 함께 성장해 나가며 뿌쉬낀의 뮤즈 역할을 수행하기 때문이다. 그녀는 화자를 대신하여 점진적으로 오네긴의 패러디적인 본질을 독자에게 드러내 준다. 처음에는 자신의 소설적 상상력을 통해 오네긴의 이미지를 마음대로 창조하지만 그녀는 점차 오네긴의 본질에 접근해 간다. 꿈을 통해서, 그리고 오네긴이 떠난 뒤 그의 서재를 방문하여 그가 읽던 책을 살펴봄으로써 그녀는 인식의 힘을 확장시켜 나간다. 마치 뿌쉬낀이 청춘의 환상에서 깨어나듯이, 바이런의 영향에서 벗어나듯이, 낭만주의에서 사실주의로 옮겨가듯이, 시에서 산문으로 관심을 넓혀 가듯이 그녀는 나이브한 독서로부터 자기가 독서한 것이 패러디임을 깨닫게 되는 정도로까지 성숙해 간다.

따찌야나는 또한 뿌쉬낀의 눈으로 사물을 봄으로써 그의 분신과도 같은 위상을 획득한다. 그녀는 간단한 연애 편지조차 러시아어로 쓰지 못할 정도로 — 화자는 그것을 러시아어로 번역해야만 했다! — 러시아어가 서툴지만 화자는 그녀를 〈러시아적 정서로 가득 찬〉 여자라 칭한다. 그녀의 눈에 비친 러시아의 겨울 정경은 바로 시인 뿌쉬낀이 바라보고 묘사하는 정경이며, 그녀가 사랑하는 러시아는 또한 시인 뿌쉬낀이 사랑하는 러시아이기 때문이다. 5장의 1, 2연에서 묘사되는 아름답지만 소박한 러시아의 겨울. 이 대목에서 뿌쉬낀과 따찌야나는 시인과 뮤즈의 관계를 맺게 된다. 따찌야나의 어리석음은 순수한 열정으로 상쇄되고 외국 소설에의 심취는 러시아적인 것에 대한 사랑으로 상쇄된다. 오네긴과 렌스끼가 패러디될 수밖에 없는 〈타자의 문화〉라면 따찌야나는 타자의 문화를 받아들여 〈나의 문화〉를 창조하는 뿌쉬낀을 표상하는 것이다.

쉬끌로프스끼 V. Shklovskii는 『예브게니 오네긴』을 가리켜 〈패러디의 소설이자 소설의 패러디〉라 일컬은 바 있다. 그만큼 이 소설의 거의 모든 것은 서구에서 들어온 문학의 요소들을 패러디하며 또 그럼으로써 〈정상적인〉 소설 장르를 패러디한다. 뿌쉬낀은 시를 넘어서 소설로 간 것이 아니라 시도 소설도 모두 넘어서 독창적인 새 장르의 영역으로 들어간 것이다.

석영중

알렉산드르 뿌쉬낀 연보

1799년 출생 5월 26일 모스끄바에서 중위로 퇴역한 모스끄바 대표부 관리 세르게이 르보비치 뿌쉬낀과 나제쥐다 오시쁘브나 사이에서 출생.

1811년 12세 다른 귀족 가문의 엄선된 자제들과 함께 새로 개교한 리쩨이에 입학.

1815년 16세 1월 8일 진급 시험 시험관으로 온 제르쟈빈과 대면.

1817년 18세 학생 신분으로 〈아르자마스〉라는 진보적인 문학 동호회 임원으로 선출됨. 6월 9일 리쩨이 졸업. 6월 13일 외무부 관리로 임명받고, 선서식.

1820년 21세 남부 유형에 처해짐. 5월 27일 인조프 장군이 있는 예까쩨리노슬라프에 도착. 9월 21일 상관인 인조프 장군을 따라 끼쉬뇨프로 이주. 유형지에 있을 때「루슬란과 류드밀라Ruslan i Liudmila」를 출판, 큰 반향을 일으킴.

1821년 22세 2월 20일 서사시「까프까즈의 포로Kavkazskii Plennik」완성.

1822년 23세 서사시「강도 형제Brat'ia razboiniki」완성.「까프까즈의 포로」발표.

1823년 24세 봄 상관이 보론쪼프 장군으로 바뀌면서 오데사로 전보. 5월 9일 『예브게니 오네긴*Evgenii Onegin*』 집필 시작. 11월 4일 「바흐치사라이의 분수Bakhchisaraiskii fontan」 완성.

1824년 25세 1월 말 「집시Tsygany」 집필 시작. 3월 10일 「바흐치사라이의 분수」 발표. 8월 1일 오데사를 떠나 새로운 유형지이자 부모님의 영지이기도 한 쁘스꼬프 현(縣)의 미하일로프스꼬예로 출발. 8월 9일 미하일로프스꼬예에 도착, 이곳에서 2년간 유배 생활. 10월 「집시」 완성.

1825년 26세 12월 14일 뻬쩨르부르그의 원로원 광장에서 제까브리스뜨 봉기 발발.

1826년 27세 9월 8일 니꼴라이 1세와의 독대.

1827년 28세 3월 「집시」 발표.

1828년 29세 장기 여행 시도 실패.

1829년 30세 5월 1일 나딸리야 곤차로바에게 청혼. 그러나 완곡하게 거절당한 뒤 까프까즈로 출발.

1830년 31세 5월 6일 곤차로바와 약혼. 8월 31일 모스끄바를 떠나 니줴고로드 현에 있는 볼지노로 출발. 9월 「고 이반 뻬뜨로비치 벨긴의 이야기Povesti Pokoinogo Ivana Petrobicha Belkina」 중 「장의사 Grobovshchik」, 「귀족 아가씨 — 시골 처녀Baryshnia-kres'tianka」를 쓰고, 7년여 가량 집필했던 『예브게니 오네긴』 완성. 10월 「눈보라Metel'」, 「마지막 한 발Vystrel」, 「역참지기Stantsionnyi smotritel'」, 서사시 「꼴롬나의 작은 집Domik v Kolomne」, 미하일로프스꼬예 시절 이미 구상했던 소(小)비극 「모차르트와 살리에리Motsart i Sal'eri」, 「인색한 기사Skupoi rytsar'」 집필. 11월 소비극 「역병 기간중의 향연 Pir vo vremia chumy」, 「석상 방문객Kamennyi gost'」, 소설 「고류히노 마을의 역사Goriukhina」 및 서정시 「잠 안 오는 밤에 쓴 시Stikhi sochinennye noch'iu vo vremia bessonnitsy」 집필.

1831년 32세   초반 「보리스 고두노프Boris Godunov」 출판. 2월 18일 모스끄바의 한 교회에서 나딸리야 곤차로바와 결혼.

1832년 33세   장편소설 『두브로프스끼Dubrovskii』 시작. 딸 마샤 출생.

1833년 34세   소설 「스페이드의 여왕Pikovaia dama」, 『대위의 딸 Kapitanskaia dochka』 집필. 『두브로프스끼』 완성. 딸 사샤 출생. 여름 넉 달간 뿌가쵸프 봉기 지역 여행을 허가받고, 오렌부르그와 까잔 현(縣) 여행. 여행 이후 볼지노로 가서 「뿌가쵸프 반란의 역사Istoriia Pugacheva」 완성, 「청동 기마상Mednyi vsadnik」, 「안젤로Andzhelo」 등 작업.

1834년 35세   「스페이드의 여왕」 완성. 12월 말 시종보에 임명.

1835년 36세   「이집트의 밤Egipetskie nochi」 집필. 아들 그리샤 출생.

1836년 37세   문학 계간지 『현대인Sovremennik』 발행 시작. 『대위의 딸』 완성. 딸 나따샤 출생.

1837년 38세   1월 10일 연적 단테스, 예까쩨리나와 결혼. 1월 26일 결혼 이후에도 공공연히 나딸리야에게 추근거리는 단테스에게 다시 결투 신청. 1월 27일 오후 4시, 뻬쩨르부르그 시내의 과자점에서 결투 증인과 함께 결투지로 출발. 교외에서 결투. 1월 29일 2시 45분 뻬쩨르부르그 모이까 거리에 위치한 아파트에서 사망.

열린책들 세계문학 079 예브게니 오네긴

옮긴이 석영중 1959년 서울에서 태어나 고려대학교 노어노문학과를 졸업했다. 미국 오하이오 주립대 슬라브어문과에서 문학 박사 학위를 받았으며, 현재 고려대학교 노어노문학과 교수로 재직 중이다. 저서에 『매핑 도스토옙스키』, 『러시아 시의 리듬』, 『도스토예프스키, 돈을 위해 펜을 들다』, 논문 「만젤쉬땀의 시인과 독자」 등이 있으며 역서로는 뿌쉬낀의 『대위의 딸』, 『벨낀 이야기』, 『보리스 고두노프』, 마야꼬프스끼의 『나는 사랑한다』, 『좋아』, 도스또예프스끼의 『분신』, 『백야』, 보리스 삘냐끄의 『마호가니』 등이 있다. 뿌쉬낀 번역에 대한 공로로 1999년 러시아 정부로부터 뿌쉬낀 메달을, 2000년에는 한국백상출판문화상 번역상을 받았다.

지은이 알렉산드르 뿌쉬낀 **옮긴이** 석영중 **발행인** 홍예빈·홍유진
발행처 주식회사 열린책들 **주소** 경기도 파주시 문발로 253 파주출판도시
전화 031-955-4000 **팩스** 031-955-4004 **홈페이지** www.openbooks.co.kr
Copyright (C) 주식회사 열린책들, 1999, 2009, *Printed in Korea*.
ISBN 978-89-329-0996-7 04890 **ISBN** 978-89-329-1499-2 (세트)
발행일 1999년 3월 10일 초판 1쇄 2001년 5월 10일 신판 1쇄 2009년 12월 20일 세계문학판 1쇄 2023년 10월 20일 세계문학판 11쇄

이 도서의 국립중앙도서관 출판예정도서목록(CIP)은 서지정보유통지원시스템 홈페이지(http://seoji.nl.go.kr)와 국가자료공동목록시스템(http://www.nl.go.kr/kolisnet)에서 이용하실 수 있습니다.(CIP제어번호 : CIP2009003636)

열린책들 세계문학
Open Books World Literature

001 **죄와 벌** 표도르 도스또예프스끼 장편소설 | 홍대화 옮김 | 전2권 | 각 408, 504면

003 **최초의 인간** 알베르 카뮈 장편소설 | 김화영 옮김 | 392면

004 **소설** 제임스 미치너 장편소설 | 윤희기 옮김 | 전2권 | 각 280, 368면

006 **개를 데리고 다니는 부인** 안똔 체호프 소설선집 | 오종우 옮김 | 368면

007 **우주 만화** 이탈로 칼비노 단편집 | 김운찬 옮김 | 416면

008 **댈러웨이 부인** 버지니아 울프 장편소설 | 최애리 옮김 | 296면

009 **어머니** 막심 고리끼 장편소설 | 최윤락 옮김 | 544면

010 **변신** 프란츠 카프카 중단편집 | 홍성광 옮김 | 464면

011 **전도서에 바치는 장미** 로저 젤라즈니 중단편집 | 김상훈 옮김 | 432면

012 **대위의 딸** 알렉산드르 뿌쉬낀 장편소설 | 석영중 옮김 | 240면

013 **바다의 침묵** 베르코르 소설선집 | 이상해 옮김 | 256면

014 **원수들, 사랑 이야기** 아이작 싱어 장편소설 | 김진준 옮김 | 320면

015 **백치** 표도르 도스또예프스끼 장편소설 | 김근식 옮김 | 전2권 | 각 500, 528면

017 **1984년** 조지 오웰 장편소설 | 박경서 옮김 | 392면

019 **이상한 나라의 앨리스** 루이스 캐럴 환상동화 | 머빈 피크 그림 | 최용준 옮김 | 336면

020 **베네치아에서의 죽음** 토마스 만 중단편집 | 홍성광 옮김 | 432면

021 **그리스인 조르바** 니코스 카잔차키스 장편소설 | 이윤기 옮김 | 488면

022 **벚꽃 동산** 안똔 체호프 희곡선집 | 오종우 옮김 | 336면

023 **연애 소설 읽는 노인** 루이스 세풀베다 장편소설 | 정창 옮김 | 192면

024 **젊은 사자들** 어윈 쇼 장편소설 | 정영문 옮김 | 전2권 | 각 416, 408면

026 **젊은 베르테르의 슬픔** 요한 볼프강 폰 괴테 장편소설 | 김인순 옮김 | 240면

027 **시라노** 에드몽 로스탕 희곡 | 이상해 옮김 | 256면

028 **전망 좋은 방** E. M. 포스터 장편소설 | 고정아 옮김 | 352면

029 **까라마조프 씨네 형제들** 표도르 도스또예프스끼 장편소설 | 이대우 옮김 | 전3권 | 각 496, 496, 460면

032 **프랑스 중위의 여자** 존 파울즈 장편소설 | 김석희 옮김 | 전2권 | 각 344면

034 **소립자** 미셸 우엘벡 장편소설 | 이세욱 옮김 | 448면

035 **영혼의 자서전** 니코스 카잔차키스 자서전 | 안정효 옮김 | 전2권 | 각 352, 408면

037 **우리들** 예브게니 자먀찐 장편소설 | 석영중 옮김 | 320면

038 **뉴욕 3부작** 폴 오스터 장편소설 | 황보석 옮김 | 480면

039 **닥터 지바고** 보리스 파스테르나크 장편소설 | 홍대화 옮김 | 전2권 | 각 480, 592면

041 **고리오 영감** 오노레 드 발자크 장편소설 | 임희근 옮김 | 456면

042 **뿌리** 알렉스 헤일리 장편소설 | 안정효 옮김 | 전2권 | 각 400, 448면

044 **백년보다 긴 하루** 친기즈 아이뜨마또프 장편소설 | 황보석 옮김 | 560면

045 **최후의 세계** 크리스토프 란스마이어 장편소설 | 장희권 옮김 | 264면

046 **추운 나라에서 돌아온 스파이** 존 르카레 장편소설 | 김석희 옮김 | 368면

047 **산도칸 – 몸프라쳄의 호랑이** 에밀리오 살가리 장편소설 | 유향란 옮김 | 428면

048 **기적의 시대** 보리슬라프 페키치 장편소설 | 이윤기 옮김 | 560면

049 **그리고 죽음** 짐 크레이스 장편소설 | 김석희 옮김 | 224면

050 **세설** 다니자키 준이치로 장편소설 | 송태욱 옮김 | 전2권 | 각 480면

052 **세상이 끝날 때까지 아직 10억 년** 스뜨루가츠끼 형제 장편소설 | 석영중 옮김 | 224면

053 **동물 농장** 조지 오웰 장편소설 | 박경서 옮김 | 208면

054 **캉디드 혹은 낙관주의** 볼테르 장편소설 | 이봉지 옮김 | 232면

055 **도적 떼** 프리드리히 폰 실러 희곡 | 김인순 옮김 | 264면

056 **플로베르의 앵무새** 줄리언 반스 장편소설 | 신재실 옮김 | 320면

057 **악령** 표도르 도스또예프스끼 장편소설 | 박혜경 옮김 | 전3권 | 각 328, 408, 528면

060 **의심스러운 싸움** 존 스타인벡 장편소설 | 윤희기 옮김 | 340면

061 **몽유병자들** 헤르만 브로흐 장편소설 | 김경연 옮김 | 전2권 | 각 568, 544면

063 **몰타의 매** 대실 해밋 장편소설 | 고정아 옮김 | 304면

064 **마야꼬프스끼 선집** 블라지미르 마야꼬프스끼 선집 | 석영중 옮김 | 320면

065 **드라큘라** 브램 스토커 장편소설 | 이세욱 옮김 | 전2권 | 각 340, 344면

067 **서부 전선 이상 없다** 에리히 마리아 레마르크 장편소설 | 홍성광 옮김 | 336면

068 **적과 흑** 스탕달 장편소설 | 임미경 옮김 | 전2권 | 각 376, 368면

070 **지상에서 영원으로** 제임스 존스 장편소설 | 이종인 옮김 | 전3권 | 각 396, 380, 388면

073 **파우스트** 요한 볼프강 폰 괴테 희곡 | 김인순 옮김 | 568면

074 **쾌걸 조로** 존스턴 매컬리 장편소설 | 김훈 옮김 | 316면

075 **거장과 마르가리따** 미하일 불가꼬프 장편소설 | 홍대화 옮김 | 전2권 | 각 364, 328면

077 **순수의 시대** 이디스 워튼 장편소설 | 고정아 옮김 | 448면

078 **검의 대가** 아르투로 페레스 레베르테 장편소설 | 김수진 옮김 | 376면

079 **예브게니 오네긴** 알렉산드르 뿌쉬낀 운문소설 | 석영중 옮김 | 328면

080 **장미의 이름** 움베르토 에코 장편소설 | 이윤기 옮김 | 전2권 | 각 440, 448면

082 **향수** 파트리크 쥐스킨트 장편소설 | 강명순 옮김 | 384면

083 **여자를 안다는 것** 아모스 오즈 장편소설 | 최창모 옮김 | 280면

084 **나는 고양이로소이다** 나쓰메 소세키 장편소설 | 김난주 옮김 | 544면

085 **웃는 남자** 빅토르 위고 장편소설 | 이형식 옮김 | 전2권 | 각 472, 496면

087 **아웃 오브 아프리카** 카렌 블릭센 장편소설 | 민승남 옮김 | 480면

088 **무엇을 할 것인가** 니꼴라이 체르니셰프스끼 장편소설 | 서정록 옮김 | 전2권 | 각 360, 404면

090 **도나 플로르와 그녀의 두 남편** 조르지 아마두 장편소설 | 오숙은 옮김 | 전2권 | 각 328, 308면

092 **미사고의 숲** 로버트 홀드스톡 장편소설 | 김상훈 옮김 | 416면

093 **신곡** 단테 알리기에리 장편서사시 | 김운찬 옮김 | 전3권 | 각 292, 296, 328면

096 **교수** 샬럿 브론테 장편소설 | 배미영 옮김 | 368면

097 **노름꾼** 표도르 도스또예프스끼 장편소설 | 이재필 옮김 | 320면

098 **하우즈 엔드** E. M. 포스터 장편소설 | 고정아 옮김 | 508면

099 **최후의 유혹** 니코스 카잔차키스 장편소설 | 안정효 옮김 | 전2권 | 각 408면

101 **키리냐가** 마이크 레스닉 장편소설 | 최용준 옮김 | 464면

102 **바스커빌가의 개** 아서 코넌 도일 장편소설 | 조영학 옮김 | 264면

103 **버마 시절** 조지 오웰 장편소설 | 박경서 옮김 | 400면

104 **10 1/2장으로 쓴 세계 역사** 줄리언 반스 장편소설 | 신재실 옮김 | 464면

105 **죽음의 집의 기록** 표도르 도스또예프스끼 장편소설 | 이덕형 옮김 | 528면

106 **소유** 앤토니어 수전 바이어트 장편소설 | 윤희기 옮김 | 전2권 | 각 440, 480면

108 **미성년** 표도르 도스또예프스끼 장편소설 | 이상룡 옮김 | 전2권 | 각 512, 544면

110 **성 앙투안느의 유혹** 귀스타브 플로베르 희곡소설 | 김용은 옮김 | 584면

111 **밤으로의 긴 여로** 유진 오닐 희곡 | 강유나 옮김 | 240면

112 **마법사** 존 파울즈 장편소설 | 정영문 옮김 | 전2권 | 각 512, 552면

114 **스쩨빤치꼬보 마을 사람들** 표도르 도스또예프스끼 장편소설 | 변현태 옮김 | 416면

115 **플랑드르 거장의 그림** 아르투로 페레스 레베르테 장편소설 | 정창 옮김 | 512면

116 **분신** 표도르 도스또예프스끼 장편소설 | 석영중 옮김 | 288면

117 **가난한 사람들** 표도르 도스또예프스끼 장편소설 | 석영중 옮김 | 256면

118 **인형의 집** 헨리크 입센 희곡 | 김창화 옮김 | 272면

119 **영원한 남편** 표도르 도스또예프스끼 장편소설 | 정명자 외 옮김 | 448면

120 **알코올** 기욤 아폴리네르 시집 | 황현산 옮김 | 352면

121 **지하로부터의 수기** 표도르 도스또예프스끼 장편소설 | 계동준 옮김 | 256면

122 **어느 작가의 오후** 페터 한트케 중편소설 | 홍성광 옮김 | 160면

123 **아저씨의 꿈** 표도르 도스또예프스끼 장편소설 | 박종소 옮김 | 304면

124 **네또츠까 네즈바노바** 표도르 도스또예프스끼 장편소설 | 박재만 옮김 | 316면

125 **곤두박질** 마이클 프레인 장편소설 | 최용준 옮김 | 528면

126 **백야 외** 표도르 도스또예프스끼 소설선집 | 석영중 외 옮김 | 408면

127 **살라미나의 병사들** 하비에르 세르카스 장편소설 | 김창민 옮김 | 296면

128 **뻬쩨르부르그 연대기 외** 표도르 도스또예프스끼 소설선집 | 이항재 옮김 | 296면

129 **상처받은 사람들** 표도르 도스또예프스끼 장편소설 | 윤우섭 옮김 | 전2권 | 각 296, 392면

131 **악어 외** 표도르 도스또예프스끼 소설선집 | 박혜경 외 옮김 | 312면

132 **허클베리 핀의 모험** 마크 트웨인 장편소설 | 윤교찬 옮김 | 416면

133 **부활** 레프 똘스또이 장편소설 | 이대우 옮김 | 전2권 | 각 308, 416면

135 **보물섬** 로버트 루이스 스티븐슨 장편소설 | 머빈 피크 그림 | 최용준 옮김 | 360면

136 **천일야화** 앙투안 갈랑 엮음 | 임호경 옮김 | 전6권 | 각 336, 328, 372, 392, 344, 320면

142 **아버지와 아들** 이반 뚜르게네프 장편소설 | 이상원 옮김 | 328면

143 **오만과 편견** 제인 오스틴 장편소설 | 원유경 옮김 | 480면

144 **천로 역정** 존 버니언 우화소설 | 이동일 옮김 | 432면

145 **대주교에게 죽음이 오다** 윌라 캐더 장편소설 | 윤명옥 옮김 | 352면

146 **권력과 영광** 그레이엄 그린 장편소설 | 김연수 옮김 | 384면

147 **80일간의 세계 일주** 쥘 베른 장편소설 | 고정아 옮김 | 352면

148 **바람과 함께 사라지다** 마거릿 미첼 장편소설 | 안정효 옮김 | 전3권 | 각 616, 640, 640면

151 **기탄잘리** 라빈드라나트 타고르 시집 | 장경렬 옮김 | 224면

152 **도리언 그레이의 초상** 오스카 와일드 장편소설 | 윤희기 옮김 | 384면

153 **레우코와의 대화** 체사레 파베세 희곡소설 | 김운찬 옮김 | 280면

154 **햄릿** 윌리엄 셰익스피어 희곡 | 박우수 옮김 | 256면

155 **맥베스** 윌리엄 셰익스피어 희곡 | 권오숙 옮김 | 176면

156 **아들과 연인** 데이비드 허버트 로런스 장편소설 | 최희섭 옮김 | 전2권 | 464, 432면

158 **그리고 아무 말도 하지 않았다** 하인리히 뵐 장편소설 | 홍성광 옮김 | 272면

159 **미덕의 불운** 싸드 장편소설 | 이형식 옮김 | 248면

160 **프랑켄슈타인** 메리 W. 셸리 장편소설 | 오숙은 옮김 | 320면

161 **위대한 개츠비** 프랜시스 스콧 피츠제럴드 장편소설 | 한애경 옮김 | 280면

162 **아Q정전** 루쉰 중단편집 | 김태성 옮김 | 320면

163 **로빈슨 크루소** 대니얼 디포 장편소설 | 류경희 옮김 | 456면

164 **타임머신** 허버트 조지 웰스 소설선집 | 김석희 옮김 | 304면

165 **제인 에어** 샬럿 브론테 장편소설 | 이미선 옮김 | 전2권 | 각 392, 384면

167 **풀잎** 월트 휘트먼 시집 | 허현숙 옮김 | 280면

168 **표류자들의 집** 기예르모 로살레스 장편소설 | 최유정 옮김 | 216면

169 **배빗** 싱클레어 루이스 장편소설 | 이종인 옮김 | 520면

170 **이토록 긴 편지** 마리아마 바 장편소설 | 백선희 옮김 | 192면

171 **느릅나무 아래 욕망** 유진 오닐 희곡 | 손동호 옮김 | 168면

172 **이방인** 알베르 카뮈 장편소설 | 김예령 옮김 | 208면

173 **미라마르** 나기브 마푸즈 장편소설 | 허진 옮김 | 288면

174 **지킬 박사와 하이드 씨** 로버트 루이스 스티븐슨 소설선집 | 조영학 옮김 | 320면

175 **루진** 이반 뚜르게네프 장편소설 | 이항재 옮김 | 264면

176 **피그말리온** 조지 버나드 쇼 희곡 | 김소임 옮김 | 256면

177 **목로주점** 에밀 졸라 장편소설 | 유기환 옮김 | 전2권 | 각 336면

179 **엠마** 제인 오스틴 장편소설 | 이미애 옮김 | 전2권 | 각 336, 360면

181 **비숍 살인 사건** S. S. 밴 다인 장편소설 | 최인자 옮김 | 464면

182 **우신예찬** 에라스무스 풍자문 | 김남우 옮김 | 296면

183 **하자르 사전** 밀로라드 파비치 장편소설 | 신현철 옮김 | 488면

184 **테스** 토머스 하디 장편소설 | 김문숙 옮김 | 전2권 | 각 392, 336면

186 **투명 인간** 허버트 조지 웰스 장편소설 | 김석희 옮김 | 288면

187 **93년** 빅토르 위고 장편소설 | 이형식 옮김 | 전2권 | 각 288, 360면

189 **젊은 예술가의 초상** 제임스 조이스 장편소설 | 성은애 옮김 | 384면

190 **소네트집** 윌리엄 셰익스피어 연작시집 | 박우수 옮김 | 200면

191 **메뚜기의 날** 너새니얼 웨스트 장편소설 | 김진준 옮김 | 280면

192 **나사의 회전** 헨리 제임스 중편소설 | 이승은 옮김 | 256면

193 **오셀로** 윌리엄 셰익스피어 희곡 | 권오숙 옮김 | 216면

194 **소송** 프란츠 카프카 장편소설 | 김재혁 옮김 | 376면

195 **나의 안토니아** 윌라 캐더 장편소설 | 전경자 옮김 | 368면

196 **자성록** 마르쿠스 아우렐리우스 명상록 | 박민수 옮김 | 240면

197 **오레스테이아** 아이스킬로스 비극 | 두행숙 옮김 | 336면

198 **노인과 바다** 어니스트 헤밍웨이 소설선집 | 이종인 옮김 | 320면

199 **무기여 잘 있거라** 어니스트 헤밍웨이 장편소설 | 이종인 옮김 | 464면

200 **서푼짜리 오페라** 베르톨트 브레히트 희곡선집 | 이은희 옮김 | 320면

201 **리어 왕** 윌리엄 셰익스피어 희곡 | 박우수 옮김 | 224면

202 **주홍 글자** 너새니얼 호손 장편소설 | 곽영미 옮김 | 360면

203 **모히칸족의 최후** 제임스 페니모어 쿠퍼 장편소설 | 이나경 옮김 | 512면

204 **곤충 극장** 카렐 차페크 희곡선집 | 김선형 옮김 | 360면

205 **누구를 위하여 종은 울리나** 어니스트 헤밍웨이 장편소설 | 이종인 옮김 | 전2권 | 각 416, 400면

207 **타르튀프** 몰리에르 희곡선집 | 신은영 옮김 | 416면

208 **유토피아** 토머스 모어 소설 | 전경자 옮김 | 288면

209 **인간과 초인** 조지 버나드 쇼 희곡 | 이후지 옮김 | 320면

210 **페드르와 이폴리트** 장 라신 희곡 | 신정아 옮김 | 200면

211 **말테의 수기** 라이너 마리아 릴케 장편소설 | 안문영 옮김 | 320면

212 **등대로** 버지니아 울프 장편소설 | 최애리 옮김 | 328면

213 **개의 심장** 미하일 불가꼬프 중편소설집 | 정연호 옮김 | 352면

214 **모비 딕** 허먼 멜빌 장편소설 | 강수정 옮김 | 전2권 | 각 464, 488면

216 **더블린 사람들** 제임스 조이스 단편소설집 | 이강훈 옮김 | 336면

217 **마의 산** 토마스 만 장편소설 | 윤순식 옮김 | 전3권 | 각 496, 488, 512면

220 **비극의 탄생** 프리드리히 니체 | 김남우 옮김 | 304면

221 **위대한 유산** 찰스 디킨스 장편소설 | 류경희 옮김 | 전2권 | 각 432, 448면

223 **사람은 무엇으로 사는가** 레프 똘스또이 소설선집 | 윤새라 옮김 | 464면

224 **자살 클럽** 로버트 루이스 스티븐슨 소설선집 | 임종기 옮김 | 272면

225 **채털리 부인의 연인** 데이비드 허버트 로런스 장편소설 | 이미선 옮김 | 전2권 | 각 336, 328면

227 **데미안** 헤르만 헤세 장편소설 | 김인순 옮김 | 272면

228 **두이노의 비가** 라이너 마리아 릴케 시선집 | 손재준 옮김 | 504면

229 **페스트** 알베르 카뮈 장편소설 | 최윤주 옮김 | 432면

230 **여인의 초상** 헨리 제임스 장편소설 | 정상준 옮김 | 전2권 | 각 520, 544면

232 **성** 프란츠 카프카 장편소설 | 이재황 옮김 | 560면

233 **차라투스트라는 이렇게 말했다** 프리드리히 니체 산문시 | 김인순 옮김 | 464면

234 **노래의 책** 하인리히 하이네 시집 | 이재영 옮김 | 384면

235 **변신 이야기** 오비디우스 서사시 | 이종인 옮김 | 632면

236 **안나 까레니나** 레프 똘스또이 장편소설 | 이명현 옮김 | 전2권 | 각 800, 736면

238 **이반 일리치의 죽음·광인의 수기** 레프 똘스또이 중단편집 | 석영중·정지원 옮김 | 232면

239 **수레바퀴 아래서** 헤르만 헤세 장편소설 | 강명순 옮김 | 272면

240 **피터 팬** J. M. 배리 장편소설 | 최용준 옮김 | 272면

241 **정글 북** 러디어드 키플링 중단편집 | 오숙은 옮김 | 272면

242 **한여름 밤의 꿈** 윌리엄 셰익스피어 희곡 | 박우수 옮김 | 160면

243 **좁은 문** 앙드레 지드 장편소설 | 김화영 옮김 | 264면

244 **모리스** E. M. 포스터 장편소설 | 고정아 옮김 | 408면

245 **브라운 신부의 순진** 길버트 키스 체스터턴 단편집 | 이상원 옮김 | 336면

246 **각성** 케이트 쇼팽 장편소설 | 한애경 옮김 | 272면

247 **뷔히너 전집** 게오르크 뷔히너 지음 | 박종대 옮김 | 400면

248 **디미트리오스의 가면** 에릭 앰블러 장편소설 | 최용준 옮김 | 424면

249 **베르가모의 페스트 외** 옌스 페테르 야콥센 중단편 전집 | 박종대 옮김 | 208면

250 **폭풍우** 윌리엄 셰익스피어 희곡 | 박우수 옮김 | 176면

251 **어셴든, 영국 정보부 요원** 서머싯 몸 연작 소설집 | 이민아 옮김 | 416면

252 **기나긴 이별** 레이먼드 챈들러 장편소설 | 김진준 옮김 | 600면

253 **인도로 가는 길** E. M. 포스터 장편소설 | 민승남 옮김 | 552면

254 **올랜도** 버지니아 울프 장편소설 | 이미애 옮김 | 376면

255 **시지프 신화** 알베르 카뮈 지음 | 박언주 옮김 | 264면

256 **조지 오웰 산문선** 조지 오웰 지음 | 허진 옮김 | 424면

257 **로미오와 줄리엣** 윌리엄 셰익스피어 희곡 | 도해자 옮김 | 200면

258 **수용소군도** 알렉산드르 솔제니찐 기록문학 | 김학수 옮김 | 전6권 | 각 460면 내외

264 **스웨덴 기사** 레오 페루츠 장편소설 | 강명순 옮김 | 336면

265 **유리 열쇠** 대실 해밋 장편소설 | 홍성영 옮김 | 328면

266 **로드 짐** 조지프 콘래드 장편소설 | 최용준 옮김 | 608면

267 **푸코의 진자** 움베르토 에코 장편소설 | 이윤기 옮김 | 전3권 | 각 392, 384, 416면

270 **공포로의 여행** 에릭 앰블러 장편소설 | 최용준 옮김 | 376면

271 **심판의 날의 거장** 레오 페루츠 장편소설 | 신동화 옮김 | 264면

272 **에드거 앨런 포 단편선** 에드거 앨런 포 지음 | 김석희 옮김 | 392면

273 **수전노 외** 몰리에르 희곡선집 | 신정아 옮김 | 424면

274 **모파상 단편선** 기 드 모파상 지음 | 임미경 옮김 | 400면

275 **평범한 인생** 카렐 차페크 장편소설 | 송순섭 옮김 | 280면

276 **마음** 나쓰메 소세키 장편소설 | 양윤옥 옮김 | 344면

277 **인간 실격·사양** 다자이 오사무 소설집 | 김난주 옮김 | 336면

278 **작은 아씨들** 루이자 메이 올컷 장편소설 | 허진 옮김 | 전2권 | 각 408, 464면

280 **고함과 분노** 윌리엄 포크너 장편소설 | 윤교찬 옮김 | 520면

281 **신화의 시대** 토머스 불핀치 신화집 | 박중서 옮김 | 664면

282 **셜록 홈스의 모험** 아서 코넌 도일 단편집 | 오숙은 옮김 | 456면
283 **자기만의 방** 버지니아 울프 지음 | 공경희 옮김 | 216면
284 **지상의 양식·새 양식** 앙드레 지드 지음 | 최애영 옮김 | 360면
285 **전염병 일지** 대니얼 디포 지음 | 서정은 옮김 | 368면
286 **오이디푸스왕 외** 소포클레스 비극 | 장시은 옮김 | 368면